中国政府出版品国际营销平台精选图书·文学书系　　王昕朋 主编

浪漫极了

Extremely Romantic

赵燕飞　著

中国言实出版社

图书在版编目（CIP）数据

浪漫极了 / 赵燕飞著 . -- 北京：中国言实出版社，
2021.1
（中国政府出版品国际营销平台精选图书·文学书系 /
王昕朋主编）
ISBN 978-7-5171-3641-5

Ⅰ.①浪… Ⅱ.①赵… Ⅲ.①中篇小说—小说集—中
国—当代②短篇小说—小说集—中国—当代 Ⅳ.①I247.7

中国版本图书馆 CIP 数据核字（2020）第 258922 号

出 版 人　王昕朋
责任编辑　张　丽
责任校对　罗　慧

出版发行　中国言实出版社
　　　　　地　　址：北京市朝阳区北苑路 180 号加利大厦 5 号楼 105 室
　　　　　邮　　编：100101
　　　　　编辑部：北京市海淀区花园路 6 号院 B 座 6 层
　　　　　邮　　编：100088
　　　　　电　　话：64924853（总编室）　64924716（发行部）
　　　　　网　　址：www.zgyscbs.cn
　　　　　E-mail：zgyscbs@263.net
经　　销　新华书店
印　　刷　北京中科印刷有限公司
版　　次　2021 年 1 月第 1 版　　2021 年 1 月第 1 次印刷
规　　格　880 毫米 × 1230 毫米　1/32　9.125 印张
字　　数　180 千字
定　　价　58.00 元　　ISBN 978-7-5171-3641-5

有风骨讲美学接通全球

——"中国政府出版品国际营销平台精选图书·文学书系"总序

王昕朋

中国言实出版社是国务院研究室主管主办的国家级出版单位，出版定位是：主要出版党和国家重大政策的研究成果以及相关的辅导读物。1995 年成立以来，我们一直坚持这一出版定位，围绕党和国家中心工作开展出版活动，因而，国内外读者很少见到由中国言实出版社出版的文学类图书。但是，近几年文学界对中国言实出版社已不陌生。这源于出版理念的一次变革。习近平总书记在文艺工作座谈会上的重要讲话指出："一部小说，一篇散文，一首诗，一幅画，一张照片，一部电影，一部电视剧，一曲音乐，都能给外国人了解中国提供一个独特的视角，都能以各自的魅力去吸引人、感染人、打动人。"这给了我们启示、启迪，文学也是讲好中国故事、传播中国好声音的重要途径。所以，我们也用心、用功、用力打造文学板块，并将它推向世界。2018 年 8 月，由中国言实出版社出版的李春雷报告文学作品《朋友——习近平与贾大山交往纪事》获第七届鲁迅文学奖，同时入选"丝路书香"出版工程在国外出版，于是文学界发现，中国言实出版社在文学出版领域同样有不俗的表现。中国言实出版社的文学图书品种少而精，中国文学的声音在通过中国言实出版社持续传播到海外，承载着文化和文学信息的《温文尔雅》翻译成英文、日文、俄文、德文、法文、意大利文、西班牙文、葡萄牙文、阿拉伯文等多种语言向全球推介，英文版、中文繁体版荣获第十三届"输出版引进版优秀图书"奖，长篇小说《京西胭脂铺》一举登榜"中国图书世界馆藏影响力图书 20 强"。付秀莹、金仁顺、乔叶、魏微、滕肖澜、叶弥、戴来、阿袁等 8 位"当代中国最具实力女作家"的作品集同时推出，之所以在名称中冠以"中国"二字，是出于对外推介的考量，其中付秀莹、魏微、戴来等人的小说集后来入选"经典中国"项目在美国出版，产生良好反响。

近年来，中国言实出版社加快国际出版步伐，与英、美、日等多家国外出版单位建立战略合作关系，近百名当代中青年作家的作品陆续推介到美国纽约、日本东京、德国法兰克福等多个国际书展，被多个国家的图书馆收藏，图书受到国外图书界关注，连续 6 年入选中国图书世界馆藏影响力百强出版单位。2015 年经财政部批准立项，中国言实出版社建设并主办中国政府出版品国际营销平台，为推动"文化走出去"提供支持。2020 年，有感于体量庞大的中国当代文学无法快捷地被全球关注所带来的传播学遗憾，有感于年度文学选本出版周期较长，有感于众多具有潜力、实力、影响力的青年作家的作品没有很好的对外传播渠道，中国言实出版社整合资源，决定专门为中国政府出版品国际营销平台的文学板块打造出一种比年度选本出版周期短、对当代文学创作反应更为灵敏的季度文学选本。《中国当代文学选本》应运而生，书名由王蒙题写，选稿编委梁鸿鹰、李少君、王干、付秀莹、古耜皆为业内名家行家，所选作品为国内新近发表的文质兼美的力作。作为一种有公信力的季度文学选本，《中国当代文学选本》因"让国外读者快捷阅读当代中国文学精品"的窗口作用，以及"为中国作家走向世界铺筑交流合作桥梁"的桥梁作用，受到作家、汉学家、国内外读者一致好评。《中国当代文学选本》传播中国声音，讲述中国故事，产生良好社会效益。有鉴于此，中国言实出版社决定打造这套"中国政府出版品国际营销平台精选图书·文学书系"。

出版社并不承担培养作家的使命，但是这套"中国政府出版品国际营销平台精选图书·文学书系"的入选作品多是出自青年作家之手，原因在于，我们始终关注着中国当代文学最具活力与实力的鲜活部分，求取风骨与审美的统一，始终在精心遴选极具当代性的中国文学好声音，始终把推动中国当代文学与全球接通作为出版人的责任，这套"中国政府出版品国际营销平台精选图书·文学书系"的入选作家和作品便是如此。有风骨、讲美学，是选取这套丛书的思考维度。"有风骨"是要对民族精神有所反映，要为人民而文学，要关怀民生，帮助读者把无病呻吟、凌空蹈虚的作品以独特筛选眼光来淘汰掉；而"讲美学"是指中国言实出版社遴选书稿时看重作品的文本质量，内容和形式互为表里，是为美。美为作品飞向全世界插上翅膀，中国言实出版社人始终认为，美是全人类可通融的共同语言，有风骨、讲美学才能接通全球，成为文学精品。这些优秀作品里，都跳动着时代的脉搏，展现着当代中国日新月异的面貌，蕴含着深厚的文化自信。出版是文学生产的终端，对于中国言实出版社而言是文学传播的开始。中国言实出版社将始终秉持"好作品主义"，重视名家不薄新人，盘点、整合中国文学资源，积极开展对外译介和推广工作，自觉地将有风骨、讲美学的文学精品作为永不改变的出版追求。

2020 年 12 月

目 录
CONTENTS

犹如一道闪电

1

在遇到妞妞之前，我和主人都是快乐的单身狗。

但意外和明天，你永远不知道哪一个会先到。我说的意外，有可能是伤害，也有可能是惊喜。

那天，如果我没记错的话，月湖公园里的花花草草好像被谁下了蛊，它们得意地笑，悄悄地笑，害羞地笑，放肆地笑，有些还摇曳着小腰肢对我狂抛媚眼。空气中隐藏着一股陌生而又令人无法拒绝的暗香，有时很明显，有时却怎么闻也闻不到了。我开始加速。主人紧了紧手里的绳子，喊了一句"黑风"。我呜咽一声，告诉主人我明白他对我的警告。

我喜欢像风一样奔跑，奈何主人手里的绳子抓得九牢十稳，不然他的腿再长，也跑不过我，哪怕他是我的主人。那股气味越来越浓了。果然，前方不远处，有一个小不点正朝我款款走来。刹那间，我的脑海一片空白，有一股奇怪的力量拽着我向前冲，主人差点儿被我拽倒。小不点的步伐明显加快了，她想像我一样狂奔，她的主人却是个瘦瘦的女生，她焦躁地回头朝她的女主人叫了两声。女主人气喘吁吁地说：妞妞，慢点跑！

妞妞，这个小不点的名字倒还好听。我以从未有过的力气拽着主人奔向妞妞。妞妞仰起头，黑黑的大眼睛望着我。我可不想与她对什么眼神，我早就发现那股好闻的气味来自哪里了。可是，妞妞穿了一条粉红色的裤子，她的小尾巴从裤子的圆洞洞里钻出来，像一根细细的竹竿戳向天空。我围着妞妞转了两圈，没搞懂她的女主人为什么要将她武装得这么严实。女主人没理会我的困惑，她和主人聊得正起劲儿。

我叫叶子，女儿叫妞妞，你呢？

我叫小锋，儿子叫黑风，你家妞妞是吉娃娃？

是啊……喂，你们在干吗？！

我刚要骑到妞妞身上，女主人的尖叫就吓了我一跳。主人大喊：黑风，不准耍流氓！主人拽紧绳子，我的脖子勒得生疼，不得不离妞妞远一点儿。叶子已将妞妞抱进怀里，仔仔细细检查妞妞的裤子，发现并无异样，她那张小白脸微微红了一下。

宝贝女儿没问题吧？主人憋住笑问叶子：没压坏吧？

流氓！叶子忍不住先笑起来：我说你儿子是流氓，没说你。

行，我和我儿子都是流氓。主人说：不过，你一个女孩子家，带着一只发情的狗狗到处跑，不就是招引男流氓吗？

我家妞妞穿了安全裤，才不怕你们耍流氓，走，妞妞，我们回家，不理这些坏蛋。

没想到，几个月之后，叶子带着妞妞住到"坏蛋"家里来了。

那天在月湖公园，我对妞妞的喜欢是发自内心的。虽然只见了那一次，但我一直记得她。妞妞也认出了我，她那乌溜溜的大眼睛盯着我，小尾巴摇过来摇过去。我汪汪地叫了两声。主人听出了我的不高兴。他蹲下来，轻轻抚摸我的背：黑风，从今天起，妞妞就是你的新朋友，叶子就是你的新主人了。

汪！汪汪！我的叫声更大了。

对不起，我可能没表达清楚。我是你的主人这一点永远不会变，我想告诉你的是，你现在有两个主人了，一个是我，一个是叶子，明白吗？乖啊黑风，你看，叶子特意买了你最喜欢吃的火腿肠。

叶子果然从衣服口袋里掏出一根火腿肠，我的眼睛一下子亮了。主人知道我爱吃火腿肠，却很少给我吃，他说火腿肠吃多了对身体不好，哪怕是专门为狗狗做的火腿肠都只能适当吃一点儿。叶子剥好火腿肠，递到我面前。我记得主人说过，陌生人无论给什么东西都不能吃。我吞了吞口水。主人看出了我的犹豫，他依然摸着我的背：吃吧黑风，记住，叶子不是陌生人，从现在起她和我一样也是你的主人。

好吧，那我就不客气了。我吧嗒吧嗒嚼着火腿肠，姐姐在我身边转着圈，她的呜咽没能打动叶子。叶子说：姐姐乖啊，这是给黑风的，你昨天才吃过，今天不能吃。

以我的性格，不会轻易去交什么朋友。但作为一条宠物狗，主人的命令我不得不服从。看在火腿肠的分儿上，我暂时不打算找叶子和姐姐的麻烦了。不过，我可没打算把叶子当成自己的主人。至于姐姐，她那样的小不点，我若欺侮她，那才叫胜之不武。

和姐姐相比，我觉得自己就是世上最幸福的狗狗。那天，主人用一个购物袋就将姐姐的家当全提过来了。一张又旧又薄的小毯子，一块塑料垫做成的狗厕所，一只不锈钢饭碗，一袋看起来就不怎么样的主粮——竟然连一盒肉罐头都没有。

叶子，黑风住的保姆房，姐姐和他一起住还是住小阳台？主人不直接问姐姐，却去征求叶子的意见。

汪！汪！我和姐姐不约而同地叫起来。

哈，好你个黑风！是不是想要姐姐嫁给你？主人故意逗我，他明明知道我不可能这么快就认下姐姐这个新朋友。

姐姐，你真的想和黑风住同一间房？不怕他欺负你？叶子说。

你以为黑风天生就是大流氓？你不是已经给姐姐做了绝育手术吗？只要姐姐不发情，黑风肯定不会对她有非分之想，这是狗性……主人还想说什么，我以汪汪大叫打断了他。叶子把我当成什么了？上次在公园里，是因为妞妞身上的那股特殊气味让我神魂颠倒。而现在，我对妞妞真的一点兴趣都没有了。

我的卧室其实挺宽敞。靠窗的位置摆了一张大大的行军床，德国原装进口的，和我的德系血统一样纯正。这张床已经很舒服了，到了夏天，主人还会为我加铺竹凉席，到了冬天就给我垫一块发热毯。在行军床的一侧，并排站着白色的恒温饮水机和会说话的机器人喂食器，旁边还有一个玩具筐，筐里有绿恐龙、小黄鸭、大白兔、青鳄鱼，每当我咬它们，就会听到各种各样的叫声，对了，还有一只和我差不多高的布猩猩。无论什么玩具，玩久了都没多少意思了。还有那块硬邦邦的假骨头，我简直不想再多看它一眼。玩具筐边上有一个工具箱，里面放了我的吹风机、洗脚杯、牵引绳、嘴套……哦，还有一只该死的黑色项圈。

主人将妞妞的小毯子和饭碗什么的，都摆在行军床的另一侧，将她的塑料垫厕所摆在小阳台的西侧——我那可以自动冲水的不锈钢厕所就摆在小阳台的东侧。妞妞一进我的卧室，就直奔玩具筐，到了筐前，她回头朝我汪汪叫。的确，她太矮了，没有我帮忙，怎么都够不着筐里的玩具。唉，有什么办法，谁叫我是男子汉呢。三下五除二，我就将筐里的玩具都叼了出来，摆在妞妞面前。妞妞去抓小黄鸭，小黄鸭嘎嘎直叫，妞妞吓了一跳，扔了小黄鸭抬头看我一眼。我一口咬住那只大白兔，大白兔尖叫起来，妞妞照着我的样子，咬住小黄鸭，小黄鸭又嘎嘎地叫起来，姐姐叼着它往门口跑，我松掉大白兔，去追姐姐。

我跟在姐姐后面进了主人的卧室。小黄鸭已经从姐姐嘴里掉到了地上，姐姐正朝着主人的床汪汪大叫。床上，叶子被主人压在身子底下，叶子的双手搂着主人的脖子。他们在玩什么游戏？我一点都不着急，反正被欺负的不是主人。终于，叶子挣脱出来，她跳下床抱起姐姐，姐姐在她怀里呜呜地呻吟，一副很委屈的样子。姐姐真搞笑，被人欺负的又不是她，有什么好委屈的？

姐姐比我还重要……主人好像也很委屈。

给她一点时间，习惯就好了。叶子一边用手抚摸姐姐的头，一边朝着主人抱歉地笑。

快点啊！主人坐在床上喊。

叶子的一番安抚果然起了作用，当主人和叶子再次滚作一团时，姐姐没有汪汪大叫，而是傻傻地站在那里，望着床上嬉闹的两人，低声呜咽着。

这时，主人喊我：黑风，带姐姐出去玩。

好吧好吧，作为一条宠物狗，我不能违抗主人的任何命令。

走，姐姐，我们出去玩。我用鼻子蹭了蹭姐姐的鼻子，姐姐马上不呜咽了，这个小不点，看样子还蛮贪玩。我叼起地上的小黄鸭，姐姐扭着小身子跟在我后面。

很快，姐姐就玩腻了那些恐龙、鳄鱼和鸡鸭，可我们的主人还没回到客厅。对了，不如让姐姐体验一下我的行军床是怎么个舒服法。她那张旧毯子，唉，要是我，宁肯睡地板也不睡那样的旧毯子。我跳到行军床上，冲妞妞叫了两声。妞妞绕着行军床转了几个圈，她又开始呜咽了。谁让她的腿这么短呢，真是要命。我只好跳下来帮她想办法。我的床其实一点儿都不高，我随便一跨就到了床上，对于妞妞来说，那一跨，却有着无法想象的高度。我打量了一下我的房间，能指望机器人吗？它一声不吭呢。我把空玩具筐叼到行军床前面，妞妞往筐上一趴，筐子摇晃了一下，妞妞吓得赶紧跳到地上。还有什么办法？我想了想，走到工具箱前，箱子是盖着的，我怎么叼呢？我用爪子试了试，抓不住。我用脑袋顶了一下，工具箱往前挪动了一点点。幸亏工具箱离我的床不算远，我终于将工具箱移到了行军床前面。妞妞爬了两三次，总算爬到了工具箱上面，再攀着床沿努力了几分钟，好家伙，妞妞真的爬到我床上了。这下好了，我俩也可以玩游戏了。我从地上跳到床上，再从床上跳到地上，妞妞跟着我，从床上跳到工具箱上，从工具箱跳到地上，又从地上通过工具箱爬到床上……

日子一天天过去，妞妞越来越黏我。说实话，我很享受她对我的依赖。主人和叶子腻在一起的时候，我就和妞妞玩。可是，每次出去遛弯，主人和叶子只带我去，留下妞妞独守空房。叶子总是对妞妞说：妞妞乖啊，外头太热了，你不能出去，要是中暑了妈妈会很着急的。叶子不知道，把妞妞一个人留在家里，妞妞会多伤心。可我的抗议叶子不听，主人也不听。

不过，主人和叶子经常在家里陪我和妞妞一起玩游戏。

荡秋千是妞妞最喜欢的游戏，我却只能站在一边看她玩。

主人拿了一条旧浴巾，铺在地上，妞妞屁颠屁颠地走到浴巾中间，趴下来。主人和叶子分别扯住浴巾的四只角，抬起妞妞晃过来晃过去。一二三四，二二三四……主人和叶子齐声喊着口令，妞妞趴在浴巾上面，半眯着双眼，一副既害怕又陶醉的样子。主人说我太重了，他和叶子就算抬得起，也晃不动，就算晃得动，也晃不了两三下。好吧好吧，主人开心就行，妞妞开心就行。我在旁边跟着兴奋地跳啊叫啊，好像比他们玩得更来劲儿。

　　比起荡秋千，捡皮球更有意思。

　　那只小皮球是叶子买回来的。

　　主人和叶子坐在客厅的沙发上，他们轮流扔小皮球，要我和妞妞去捡，谁先捡到并交还主人，谁就能得到一小截火腿肠的奖励。论速度，妞妞当然不是我的对手，可是皮球实在太小了，有时滚到桌子下面，有时溜进柜子或沙发底下，我趴在地上伸直爪子又掏又摸，折腾半天都拿不到球。妞妞身子小，一眨眼就钻到家具底下，一眨眼就把球找出来了。照这样奖励下去，妞妞的小肚皮非得撑破不可。没玩多久，主人就开始说话不算数，妞妞将球叼到他们手里，他们也不肯再喂火腿肠了。叶子将妞妞抱在怀里，让主人和我继续玩。不过，我也是空欢喜，才多玩两三把，主人也不肯再喂我火腿肠了。

　　最舒服的是挠肚皮。

　　在主人的指令下，我和妞妞四脚朝天同时躺在地上。第一阶段，主人帮我挠肚皮，叶子帮妞妞挠肚皮。没多久，游戏进入第二阶段，他们互换位置，叶子帮我挠肚皮，主人帮妞妞挠肚皮。刚开始时，我有点抗拒，我的肚皮只有主人才能摸呢。主人好像看穿了我的心思，他一边帮妞妞挠肚皮一边说：乖啊黑风，叶子也是你的主人呢，她比我更会挠痒痒，可舒服啦，不信你试试。

妞妞可真随便啊，主人第一次给她挠肚皮，她竟然一点意见都没有，不仅没有一点意见，还一副很享受的样子。不过，主人发了话，我也只好敞着肚皮任由叶子挠了。哈，没想到叶子的手柔软得像没有骨头，却有着不轻不重的力度——她挠痒痒的水平真的比主人还高，好舒服啊……

幸福的日子总是过得飞快。

不知从什么时候开始，主人和叶子开始吵架了。一吵架，主人就会跑出去，有时候没过多久就回来了，手里拎着好吃的，有给我和妞妞的，也有给叶子的。有时候，主人却很晚很晚也不回来。

那天晚上，就叶子带着我和妞妞在家里。这样的事情已经发生好几次了。每当主人很晚还没回来，叶子就一个人坐在沙发上发呆，我和妞妞在家里奔过来跑过去，有时还玩摔跤，叶子任由我们玩得天翻地覆。这回有点奇怪，叶子扔下我，抱着妞妞站在落地窗前，一动不动，半天不吭声。妞妞也很奇怪，她乖乖地缩在叶子怀里，不哼也不闹。我实在忍无可忍了，冲到叶子脚畔，汪汪直叫。叶子蹲下来，一手抱着妞妞，一手抱住我的头，叶子将脸贴在我的脸上，她的脸湿湿的，她的身体好像在颤抖。叶子病了吗？虽然我并不喜欢她，但她是姐姐的主人啊。我的叫声更大了，叶子的声音却有点哽咽：黑风，别叫了好不好……

主人第二天下午才回来，等他到家时，叶子已经抱着姐姐走了，叶子还把姐姐的毯子饭碗什么的一起提走了。我的喉咙都快叫破了，姐姐也跟着我一起汪汪叫，可叶子还是抱着姐姐走了。主人一进门就明白了是怎么回事，他拿起手机拨打电话，好像一直没人接，主人将手机啪的一声摔到了地上，我吓了一大跳，主人怎么了？我从没见他发过这么大的脾气。

叶子和姐姐真的走了，一去不返。

我和她们再次见面，已经是一年以后，地点既不在月湖公园，也不是主人家，而是在奶奶家门口的水泥坪。

2

奶奶住在乡下。

第一次见到小黑，我心里很不好受。

与姐姐相比，小黑简直土得掉渣。

小黑的年纪，应该和我差不多，也可能大些。从她的眼神，我能猜出她的年龄。别看我长得一介武夫的模样，偶尔也很敏感。小黑的眼神里藏着无助和哀怨。对此，我不仅没有丝毫的同情，相反，我冲着小黑汪汪大叫起来。我生平最痛恨的就是懦夫。我的样子一定非常粗鲁非常野蛮。如果不是主人拼命拉住我，我想我会扑上去，狠狠教训一下小黑。小黑也冲我汪汪叫了两声。小黑的嘴巴远没我的大。她很瘦，背腹部勒出来的肋骨，根根可数。她的毛发比我长，虽黑，但毫无光泽，有些还粘在一起，挺刺眼的。她的尾巴长长的弯弯的，走起路来一翘一摇。

在我两三个月大时，我的尾巴就被截掉了，只留下又粗又短的尾巴根。我全身的肌肉都紧绷绷的，四肢更是强健有力。当我奔跑起来，就像风儿呼啸而过。如果风儿拖上那么一根又细又长的尾巴，不仅是个累赘，简直就是笑话了。小黑身上唯一长得顺眼的，就是那对小巧玲珑造型优美的耳朵。说到耳朵，我的底气就不足了。在经过立耳之前，我的耳朵又大又肥，一直很夸张地耷拉着。可现在，我的耳朵大小适中，如两片饱满的树叶儿朝上支棱着，每时每刻，都那么精神抖擞。不过，在我心里，妞妞的耳朵才叫真正的漂亮。

我当然听得懂小黑汪汪两声是什么意思。她说：你第一天来这里，我不和你计较。我怀疑小黑是故意作秀给我们看，因为奶奶正站在她的身旁。小黑说完这句，转身进屋去了。小黑肯定是眼不见为净。这个懦夫，这个喜欢逃避的懦夫。我气坏了，对着小黑的背影一阵狂吠。主人用力拽住绳子，又在我背上拍了两下：黑风，安静点！

这个黑风，会不会咬人？奶奶很为我的凶猛担忧。奶奶很瘦，脸上手上全都皱巴巴的，背却一点不驼，走起路来简直和小黑一样轻快。

放心吧奶奶，黑风又乖又聪明，主人说：小白失踪了，小黑也挺孤单的。您一个人住乡下，多条狗就多个帮手。唉，要不是我爸妈非要逼我出国留学，我哪里舍得离开黑风……

听到最后这句，我又开始狂吠起来。主人已经和我说了很多遍，他说他要出国，他说他舍不得我。我不懂出国是什么东西，我只知道主人要把我扔在奶奶家不管了。因为要出国，主人才和叶子分手的吗？因为要出国，主人就忍心把我扔到人生地不熟的乡下？

主人将我的头抱在怀里，一只手摩挲着我背上的毛发。

主人说：黑风，对不起，我也不想这样。

是的，谁都不想这样。说到底，他终究是主人，主人有权改变一条宠物狗的命运。我必须原谅他。主人将我的行军床、饮水机、喂食机器人、不锈钢厕所什么的都搬到了奶奶家，家里剩余的狗粮包括那几只会尖声惨叫的玩具动物也全带来了。就连那只该死的黑色项圈，主人也拿来了，他还给我新买了一个塑料垫做成的厕所——比妞妞那个大一点而已。主人把属于我的东西放在奶奶家二楼的一个小房间里，那里，已经有小黑的一个用旧棉被做成的窝。奶奶说：这间屋子最小最暖和。小黑喜欢在一楼睡觉，只有天很冷时才进那个棉被窝。

奶奶，我把这个棉被窝往角落里挪一点儿。现在还不冷，小黑就睡地板上吧。从今天晚上开始，让它们俩都睡到这个屋里，您记得把门关好就可以了。主人犹豫了一下，拿起那只黑色项圈。我激动地大叫起来。主人想干什么？他想再次对我施虐吗?

乖,黑风。主人一遍遍抚摸我的背部,我的身体放松下来,主人为我戴好黑色项圈,告诉奶奶要怎么用。奶奶说:我不会用这个。主人说:没关系的,应该用不上。我先把这个戴在黑风脖子上,万一它不听话,你就拿遥控器对着黑风按几下,再告诉他应该怎么做。黑风很聪明,只要一两次就记住了。我带了两副狗绳,一副长的一副短的。黑风刚来的这一两个月您最好拴牢它。

终于,主人对我说:黑风,我带你出去转转,这里虽是乡下,却比城里还好玩些。

我汪汪两声。

主人盯着我看,我又汪汪两声。主人叹口气,替我解下黑色项圈,换成另一个棕色项圈。

主人知道我害怕那个黑色项圈。想当初,主人刚把我领回家的时候,就给我套上了这个黑色项圈。当我没在主人规定的地方大小便,当我狂吠不止的时候,主人就会拿出一个黑色的小匣子,只要他在那个黑匣子上面一按,就有一种无法忍受的疼痛令我浑身颤抖……那种酷刑,主人其实没用过几次。我说过,我是一只聪明的杜宾犬。当我学会了该学的一切,我就真的成了主人的儿子。他对我的疼爱,我从此再不怀疑。

主人手里牵着长绳,我在他的前面跑得飞快。他不时拽一拽绳子,提醒我不要跑得太快了。

主人个高腿长,是个运动健将。我很小的时候,是他拉着我跑。渐渐地，就成了我拉着他跑。乡下的空气真好啊。我拽着主人在马路上跑啊跑。我感觉自己就要飞起来了。好爽啊。我愿意就这样跑下去，一刻不停地跑下去。可是，没跑多远，主人让我掉个头。主人说：我们去后山。

山不算高，看不到什么大树，放眼望去，除了灌木，就是比我高不了多少的小树。到了山里我就变成了主人。我往哪去，主人便跟我去哪。他相信我的感觉。我能嗅到猎物的气息。当我不顾一切往前冲，主人也会不顾一切跟上来。一只小灰兔听到我的动静，滴溜溜的小眼珠一闪，转身没命地逃。它再逃，也逃不过我的火眼金睛。以前，主人常开车带我去野外打猎。我天生就会打猎。还没有哪只猎物，能够从我的眼皮子底下逃走。小灰兔越跑，我越兴奋。我甚至已经听到了它的喘气声。

我猛扑过去，犹如一道闪电……

主人提着被我咬断了脖子的灰兔，七弯八绕，带我来到了一座旧坟前。其他坟堆长满了灌木和杂草，这座却很干净。主人将兔子放在墓碑前，自言自语：爷爷，我是小锋，我来看您了，我给您带来了刚刚猎到的兔子，您尝尝吧。主人说完，跪在地上磕了三个响头。

回到家中，主人亲自下厨为奶奶做了一道红烧兔肉。奶奶没将兔肉端到餐桌上，而是摆到了一个黑色相框旁。相框里面那个老男人表情严肃，一动不动。奶奶点燃了一卷纸钱：老家伙，这是孙子孝敬你的，你尝尝味道。过几天我再去山上看你。

刚才在山上我已经先给爷爷尝了鲜。

生的不算数。过来给你爷爷作个揖，他会保佑你全家身体健康，保佑你爸妈生意红火，保佑你在国外平平安安。奶奶对着黑色相框絮絮叨叨的，纸钱化为灰烬了，奶奶才将那碗兔肉端到餐桌上。

奶奶您多吃点。

我给黑风和小黑送点兔肉去，黑风在二楼叫个不停，你肯定没把它喂饱。

黑风有机器人喂食，您记得及时往机器里面添加狗粮往饮水机里加水就可以了，黑风只喜欢吃那种名牌狗粮。以后我会按时给那个网店打款，快递会送货上门的，您不用担心。不过，您要是把黑风拴在走廊里，就得辛苦您老人家把狗粮放到饭盆里给它吃，我会写一张字条贴到门后面，写清楚一天喂几次一次喂多少。

奶奶不信。她装了一盆热腾腾的饭，挑了几块骨头多的兔肉压在饭上面，又淋了些肉汤。奶奶说：我就不信黑风不吃。

不仅我不屑一顾，连小黑都只闻了闻，勉强吃了两口。奶奶真恼了：两个蠢货，这么好的东西都不稀罕。小黑啊小黑，你再这样下去迟早会饿死。

奶奶这话，好没道理。我的聪明，奶奶应该知道。至于小黑是不是蠢货，我并不关心。

天完全黑了，我心中烦躁，又汪汪地叫起来。小黑说：你能不能安静点？你这样子，搞得大家都睡不成觉。我说：这里又黑又脏我睡不着。小黑不吭声了。我继续叫。小黑忍不住，又说：这间屋子干干净净的，怎么不能睡？我说：黑漆漆的我睡不着。小黑不理我了。我还是叫，叫，叫。主人终于上楼来了。他拍拍我的背：乖，黑风，你会慢慢习惯的。

主人下楼后，我更加烦躁。他说得对，我会慢慢习惯的，无论得到什么，无论失去什么，我都得去慢慢习惯。可不知为何，我还是莫名地烦躁。我叫啊叫。小黑在黑暗中叹了口气：求你，别叫了好不好？

小黑的话，突然让我想起了姐姐，想起了叶子。叶子离开主人家之前，也对我说过这样的话：别叫了好不好？现在小黑这么一说，我的心情竟然慢慢平复下来。

乡下的夜，好黑，好静。小黑大概睡着了，她的呼吸十分均匀，有时会让我产生一晃而过的错觉：姐姐就在我的身边。想当初，姐姐经常和我挤在一起睡行军床。她俩呼出的气息，完全不一样……不知不觉，我也睡着了。

是树上的小鸟把我吵醒的。

天已经大亮。窗玻璃上，树枝摇啊摇，一会儿黑一会儿白的，不知是被风刮的，还是被小鸟叽叽喳喳的叫声给吵的，反正，晃得我眼都花了。

一大早小黑就不知跑哪里去了。看起来，她比我自由得多。她脖子上没有项圈，身上也没有被拴过的痕迹。

主人等我吃完早餐，在我脑袋上拍了两下：走，黑风，我们再去后山。

这一次，我竟然逮住了一只大斑鸠。那只斑鸠肥肥的，笨笨的，等它察觉危险想要展翅高飞时，已经来不及了。连我自己都没想到我能跳得那么高。我在斑鸠扑啦啦刚好离开灌木枝的那一刹，跳起来，张嘴咬住了它的一只翅膀。可以毫不夸张地说，只要有猎物出现，我就能快如闪电。斑鸠在我眼皮子底下绝望地扑腾着另一只翅膀。我心里得意极了。我想把斑鸠送到主人手里。主人没接，他摸摸我的脑袋，笑着说：黑风，好样的！

不用主人多说，我叼着这只斑鸠，七弯八绕，来到了那座旧坟前。我说过，我是只聪明的杜宾犬。这里虽然只来过一次，我却记得很清楚。

主人对我的表现极为满意。他在坟前磕完头，自己提着斑鸠，边往回走边与我说话。主人说：奶奶是个好人，她一定会好好对你，甚至比我对你还要好。黑风，我真的舍不得你，可是没办法啊……

汪！汪！

你知道吗？我要去的地方离这里很远很远，中间隔着无边无际的大海，坐飞机都要两天两夜。时间过得很快呢，等我留完学就来接你回家，从此我们再也不分开。你相信我吗黑风？

汪！汪汪！！

主人长长地叹了口气。

晚饭后，主人蹲下来，他的手里，握着那只该死的黑色项圈。主人将他的脸贴在我的脸上：对不起，黑风，我今天必须回长沙了，你还是戴这个项圈吧，你别害怕，奶奶不会随便按开关的。我早告诉你了，奶奶是个好人，她一定会好好待你。主人为我换完项圈，又帮我挠痒痒。好舒服啊，我暂时停止了呜咽。然后，主人朝我伸出一只手。这意思我懂。我半坐半立，伸出一只前爪，放进主人的手心。主人握住我的前爪，紧了紧，又紧了紧。主人的手掌宽大而又温暖，主人的眼睛湿湿的，亮亮的。

我真想死死咬住主人的裤腿，不放他走啊。可我又不想太儿女情长，毕竟，我也是个铁骨铮铮的男子汉。

主人站起来：小黑，过来。小黑乖乖地走到主人身旁，长尾巴一摇一摇的。主人弯腰拍了拍小黑的脑袋：小黑，黑风脾气不太好，你多让他一点儿。主人扭头又对我说：黑风，你可不许欺负小黑。

这是什么话呀！我不满地冲着主人吼了一声。就小黑这孬样，我还懒得欺负她。要较量，也得找个势均力敌的才过瘾。

主人用那根长绳将我拴在走廊里的柱子上，那个塑料垫做成的厕所就摆在柱子的旁边。主人蹲在我面前，再次亲了亲我的眼睛，我的鼻子，我的嘴巴。我也伸出舌头去舔他的鼻子，他的下巴……

黑风，我保证，只要我回国，第一件事就是来看你。你要乖乖的，和小黑一起帮奶奶看好这个家。主人挥挥手，钻进他的小车里。车窗玻璃缓缓降落，主人伸出头来大声说：奶奶再见！黑风要乖啊！

装着主人的车子一眨眼就不见了。

主人喜欢飙车。以前，他和叶子带着我与妞妞去野外时，来回的车速快得吓人。叶子坐在副驾驶位，开心地大声唱着歌。我和妞妞坐在后排，安静地观看窗外的风景。那些树啊房子啊，在车玻璃上一晃而过，我根本来不及看个仔细。

　　比起在城里的快乐和逍遥，乡下的日子真的好枯燥。奶奶果然成天将我拴在那根柱子上。小黑大多在外面四处游荡，回到家来，也是吃点东西就趴在那里打瞌睡。门外的马路没什么车经过。好容易看到一辆，我就汪汪两声。如果看到有人从门前经过，我就叫得更欢了。叫得奶奶从屋里走出来了，命令我不许再叫了，我才停下来。有一回，看到一只瘦弱土气的大黄狗从奶奶家门口经过，我忍不住狂吠起来。可那个草包根本不敢应战，他一声不吭撒腿就逃，气得我恨不能将柱子拽倒，项圈勒着我的脖子，我还在挣扎着往前扑。我叫啊叫，不停地叫，奶奶走到我面前了，我还无法冷静下来。

　　奶奶摇摇头，进屋去了。

　　我正叫得起劲儿，忽然感觉身子一麻，我意识到什么，赶紧停止喊叫，果然，奶奶手里拿着那个黑色的小匣子。奶奶怎么下得了手？我并没有做错什么。愤怒和疼痛让我失去了理智，我狂叫着朝奶奶的方向猛扑过去。顿时，一阵更强烈的疼痛袭来。我僵在原地瑟瑟发抖，嘴里发出呜呜的呻吟。奶奶板着脸说：黑风，以后不准大喊大叫更不能咬人听到了吗？

　　奶奶不按黑匣子了，我还在全身发抖。

　　奶奶唉了一声，回屋端了一碗水，摆在我的面前。

天一黑，奶奶就把我牵进屋里关在二楼。晚上，奶奶没有拴我，可能是那间小屋子里没有合适的比如柱子之类的东西能够拴住我吧，但她把二楼通往一楼的门给锁了。虽然不能下楼，但晚上的我比白天要自由些。二楼有楼梯通向天台，我可以从二楼走到天台上逛一逛。当然，要去天台，还得经过一道小门。门没上锁，我可以用爪子拨开小门，去天台数星星，看月亮。

我不是一条懂得浪漫的狗，虽然我很聪明。我去数星星，看月亮，纯粹因为无聊至极。可恶的小黑，我甚至都不嫌弃她的老土了，她却依然对我爱搭不理的。想要她陪我看看月亮说说心里话，没门。

那天晚上，我和小黑卧在黑暗中。我知道她没睡着。我没有听到那种很均匀的呼吸声。我也睡不着。作为男子汉，我应该主动打破自己和小黑之间的这种僵局。我问小黑：你睡了吗？小黑没作声。我又说：我知道你没睡着，我俩聊聊天好不好？我快憋疯了。

有什么好聊的。小黑终于回了我一句，语气懒懒的。

随便聊什么都可以啊。我一激动，从行军床上跳下来，坐到小黑身边。

没什么好聊的。小黑的话简直像铁板一块，砸得我心窝子直疼。

我知道你为什么成天在外游荡。

小黑没理我。

你在找小白！我大声说，可是小白再也不会回来了！

你胡说！小黑果然被激怒了。

小白已经死了！我喊道。

你胡说！！小黑猛地向我扑过来，我没提防她会主动攻击我，当然，她没能将我扑倒在地。就凭她，哪能？十个小黑联合起来都不是我的对手。想和我打架？小黑是不是疯了？我正愁没地方活动筋骨呢。三下五除二，我就将小黑压到了身子底下。小黑徒劳地叫唤着，她甚至还张嘴在我腿上咬了几口。咬吧咬吧，我才不怕疼呢。说实话，小黑咬得不算狠。女人嘛，就是这样，打不赢就咬，咬不过就哭。果然，小黑咬着咬着就哭起来了。

楼下传来奶奶的呵斥声：黑风，小黑，别吵了！

奶奶的声音让我想起了那个可怕的黑匣子。我无可奈何地放开了小黑。她呜呜地又哭了好一会儿。

有意思的是，自从那次打了一架，我和小黑反倒变得亲密起来。我们偶尔会聊聊天，虽然只是些诸如奶奶今天又去买排骨了之类的话。为了鼓励小黑多吃东西——她的确太瘦了，我曾建议她尝尝我的名牌狗粮，她竟然嗤之以鼻，我只好陪着她一起嚼奶奶制作的牛肉拌饭啦，排骨拌饭啦。现在回想起来，奶奶的厨艺，其实也不错。主人本想按时给我买狗粮寄过来，但奶奶不让他寄。奶奶说，黑风早就不吃那种贵得吓人的东西了。

奶奶说的也不全是假话。不知从何时起，我竟然可以和小黑吃同样的食物了。我竟然还吃得津津有味。我早就不理机器人和饮水机了。小黑的身子也丰腴了许多。这世界，真的是什么都可以改变啊。

小黑的改变，我应该功不可没。有些事情，我不大好意思说出来。但我不是伪君子，自己做过的事情，我绝对不会否认。

我清楚地记得那一天，白云在天空游来荡去，太阳明晃晃的，照得我全身发烫。小黑一反常态，她摇晃着尾巴在我身旁转来转去，好几次想要骑到我的背上来。小黑身上散发着一股迷人的香味，就像当初在月湖公园里遇到姐姐时闻到的气味一样。时至今日，我也不想申辩我和小黑到底谁更主动了。反正，小黑对我的热情是从未有过的。早几天，我就闻到她身上有我喜欢的味道了。我想和她亲热，她冷冷地拒绝了。可这次，她主动靠近我，水汪汪的眼睛盯着我，尾巴左右摇晃着，嘴里发出呜呜的呻吟。

我毫不犹豫地往小黑身上一扑，紧紧抱住了她……

当我们的身体完全分开时，我告诉小黑，我很喜欢她，我问她喜不喜欢我，小黑不作声。她不仅不作声，还一扭身子，朝着马路的方向走去。小黑的长尾巴耷拉着，走起路来有点蹒跚，似乎没有平时轻快了。小黑没有回答我的问题，我依然很高兴。我心满意足地盯着小黑的背影。真是个不错的姑娘啊，虽然脾气古怪了些。我一定会好好爱她一辈子，一定会的。虽然我还记得姐姐，可姐姐也许早就忘了我吧。

太阳下山前，奶奶回来了。她的布鞋子上沾了不少黄土，头发上还沾了些许草屑。奶奶应该又去后山了。

天快黑了，小黑还没回来。奶奶在屋子周围喊了一圈，没听到小黑的叫声。奶奶说：又上哪撒野去了，千万不要像小白那样，小白肯定是被人下了火锅。呸呸，现在还没到吃狗肉火锅的时候……奶奶唠叨着，将我牵进屋里，关好大门。我挣脱奶奶的牵引，拖着长长的链子往楼上跑去。奶奶在我身后数落着：急什么急，还没给你取下链子呢。

奇怪，这门平时挺好开的，怎么这下打不开了？也许是我太性急了。我嘴脚并用，折腾了好一会儿，才将通往天台的小门打开。

我站在天台上，在越来越重的暮色里寻找小黑的身影。小黑怎么还不回来？她生我的气了吗？她会不会不理我了？明明是她主动在先啊，如果她不许我骑，我肯定不会强迫她。我心烦意乱，沿着天台的边沿走过来，又走过去。没留意一只脚踏空，差点儿跌下去，吓出我一身冷汗。这可是二楼楼顶，要是掉下去只怕连命都没有了。该死的小黑，还不回来。

终于，一个小黑点从马路那头走过来。一定是小黑回来了。我汪汪大叫。黑点越来越近，果然是小黑，我叫得更厉害了。奶奶一点儿都不耳背，她猜到了我为什么这样激动。奶奶去给小黑开门时，我已经从天台跑到二楼迎接小黑。小黑没理睬我，奶奶给她留的牛肉拌饭摆在那里，她嗅都不嗅一下。

令我意想不到的是，第二天，小黑又恢复了往常的样子，她的脚步重新变得轻快。我主动和她搭讪，她没事似的回答我。吃饭时，我俩也是头抵头一起吃。这天的阳光同样灿烂，小黑趴在我身旁，眼神迷离的她仿佛有什么心事，我想问她，又不敢问。畏畏缩缩并不是我的作风，可我担心小黑再次离家出走。哪怕只是回来得晚一点，我也无法忍受。

总之，有了小黑相伴，我已经没那么孤独了。虽然我也常常盼望主人早点来看我，盼望能够去马路上像风一样奔跑，盼望再去后山尽显我的英雄本色。

不知为什么，奶奶再出远门时，总是先将我和小黑关在屋里。我倒没什么意见，反正不是关就是拴，哪里都一样。小黑不大情愿，她有事没事喜欢外出遛遛。这天，奶奶在外面锁门，小黑就在里面用爪子将门挠得吱吱响。奶奶说：小黑别闹，我是为你好，最近打狗的人很多，你要是不想被人打死，就老老实实在家里待着。

为了安抚小黑，我陪她去天台晒太阳。我没话找话，想让小黑忘记被关在家里的烦恼。小黑开始还和我有一搭没一搭地说话，说着说着竟然睡着了。我睡不着。我一直看着小黑，她睡觉的样子真是好看。说实话，我觉得小黑越来越丰满越来越迷人了。

小黑睡完一个长长的懒觉，奶奶还没回来。小黑打了个呵欠：我快憋死啦！不行，我得想个法子出去走走。

大门锁了，你怎么出去？我还是希望小黑能够待在家里，奶奶说过，外面有危险。

我看看，应该有办法。小黑说完转身就往楼下走。没办法，我只好跟在她后面。小黑不是个笨丫头。如果她真有办法出去，我就陪她一起去。我不能让她跑太远。奶奶不在家，我们不能忘了看家的职责。再说，有我在她身边，我相信没人敢动她一根毫毛。唉，我也很久很久没出去玩了。我都快忘了奔跑是什么滋味了。

小黑打起了大门的主意。我在城里从没见过这样大的门。大门由两块可以活动的大木板组合而成，里面装着木条做的门闩。门外，是一道高高的木门槛。门板外面各钉了两个铁环，奶奶要出门时，就会从家里拿出那把大铜锁和一条铁链子。铁链穿过两个铁环，再用铜锁将铁链的两端锁住。小黑其实早有对付这种大门的经验。如果奶奶不在家，小黑等不及要进屋时，她就站在门槛上，身子往两块门板中间使劲一扑，只听吱呀一声，门板与门槛之间便会露出一条缝来。小黑只需往缝里一挤，就钻到屋里去了。

但要从屋里钻到屋外去，就没那么容易了。仅凭小黑那两只秀气的前爪，显然不能增大门板与门槛之间的缝隙。我知道只要我一出手，绝对马到功成。可我犹豫着，任凭小黑将门挠得吱吱响。

来帮忙啊！真是的。小黑生气了。

可是我出不去啊，门缝太小了。我向小黑解释。

我没说要你出去啊。小黑没好气地说。

你一个人出去，太危险。我试图说服小黑。

不帮就不帮，还假惺惺的。小黑气鼓鼓的，自顾自在门板上左挠右抓，不理我了。

这个小黑，我拿她还真是没辙。我走过去，伸出前爪，从门板中间拨拉了几下，吱呀呀，那条缝变宽了。小黑连谢谢都没顾得上说，就从缝里钻出去了。

我扭头往楼上跑，我想去天台上告诉小黑别跑太远了。

可小黑眨眼就不见了踪影。看来她真的憋坏了。

我一直站在天台上，等着小黑回来。

不知过了多久，远远地，我总算看到了小黑的身影。一辆摩托车跟在她的身后，车上坐着两个戴帽子的男人。小黑根本没有觉察到身后跟了辆摩托车，她依然迈着轻快的步伐，不慌不忙地一路小跑。摩托车离小黑越来越近，我突然发现坐在后面的那个男人从怀里掏出了一根绳子。我打了个寒战，感到某种危险正向小黑靠近。我朝着小黑汪汪地叫：小黑，快跑！快点跑！

摩托车慢慢靠近小黑。小黑却浑然不觉。我的叫声更大了，小黑终于意识到什么，她飞快地朝奶奶家跑来。摩托车开始加速，我看到一根绳子往空中一闪，一个绳套落在了小黑脖子上。小黑汪汪地挣扎着，绳套却拖着她跟随摩托车往前跑……此时此刻，我还能犹豫什么？我狂吠着，从天台往下一跳。

一切都来不及了。

落地的瞬间，疼痛将我淹没。我想冲出去救小黑，可我根本爬不起来，只好眼睁睁地看着小黑被摩托车拖走了。

3

奶奶回来时，我躺在门前的水泥坪里，疼得连呻吟的力气都没有了。奶奶喊了句黑风，我的喉咙里涌出一串呜咽。没想到，我也会有像妞妞和小黑一样呜咽的时候。奶奶喊了我好几句，我强撑着想要站起来，蜷曲的左前腿却疼得更厉害了，我一松劲，身体就重新趴到了地上。奶奶蹲下来，看到我的左前腿尚未干透的血渍，她的声音都变了：你怎么了黑风？

奶奶终于打通了主人的电话。奶奶为什么要给主人打电话呢？他知道我受伤的消息，该有多伤心啊，哪怕我每时每刻都期待着主人的到来，我也不愿看到他为我难过。奶奶的手机声音特别大，我躺在地上听得清清楚楚。主人要奶奶别急，赶紧给村诊所的医生打电话，要他们先派人来处理一下，他会找朋友过来帮忙，不过最快也要明天下午才能赶到。

一个穿花衬衣的年轻男人提了个药箱子来到奶奶家。他告诉奶奶，我可能摔断了腿，他先处理一下皮外伤，进一步的检查和治疗得去专门的宠物医院。

年轻男人把我抱进奶奶屋里就走了。

主人又打电话给奶奶。奶奶着急地说：黑风摔断了腿，李医生说要去县城的什么医院才能治。

啊？摔断了腿？主人停顿了一下，接着说：奶奶别急，我让朋友明天带黑风去医院。您现在喂点东西给它吃……

叶子第二天下午就来了，她主动向奶奶问好，告诉奶奶她是小锋的朋友。奶奶看到叶子时，眼神里满是惊讶，她可能没想到主人派来的朋友竟是一个比她还瘦的女孩。叶子背着双肩包走进奶奶屋里，她的手里还提着一只旅行包。我一眼就认出来了，那是主人送给妞妞的礼物。叶子要带着妞妞坐车时，就先把妞妞装在这只包包里。叶子放下旅行包，打开拉链，妞妞钻出来，甩了甩头。看到妞妞的那一刻，我几乎忘了自己的腿伤，我汪汪大叫，挣扎着想要站起来，但那条该死的腿钻心地疼，我试了好几次都没能成功。妞妞冲到我面前，她的小舌头舔着我的眼睛，我的鼻子，我的嘴巴。我也伸出舌头去舔她的眼睛，她的鼻子，她的嘴巴。叶子走到我身边，跪下来抱起我受伤的腿，她的眼睛里迸出两行泪水：黑风，很疼吧黑风……

　　那一瞬，我几乎原谅了整个世界。

　　叶子要奶奶在家里等，她一个人带我去县城。门外响起车子的喇叭声。叶子跑出去，很快推了一辆轮椅进来。其实我并不肥，只是叶子的力气太小，她能够咬着牙把我抱上轮椅就不错了。叶子推着我走到车子旁边。那个皮肤黑黑的男司机说：你租轮椅是给狗坐？

　　对，我要带这只狗狗去宠物医院。

　　对不起，我的车只装人不装宠物。

　　叶子央求他：请您行行好帮个忙，狗狗受了伤，必须尽快去医院，我加钱吧，您送完我们就去洗车消毒。

　　司机好容易才松口。叶子打开后排的车门，先把妞妞抱进去，再把我从轮椅里抱出来放在妞妞身边。

司机嘟嘟囔囔地将轮椅放进后备厢。

县城里只有一家宠物医院，医生给我拍了片子，说是左前腿骨折，要打绷带。皮外那点小擦伤，结了痂就没事了。妞妞在我旁边呜呜地叫着，叶子问医生要不要紧什么时候才可以完全好。医生说：骨折急不来，只能慢慢恢复。叶子轻轻摸着我的头：黑风，要乖噢，好好养伤。

医生给我打完绷带，又开了一堆药给我，叶子将那些药塞进她的大背包，妞妞汪汪地叫着，叶子将妞妞的牵引绳拴在轮椅上，她推着轮椅，妞妞的小短腿飞快地跑起来，我们到了马路边，站了好一会儿，才等到那个皮肤黑黑的男司机。

叶子在奶奶家住了三天，妞妞形影不离地陪着我。我希望妞妞一直陪着我，更希望自己的腿赶紧好起来，我要去救小黑，我必须去救小黑。奶奶已经尽力了，她去村里四处打听有没有人看到她家小黑。叶子打印了一大摞寻狗启事，她轻轻挠着我的肚皮，要我安心养伤，小黑不会有事的，她沿着马路去贴启事，启事上面有奶奶的电话，也有她的电话，如果有人看到小黑，肯定会打她和奶奶的电话……我伸出舌头，去舔叶子的脸。

叶子说她过二十天再来，奶奶要她安心上班，到时要村诊所的李医生给黑风拆绷带。叶子用她的脸在我脸上贴了贴，我伸出舌头去舔她的鼻子，她的下巴，她的脖子，叶子来回抚摸我的背：黑风乖，知道你舍不得我和妞妞，我们也舍不得你，但是没办法啊，我必须回去上班了，过段时间再带姐姐来看你，你不要乱跑乱动，好好养伤，别让奶奶太操心，也别让我和姐姐担心。

叶子和姐姐走后，奶奶总是唉声叹气的。奶奶把我关在二楼，就算她敞开门，我也不可能跑出去，我的左前腿一动就疼，打了绷带也一样疼。我躺在小黑的棉被窝上面，想睡却睡不着。奶奶按时上楼给我喂药，给饮水机加水。她特意煮了排骨，我却一口都不想吃。

不知熬了多少天，感觉我那条左前腿都快废掉时，穿花衬衣的李医生又来了。他毫不费力地拆掉了绷带，我抬腿就想往门外跑，可我的左前腿好像没平时那么听话，我几乎是靠另外三条腿的力量才走到门口。奶奶问李医生：黑风的腿怎么还是瘸的？提前一天拆绷带都不行吗？都怪我这个老不死的，不该提前给黑风拆绷带的……

您老人家莫急，只提前了一两天没事的，李医生说：刚解开绷带是会有点瘸，完全恢复的话，肯定还要一段时间，狗和人一样，伤筋动骨一百天呢。

我是不想为了给黑风拆个绷带就麻烦那个姑娘坐几个小时的大巴从长沙赶过来……

您放心吧，我走了。

我慢慢地从二楼走到一楼，慢慢地从一楼走到门外。奶奶以为我只是下楼散散步，在二楼关了这么多天，肯定把我憋坏了。李医生走后，奶奶一直在二楼忙活，我猜她在收拾被我弄得乱七八糟的狗屋。主人带过来的玩具被我扔了一地，那只布猩猩，身上破了好几个大洞，那是我无聊至极时咬坏的。

我一瘸一拐地下了楼，一瘸一拐地走到了门前的马路上。沿着小黑被拖走的方向，我慢慢往前走。

太阳落山时，我走到了一家餐馆前。餐馆门口停了几辆车，各种各样的气息扑鼻而来，排骨的味道，煎鱼的味道，油烟的味道……我听到了狗叫声，此起彼伏，好像有很多只。我绕到房子后面，果然看到一长溜铁笼子，里面挤满了各种各样的狗。我知道里面没有小黑，因为这里闻不到半点小黑的气味。

我不敢继续待在餐馆附近，沿着马路继续往前走。天完全黑下来时，我又累又饿。路边有户人家亮着灯，一大一小两个孩子在家门口跑来跑去，我甚至闻到了他们手里所拿的火腿肠的香味。我犹豫着走过去。矮一点的女孩说：哥哥快看，有只黑狗狗。高一点的男孩说：它好像受伤了，我去看看，妹妹你站在这里别动。

我停下来，朝着男孩低低地呜咽。男孩试探着慢慢靠近我：你是不是迷路了？你饿了对不对？男孩将他手里的火腿肠伸到我面前，我一口叼过来，转身就走。

别跑啊狗狗，我还有一根！男孩追着我喊。

我只花了几秒钟就吃掉了那根火腿肠，男孩已经走到女孩身边了，女孩不肯将自己手里的火腿肠递给男孩：不，我要自己喂狗狗！

我慢慢走过去，女孩果然将火腿肠举在手里。

不行，男孩说：还是我来喂吧，你太小了，奶奶知道会骂我的！

原来他们也是住在奶奶家啊。女孩乖乖地将火腿肠给了男孩。男孩不了解我，其实我一点都不莽撞呢，如果女孩亲手喂我，我保证不会咬到她的手。

我嚼着火腿肠时，女孩摸了摸我微微蜷起的左前腿，狗狗为什么不踩到地上？这样好辛苦。

哈宝唉，男孩说，狗狗的这条腿受伤了，你没看到它刚才走路和一般的狗狗不一样吗？

大宝，还不带妹妹进屋睡觉？

奶奶，这里有只……女孩的嘴巴被男孩捂住了。

奶奶，我们就来。男孩悄悄对女孩说：别告诉奶奶，她会骂我们的。

我相信他们的奶奶不会骂他们，凭直觉，这家人应该都是好人。好吧，我就在他们房子后面找个地方睡一晚。

天刚放亮我就醒了，那两个孩子估计睡得正香，我也不可能等到他们起床给我火腿肠了。我得赶紧出发继续去找小黑。经过一晚的休息，我的左前腿好像比昨天好了很多，落地时没那么疼了。

在一个岔路口，我停了一小会儿，最终，我没有选择继续走大路，而是走向那条窄很多的小路。天又要黑了，我的肚子也不太舒服。可能不该吃那个肉包子。那是我有生以来第一次从垃圾堆里找东西吃。没办法，不可能天天碰到好人给我东西吃，我要先填饱肚子才有力气去找小黑。

我走进一个小村庄时，天已经完全黑了。村子里有很多房子，但亮着灯的没几盏。我走近一栋亮了灯的房子，期待能再找到一点好吃的。门外没有人，屋里很安静，连电视的声音都没有。我走到窗子前面，靠窗的地方有一张四方桌子，一个头发全白了的老人趴在桌上，她的背影有点像奶奶，她那微微摊开的手心里躺着一只小小的黑色手机，看起来也和奶奶的手机差不多。手机忽然唱起歌来。唱了好一会儿，那个人一动不动。手机紧接着又唱了起来。不知道唱了多少遍，那个人一点反应都没有。她睡得这么沉，也许我可以想办法钻进她家里找点吃的。我找到大门，左右拨弄了半天，大门纹丝不动。这时，有人朝这栋房子走过来，边走边喊：闵老太！闵老太！

我吓得赶紧躲到房子的另一侧。

那人的喊声越来越大，接着传来咚咚的敲门声，然后是哪哪的踹门声，伴着手机唱歌的声音。突然传来尖叫声：闵老太你怎么了？老天……喂，闵伢子吗？你赶快回来你娘老子出事了！

这户人家出了大事，我还是另找地方吧。

我不知道自己走了多少天，也不知道自己走了多远。我总觉得小黑就在不远的前方等着我。信念或许真的能够产生奇迹。然而，天气越来越冷，怎么过夜成了大问题。

有一天很幸运，黄昏时分我发现了一个涵洞，而且老远就闻到了一股香味。我走进洞里，只见一个穿着烂棉袄的男人躺在一堆烂纸板上，身上堆着褪了色的旧报纸，他的手里抓着一包方便面，正吧嗒吧嗒地嚼着。我犹犹豫豫地朝他走去。他终于看到我了，他的腮帮子停止蠕动，眼睛睁得又圆又大。我想，不是因为他的眼睛本来就大，而是他太瘦了，他和压在他身子底下的纸板没什么区别。纸板没有嘴巴不会吃方便面，可我有啊。这一整天我只在一条小溪里喝了几口水。那水太凉了，喝得我直打寒战。有涎水从我的嘴角往下淌，我不想控制，也无法控制。

男人与我对视了一小会儿，举起他手里的方便面：你想来一点儿？

我汪汪地叫了两声。

来吧。男人从皱巴巴的塑料袋里抽出剩下的方便面，掰了一大半递到我面前。我一口叼过来。男人和我差不多同时吃完了方便面。

好冷啊，你冷不冷？男人双手抱住肩，他的身子在发抖。

我挨着他躺下去。

我和男人紧紧依偎着睡了一夜。

第二天，男人还在睡，可我必须离开了。小黑的气味时有时无，但我相信自己总有一天会找到她。

路过一个小山坡时，我想起了兔子和斑鸠，不由吞了吞口水。这片山坡和主人带我去的后山差不多高，没什么大树，到处都是灌木和低矮的小树。这样的地方，应该藏着我需要的食物。凭直觉，那丛灌木里面有情况。我瘸着腿走过去。突然，一只黄色的小东西从灌木丛里一跃而出，从我身边逃走的时候，一股刺鼻的奇臭差点将我熏晕。原来是黄鼠狼。可惜它跑得太快，否则我也可以凑合凑合，用它安慰一下我的辘辘饥肠。唉，要是我的腿没有受伤，再厉害的黄鼠狼也在劫难逃。

我在山坡上四处转悠，想碰碰运气。黄鼠狼跑了，说不定还有肥肥的兔子正等着我。天气一天比一天冷，兔子会不会都躲到洞里去了？前方的草丛里忽然传来窸窸窣窣的声音，我将脚步尽量放轻些，快走到草丛旁时，一只鹌鹑扑啦啦飞起来，刹那间，我下意识地想纵身一跃。只要我纵身一跃，这只鹌鹑就是我的嘴中餐。可是，我的身体像是被谁拖住了，我竭尽全力，也只完成了往前一扑的动作。鹌鹑越过我的头顶，落在不远处，飞快地钻进了一处灌木丛。

我怎么了？我不是快如闪电吗？难道我连一只小鹌鹑都抓不到了？

我耷拉着头，有气无力地往前走，不知不觉到了一个山洞旁。洞口的平地上有三只鸡踱来踱去。是不是我看花了眼？荒山野岭的，怎么可能有这么肥的鸡？这些鸡和奶奶喂的老母鸡没什么区别。我的肚皮已经饿得快贴到背了，管它是什么鸡有什么来头，先抓一只吃了再说。我小心翼翼地走近，拼了命往前一扑。花鸡和白鸡飞快地跑开了，那只笨头笨脑的黑鸡却被吓蒙了，缩着脑袋蹲在地上一动不动。既然它这么配合，我就不客气了。我一口咬住黑鸡的脖子。黑鸡发出咕咕的叫声，和主人给我买的那只玩具鸡发出的叫声完全不一样。我叼着黑鸡扭头就走，一个穿着脏毛衣的男人从洞里冲出来，他的手里拿着一根长长的木棍子。危急时刻，我舍不得松开嘴里那只鸡。再不吃点东西，我真的要活活饿死了。我瘸着一条腿，嘴里还叼着黑鸡，男人很快就追上了我。他的第一棍正好落在我的左前腿上，一阵撕心裂肺的疼痛瞬间将我淹没，嘴里的黑鸡啪的一声掉在地上。我躺在地上动弹不得，快要断气的黑鸡就在我的眼皮子底下挣扎，我却一点办法都没有。

我闭上眼睛，等着死亡的到来。

别打了！一个女人挺着大肚子从洞里走出来。男人的第二棍僵在半空。

不要杀生！女人的双手放在肚子上，气喘吁吁地哎哟了一声。男人赶紧扔下棍子，冲过去扶住女人：怎么了？肚子疼吗？

我没事，女人说：这只狗已经饿成皮包骨了，你别打它了，那只黑鸡反正已经被它咬死了，给它吃了吧，就当是为我们的儿子积点德。

儿子又在踢你了？男人将手放在女人的肚子上。

女人点了点头。

唉，到时候去哪里找接生婆？

三妮不就是我们自己接生的？别担心了。走吧，看看那只狗怎么样了。

你看你，一棍子差点打死它。女人吃力地蹲下来，拿起我的左前腿：它这条腿好像有旧伤，又挨了你一棍子，真可怜。

在女人的吩咐下，男人将我抱进洞里。看来我真的瘦了，男人几乎没费什么力气，轻轻松松就把我抱了起来，轻轻松松就把我放在了洞里。女人拎着那只死去的黑鸡，放在我面前。我趴在地上，身体簌簌发抖。

蛇皮袋里还有一件旧毛衣，大妮的，你翻出来给狗盖一下，看样子它可能生病了。

不是饿的就是吓的，生什么病噢。男人果真拎了一件玫红色的旧毛衣过来。那件毛衣有点小，勉强遮住了我的半个瘪肚子。女人用一只缺了口的饭碗端了半碗水过来。男人接过去，放在我面前。我勉强打起精神，喝了小半碗温水，感觉身体里面有了一点力气，便死死盯住那只一动不动的黑鸡。男人起身走开，边走边说：吃吧，是你的了。

挨一棍子换来一顿美餐，想想还是蛮值得的。我撕咬着那只鸡，暂时忘了腿上的疼痛与不知身在何处的小黑。

天黑了，男人将剩下的两只鸡赶进洞子的最里面，用一块树枝扎成的篱笆挡住。他和女人早早上了床。他们的床比我的行军床差远了。最底下是厚厚的一层干树叶，中间放了一床烂棉絮，上面铺了一块旧床单。他们的被子已经脏得看不出颜色。女人朝里睡着，男人朝外睡着。两个人都打着鼾。他们的鼾声此起彼伏，听起来像唱歌。吃饱喝足，我也困极了。不管明天是什么样子，我都得好好睡一觉。

我实在太累了。

春天怎么突然就来了啊。月湖公园里的茶花都要开疯了。

主人牵着我，叶子牵着妞妞，我们一起穿过那座长长的石拱桥。妞妞头上戴着一个粉红色的蝴蝶结，小短腿飞快地往前跑。跑着跑着，她就变高了变大了，难道是我出现了幻觉？叶子牵着的不是妞妞而是小黑？小黑真的没有死！小黑就在这里！我汪汪大叫，小黑却跑得更快了。小黑再快，能快得过我吗？我正想把自己变成一道闪电，忽然感觉全身一麻，好像有谁按下了黑匣子……

我从梦中疼醒，发现天已经亮了，那只花鸡正要将它的尖嘴往我身上啄。我愤怒地叫起来，花鸡吓得张开翅膀就往洞子外面逃。唉，我早就忘了洗澡是什么滋味了。我的身上是不是长了虫子？花鸡在我身上啄来啄去难道是为了找虫子吃？

我扭头朝床上看。男人不在床上，女人睡得正香。我试了试自己的四条腿，还好，只有左前腿不怎么听使唤，但比起昨天来，已经好太多了。那只鸡在我的肚子里变成许多力气。我竟然一下子就站了起来，竟然可以一步一步地往外走了。

当风刮在身上越来越冷的时候，我知道，秋天快完了，接下来就是更加难熬的冬天。

那天我正沿着一条马路慢慢往前走，一辆红色的小车咻的一声在我身边停下来。我吓得往路边的稻田里一滚。车里走出一对年轻人。女人指着我说：你看，那条狗像不像寻狗启事上面说的杜宾？它也是瘸的左前腿。

男人捡起一块石头朝我扔过来，我没来得及躲开，石头刚好砸在我的背上。好疼啊，我不由自主打了个哆嗦。

男人说：流浪狗太脏了，说不定还有狂犬病，赶紧走吧。

有人找这条狗找得发疯，酬金有多高你知不知道？

你想钱想疯了吧……

懒得理你。

女人嘟着嘴气鼓鼓地上了车，男人跟在她身后。车子叫了两声，一溜烟走了。

谁在找我？主人？叶子？奶奶？主人从很远很远的地方回来了？他是不是在奶奶家等我？他一定很着急吧？可是，我得先找到小黑。我一定要找到小黑。我闻得到她的气息，她还活着。等我找到小黑，我就把她还给奶奶，然后跟着主人一起回我们自己的家。

我试着抖了抖自己的身体，还好，那块石头并没有伤到我的筋骨。

我瘸着腿，继续往前走。

一阵刺骨的大风刮过，天空飘起了雪花，一朵接一朵，越来越多越来越大。枯草变白了，绿树变白了，房子变白了，所有的路都变白了。我被包围在一望无垠的雪的世界里。

天那么冷，我的身体里却燃起了一堆火。我的腿好像被什么东西黏住了，尤其是那只受伤的腿，一阵比一阵疼得厉害。我越走越慢，越走越吃力。前方不远处，出现了一堵围墙，围墙边上站着高高的树。树上堆满了雪，一阵风吹过，大大小小的雪块扑簌扑簌往下落。

隐隐约约，我闻到一股熟悉的气息。

我艰难地走向围墙。那股气息已经非常明显了。难道真的是小黑？小黑真的就在这个围墙里面？我要救小黑。我一定要救小黑。那天，如果我及时制止小黑，如果我坚决不插手，小黑就不可能从门缝里钻出去。是我害了小黑。只有救出小黑，我才能原谅自己，才有脸回到主人的身边。

围墙越来越近，我的腿却像绑了石头，要费很大很大的力气，我才能继续往前走几步。那股熟悉的气息越来越明显。小黑！我敢肯定是小黑！汪……我的嗓子怎么了？我怎么喊不出来？我怎么可能连喊都喊不出来了？我的眼睛怎么了？围墙要倒了，树要倒了，所有的雪都要飞回天空吗？

汪！汪汪！是小黑的声音！小黑就在这里！我好想站起来，可是，我感觉自己在坠落，在越来越深的黑暗里坠落。

坠落的那一刹，仿佛有一道闪电从我面前划过。

我闭上双眼，却听到满世界都是脚步声。熟悉的，陌生的，慌张的，从容的，都有。它们离我越来越近，越来越近……

浏阳河上烟花雨

1

浏阳河真的涨水了。旱了那么久，老天爷突然心血来潮，不歇气地，筐（方言，形容雨水下得大而急）了一天一夜的大雨。那水，眼见着，就噌噌地涨上来了。

浏阳河畔，一直比较冷清。长沙人，外地客，都喜欢往湘江边去，那里的风光带的确迷人。笑生却很少凑那热闹，越热闹，他越觉孤单。笑生常常来浏阳河边走走。有时一个人，有时两个人。在笑生心里，早把这长堤当成自家的了。在搬了 N

次家后，去年年底，笑生之所以在这附近租了套一室一厅，与浏阳河不无关系。

但今晚的长堤，好像有点陌生。空气中，竟迷漫着一股奇怪的腥味。那种腥味，似乎好闻，又似乎不好闻。总之，有点暧昧。

夜已深，长堤之上，只有笑生一人。浏阳河水波涛暗涌。一痕细月在墨一般的天空中若有若无。笑生早将手里那根狗尾巴草揉得面目全非。笑生一边揉搓着可怜的狗尾巴草，一边盯着坐在水里的那半棵树。笑生想问问那半棵树，被水一寸一寸淹没的感觉，是不是就像他和丁丁一起犁田时，一点一点积聚能量，痛并快乐着的那种等待？

笑生手机上，塞满了丁丁心血来潮时发给他的短信。笑生最喜欢的，是去年出差时丁丁发给他的这一条：我想你，也想牛。不知是因为想牛而想你，还是因为想你而想牛。想你还是想牛？想牛还是想你？我想了这么多年也没能想明白。我唯一想明白的，就是牛永远离不开田，田也永远离不开牛。所以，这辈子，咱俩谁都别牛。

丁丁性格并不外向，与人交往亦不大善谈，在笑生面前却格外伶牙俐齿。笑生在她面前，只有讨饶的份儿。每次吵架，无论谁对谁错，最后肯定是由笑生低三下四求丁丁原谅。没办法，就算全是丁丁的错，丁丁小嘴巴一张一张的，结果全成了笑生的不是。

但这一次，笑生觉得自己错得比丁丁多，虽然他也搞不清自己究竟错在哪里。丁丁不肯接电话，表明她的气还没消。丁丁在气没消之前，绝不会回家。丁丁不肯回家，笑生一个人躺在床上，奇怪平时逼仄得不能再逼仄的卧室怎会空荡得像个荒野，空调无助地呻吟。孤魂野鬼般的笑生，一遍又一遍翻看着丁丁的杰作。他几乎能全部背下来了，还常常忍不住，要从头再读上一遍。尤其是"想你还是想牛"这一条，仿佛已是荒野中啪啪燃烧着的一堆篝火，在无边无际的凄冷长夜里，照亮笑生，温暖笑生。

冷战已有好几天，这是从未有过的事情。笑生之所以没有像以往那样，锲而不舍没日没夜拨打丁丁电话，并非笑生有了异心。

笑生想给丁丁一个惊喜。

2

一路上，笑生都在庆幸自己运气不错。刚想打个瞌睡，立马就有人送枕头来了。

蝴蝶山庄今天开盘。

在某片世外桃源里，无数彩蝶在翩翩起舞。彩蝶之上，是云卷云舒；彩蝶之下，有花谢花开。想想吧，住在这样一个人间天堂里，那日子，将是怎样的美不胜收啊！恍惚中，笑生感觉自己已经化为一只蝴蝶了。名叫笑生的蝴蝶拍着翅膀飞啊飞，他的身旁，有一只可爱的女蝶一直不离不弃。那女蝶，当然是丁丁啦。

笑生到达蝴蝶山庄时，黄粱未熟，梦却不得不醒了。

蝴蝶山庄离市中心近二十公里路程，论距离，也称得上世外桃源了。远远望去，但见一片黄土地之上耸立着四座尚未封顶的新楼。前面那座，最底层却已装修成售楼处。一条黑龙，从售楼处蜿蜒而出。黑龙两侧，似乎还搅出了一朵朵黑色的碎浪。笑生看看手机，还不到八点。笑生天没亮就起床了，为着去星宇广场赶坐蝴蝶山庄第一班免费看房专用车。没想到除却这满满一车人，还有人比笑生捷足先登。笑生忍不住自言自语：怎会这么多人排队？

蝴蝶山庄是笑生在搜房网上几番苦寻所得。一进搜房网，那多如牛毛的新楼盘，就让笑生看花了眼，再看看价格，笑生便彻底傻了眼。

三千六百九十八，四千，四千八百八十八，五千二百八……笑生在心底估算了一下，他和丁丁两人合起来，整整一个月工资，还只够买一个平方米，还必须是最便宜的楼盘。说什么彰显尊贵身份，说什么尽享顶级生活，总不能让人晚上当半宿皇帝，天不亮就出去讨米吧。笑生骂了句"我靠"，在搜房条件的价格一栏输入三千以下，又在面积一栏输入八十以下，一回车，竟然出现了短短几行搜寻结果。地段无不偏僻，相比之下，号称最低价两千八百八十八每平方米的蝴蝶山庄，离丁丁上班之处相对近一点，性价比似乎也更高些。笑生在心底飞快地估算了一下，八十平方米，就算三千元一平方米吧，共计二十四万，三成首付七万二，再加上其他各项费用大概就是八九万吧。他和丁丁存了两万多，老爸老妈答应支持两万的，姐姐厂子改制，一次性买断工龄得了两万多，也答应先借给他买房。还差那么几万，看能不能找同学或朋友去借。或许，或许丈母娘也会支持那么一两万呢，丁丁可是独生女儿。当然，这话笑生无论如何是说不出口的，赞不赞助，全凭岳家"良心发现"了。至于按揭多久月供多少，只得到时再说了。让笑生稍感欣慰的是，这个周末，就是蝴蝶山庄的开盘之日。

笑生本想打电话告诉丁丁，让她一起去看房。丁丁却不肯接电话，她这次的气生得不小，谁让笑生以前那么宠着她让着她呢，不然，也不至于一句话没说好，就把老婆大人给得罪了。每次与笑生闹别扭，丁丁就去她死党千千那里住。千千与男朋友租的两室一厅，丁丁偶尔去做做电灯泡，他们权当在生活里放点佐料，并不计较。丁丁还是老风格，见是笑生电话，毫不留情就挂了。再打，再挂。再打，再挂。事不过三，笑生不再勉强。而以前的笑生，在遭遇屡打屡挂之后，依然会屡挂屡打。丁丁并不关机，在笑生拨得手发麻牙发痒时，丁丁眼见手机快没电了，这才慢条斯理接了电话，笑生赶紧求饶，丁丁半天才哼的一声，僵局由此打破。笑生又赶紧打的去千千家，好话说尽腮帮子笑酸，总算将丁丁拉回家来。然后再在床上一番恶战之后，两人才算重归于好。

车一停，笑生也顾不得礼仪之邦谦谦君子的风度了，他想绅士绅士都不行。他坐在中间，车还未停稳，坐他里侧的人已经边推他边嚷嚷着快点快点。笑生双脚刚踏进车厢过道，就被一股来自四面八方的力量挟持着往前冲。笑生的眼镜被挤到了鼻尖上，他好容易才抽出一只手来，想把眼镜扶回原来的位置。哎哟，笑生不由惨叫一声，谁的尖鞋跟揸在了他的脚指头上。

笑生被人们"裹"下车时，眼镜斜跨在鼻梁上，嘴巴咧向两旁，牙齿全龇在外头。笑生的牙齿长得特好，又白又整齐，这样子全龇在外头，就像闪耀在脸模上的一副烤瓷假牙。笑生个子不足一米七，一张瘦脸没有别的男人一只巴掌宽。那文文弱弱的样子，就像营养不足发育不良的中学生，怪不得一车人都像丁丁一样，完全不把他放在眼里。丁丁个子和笑生差不多，但比笑生显高。丁丁若是穿上高跟鞋，昂首挺胸，往笑生面前一站，不用开口，就先在海拔和气势上占了上风。丁丁生气时才穿高跟鞋，平时她很注意与笑生保持"高度一致"。丁丁再苗条，也是凹凸有致的。如果丁丁是一枝孕育着新芽苞的柳条，笑生则是一根豆芽菜。有回逛街，店老板对正试新衣的丁丁说：要你弟弟看看，多显气质！丁丁几乎当场吐血。丁丁虽然二十五岁了，可笑生比她整整大了四岁啊。丁丁咬着嘴唇扔了披在身上的新衣，拉了笑生就走。一路上，丁丁恨不得立即吹口仙气，让笑生再魁梧些再强壮些。在笑生面前，丁丁只有闭上眼睛，才能找到小鸟依人的感觉。

人们如水般，被车子哗地一下倒出来后，争先恐后流向售楼处。笑生顾不得安慰一下受伤的脚趾，忍着疼痛一路小跑。

笑生跑到售楼处一问，才知选房号已排到两百多了，而今天可供挑选的房子总共才两百来套。就算再排个号，只怕也已了无意义。笑生抬头望了望天，骂了句"我靠"，还是早晨啊，太阳就这么毒了。笑生收回目光，开始扫描那一长溜排队的人。有交头接耳的，有翘首盼望的，有煲电话粥的，有绷着脸一根一根揪胡子茬的，还有大声发着牢骚的……怪不得他们那么早，原来是昨晚上就赶来排队了。

　　或许，有人挑不到自己满意的房呢？笑生脑中灵光一现：对，还是排个号，说不定还轮得到。果不出笑生所料，苦等两三个小时后，胜利就在眼前，他前面只有两三个人了。笑生在心里祈祷神仙保佑神仙保佑。笑生祈祷完神仙保佑，开始测算运气。他在心里默念：如果在他还没数完两百时，就轮到他前面的那个选房，那么，他今天肯定能选到房。笑生以蜗牛爬树的速度数啊数。果然，在他数到第一百七十五时，他前面那个被告知可以去选房。笑生长吁一口气，颇有点胜算在握的感觉。他又在心里默念，重新从一开始，如果在他未数完两百时，售楼小姐就喊他的号，那么，他就百分之百能选到满意的房子。笑生以比蜗牛爬树还慢的速度数啊数。在他默数到第一百六十三时，却见售楼小姐笑吟吟走到了他面前。笑生心里一阵狂喜，终于轮到自己了。笑生是被胜利冲昏了头脑，没发现其中异常。之前轮到选房的人，都是先喊号子的。

　　到我了吧？终于轮到我了。笑生在心里暗自庆幸，嘴上却发着小小的牢骚。

　　对不起，今天的房都选完了。售楼小姐笑得很甜很美。

笑生目瞪口呆，半天没缓过气来。他身后那一长串人也叽叽喳喳抱怨着。

今天没选上，明天还有三号四号楼可以选。售楼小姐软语劝慰失望的人们。

笑生的嘴唇终于回了位。对，大不了今晚不回家，他就不信明天会排不上号。

3

售楼处的灯整夜亮着。大厅里的立式空调吞云吐雾。几张沙发上歪七斜八挤满了人。地板上，也是躺的躺，坐的坐。还开了好几搭三打哈。没占到桌子的，就盘着腿席地而坐，扑克牌照样洗得稀里哗啦的。

笑生本来一直斜倚在墙角看报纸，那报纸，还是下午时别人去选房之前随手扔下的，还没来得及落地，被觊觎已久的笑生一把抄在了手里。笑生看得累了，才觉空气污浊得很，往玻璃门外一看，只见土坪里淌了一地的月华。笑生站起来，往门外走。

满天繁星之下，蛙声此起彼伏。笑生仰头，好容易才找到那轮新月。远处，星星点点闪闪烁烁的灯光，犹如城市的呓语。没有一点风。四处都是透明的墙。笑生扯了扯粘在身上的短袖 T 恤。大厅里虽然乌烟瘴气，毕竟还有些凉意。笑生转身欲回售楼处。一只小东西迎面飞来，几乎扑到了他脸上。笑生下意识往后一退，原来是只萤火虫。笑生儿时最喜欢夏天。夏天多好啊，白天可以去小河里扎猛子，晚上可以打野仗捉萤火虫。笑生家和叔叔伯伯家同住在一个U字形小院里。院子一侧卧一方小水池，另一侧摊一个大晒谷坪。每到夏夜，就有萤火虫在院子里一闪一闪的，有一两只甚至还飞进屋子里去了。萤火虫全是些懒惰的家伙，才飞了一小会儿，它们就偷起懒来了，要不坐在哪片菜叶子上打个小盹，要不趴在某扇玻璃窗上喘着小气儿，要不干脆浮在空气中，任它东西南北风。每当这时候，笑生就会屁颠屁颠地跟在姐姐身后，满院子捉萤火虫。笑生手里提着一只纸灯笼。姐姐手很巧，从作业本上撕一页废纸，三下两下，就能折出一个有棱有角的纸灯笼来，纸灯笼还能一开一合，非常精致。这是笑生佩服姐姐的理由之一。姐姐不仅手巧，扑萤火虫的姿势也挺好看。姐姐蹑手蹑脚，靠近泊在空中的萤火虫，然后双脚轻轻往上一跳，在跳的同时，她伸出一只手，飞快地，一张一抓，等笑生回过神来，姐姐已将掌心里的萤火虫放到他手中的纸灯笼里去了。笑生却很笨，有一回，他追着一只萤火虫跑啊跑，没提防前面已是小水池。结果扑通一声，跌池里去了，害姐姐挨了爸妈一顿臭骂。之后，姐姐便只许他跟在身后提纸灯笼。夜半时分，笑生和姐姐趴在床上，姐姐先将蚊帐全放下来了，关了电灯后，再把纸灯笼的口子完全拉开。两人看着萤火虫一只接一只地爬到口子边沿，左右徘徊片刻，才懒洋洋地飞了起来。有的停在蚊帐上，有的就浮在那里，半天一动不动。蚊帐里面，慢慢变得流光溢彩起来。一闪一闪忽高忽低的点点光亮，让笑生在梦里都笑出了声。

此刻的笑生，看着眼前一闪一闪忽高忽低的这滴萤火，突然觉得那些玻璃墙全融化了，融化成月华在他脚下徐徐流淌。

萤火虫带给笑生的点点浪漫，在第二天清晨烟消云散。

起来！都起来！都到外边排号去！睡眼惺忪的保安们，正吆喝已在厅内将就了一晚的人们。

一听要开始排顺序号了，大家呼啦啦一下，全起来了。刚才还满满当当的大厅，眨眼间就空荡了许多，唯有一地的废纸烟头空矿泉水瓶，依旧散发着喧嚣的气息。笑生动作慢了些，天快亮时他才迷迷糊糊睡过去，这会子只觉全身疼痛。其实他也没慢多少，等他走出门来，却见土坪里已站了一大帮子人。笑生以为自己还在做梦，曲起拳头往突突直跳的太阳穴上捶了捶。捶了好几下，睁眼一看，却见不远处有辆大巴开过来了。笑生一个激灵，完全清醒了。他一路狂奔赶去排队。

笑生拿到了第七十六号，他走出人群，想到安静一点的地方给丁丁打个电话。丁丁的气也应该快消了吧？如果丁丁还不接电话，笑生顾不得制造惊喜，只好先发短信告诉她就要选房的事了。这个倔妹子，小时有父母惯，现在有老公惯，不惯坏才怪。号码还没拨完，却听背后传来吵闹声。笑生扭头一望，原来是选房的人和售楼部的人吵起来了。

笑生顾不得打电话，急匆匆走过去一看，才知楼价比昨天涨了好几百。昨天的开盘价，均价是三千五，至于开发商在网上打出的所谓最低价两千八百八十八元，原来只是个诱饵，说是有那么一两套特价房，但早就不知被谁先下手为强了，或许这一两套特价房本就是子虚乌有的事。笑生当时心里就一咯噔，指望着今天能买到最低层的低价房。没想到一夜之间，二楼八十平方米的户型，已从昨天的三千二涨到了三千五。而且，按揭不再打折，一次性付款只打九九折。加之笑生选房号已排在七十六号，不可能再有最低最便宜的楼层等着他了。也就是说，每平方米三千五都已成奢望。如此一想，笑生只觉手足冰冷，额头上的汗反倒流得更欢了。

你们哪里在卖楼，简直是在抢钱！一位胖胖壮壮的中年女人涨红着脸大声喊道。

没有人逼您买啊"售楼小姐脸上还浮着几丝笑意，像空气中若有若无的灰尘，但语气，已经趋于强硬。

你们还讲不讲信用？女人脖子都粗了。

这就是市场经济！愿买就买，不愿买拉倒，还有一大堆人排着队在等呢！售楼小姐声音不大，但冷冰冰的，砸得人心窝子直颤悠。

你这是什么态度，不就一个臭卖楼的，你神气什么"女人气急败坏地叫了起来。

人群也开始骚动。

他妈的开发商也太黑了！杀猪也不是这样杀！哪有一个晚上涨三四百的！

真是要钱不要脸，我们大家要团结起来，不能任人宰割！

对，叫你们老总出来，我们要和他对话！

我们要和老总对话！叫你们老总出来！

人群叫叫嚷嚷，推推搡搡，都往售楼大厅里涌。十几名保安全体出动，也无法阻挡激愤的人群。笑生本想一起振臂高呼几句，不知为何，嗓子却发黏发涩，根本发不出声音来。笑生晕晕乎乎的，任凭人群将他忽前忽后忽左忽右地推来搡去。

人们在售楼大厅里此起彼伏喊了好一阵口号，一直不见有什么老总出来。忽听砰的一声，一名精瘦的男子将一条折叠凳端翻在地。顿时，大厅里响起噼哩啪啦的响声。桌子凳子哗啦啦全被人踢趴了。还有人操起一条凳子去砸大楼模型。一名保安企图上前阻止，身上立刻挨了好几脚。场面眼看就要失控。这时，门外响起警笛声。几辆警车开到了售楼部门外，十几个警察旋风般刮进来，又钻进人群之中。一名警官举着小喇叭站在凳子上喊话：请大家保持冷静！吵和闹都不能解决问题！你们选两个代表出来和开发商进行谈判！

4

笑生回到家来，直着眼往床上一倒，心里越想越气。这是什么世道？开发商为追求利润的最大化而寸步不让，在愿买愿卖的游戏规则中，那两个代表徒奈其何。他们谈判来谈判去，最后给大家的交代就是：价格没得商量，现在所有的楼盘都是一天一个价。但折扣，可以按昨天开盘的点来算。按揭九九折，一次性付款九八折。大家又发了一通牢骚后，纷纷认命。说不定明天又会涨几百，该出手时就出手，要不肠子悔断也没用。

终于轮到笑生选房。笑生硬着头皮，在八十平方米户型被挑剩的房号里，选了最便宜的一套。又硬着头皮，让售楼小姐噼里啪啦按了一通计算器后，填好那张购房计划书。三十多万啊老天，且不说按揭那个紧箍咒，也不说一年就要加N次息，光是首付三成再加所有税费，就要十二万多。杀了笑生只怕也难得凑齐这么多钱。售楼小姐耐着性子，再三催促笑生赶紧去财务室交定金。笑生借口要先打个电话和老婆商量商量。笑生边把手机贴在耳畔边往外走。

笑生就这样落荒而逃了。

笑生想得肠子直发抖，从昨晚到现在，已是二十几个小时，笑生还只喝了两瓶矿泉水一瓶八宝粥。他爬起来，翻箱倒柜找果腹的东西。笑生在橱柜里找到小半瓶邵阳大曲，那是一个月前几个大学同学来家里玩时喝剩的。又在床头柜里翻出一包酒神花生，这肯定是丁丁落下来的。丁丁喜欢躺在床上边看电视边吃零食。偶尔，也会陪笑生喝点啤酒。笑生很专一，喝啤酒便喝啤酒，不像丁丁，非得喝一口啤酒，就得啃一小截鸭脖子或剥几粒花生米嗑一捧葵瓜子。但现在，笑生已顾不得专一。酒神花生的外包装软不拉叽的。笑生举起来一看，上面赫然写着：漏气不影响口感。我靠。笑生哼了一声，又哧地一下，撕开了包装袋。漏气便漏气，还好意思提劳什子口感。这不是明摆着欺负人吗？好像知道我陈笑生现在饿鬼一个似的，不会去争那口硬气。笑生往手心倒了一捧花生米，一骨碌全塞进嘴里，恶狠狠地嚼了又嚼，再抓起酒瓶，咕咚咕咚灌了好几口酒。

当丁丁被千千劝回来时，笑生正握着空酒瓶坐在床上唱歌。笑生喝啤酒还行，喝白酒却是弱项。他消灭掉那小半瓶邵阳大曲后，就打千千电话，要千千告诉丁丁，给他买一件白沙啤酒回来，他快渴死了，他没有力气下楼，要丁丁赶紧买啤酒回来救他一命。笑生说，救人一命，胜造七级浮屠。笑生还说，一日夫妻百日恩，丁丁毕竟是他老婆，再怎么着也得在他临死前见他一面，他还没来得及写遗嘱，他们总还有些共同财产，比如电脑啊洗衣机之类的。千千听他满嘴胡言，知道他真醉了，连哄带吓，才将丁丁赶回家去救笑生。

丁丁进得房来，笑生歪了头斜着眼盯住她：啤酒呢？

丁丁冲过去，一把抢掉笑生手中的空酒瓶，往垃圾桶里一扔。

你是不是觉得我特窝囊？笑生仍旧歪着头斜着眼。他的眼里似乎藏了两朵火焰，映得整张瘦脸都红彤彤的。

丁丁坐在床头一声不吭。笑生爬过去，两手用力扳住丁丁双肩：我昨天去买房，排了两天一晚的队，最后才发现自己连他妈首付都负担不了。还是你说得对，一个男人如果连房都买不起，还他妈结什么鸟婚！还他妈算什么男子汉！

说完一串还他妈，笑生仰头大笑不止。笑生平时文质彬彬，喝醉了便原形毕露，开口闭口他妈的。

丁丁先是冷眼看着笑生，见笑生越笑越离谱，这才双手往笑生脖子上用力一钩，笑生不得不低下头来，丁丁用嘴唇堵住笑生的狂笑。两人往后一倒，便在床上打起了滚。

与丁丁一番恶战过后，笑生的酒已醒了大半。两人相拥着进了浴室，站在莲蓬花洒下，互相搓洗着身体。

买套二手房算了。丁丁突然湿淋淋地来了一句。

这湿淋淋的一句话，犹如一道闪电，划破了笑生一团漆黑的天空。

5

笑生和丁丁猫在电脑前，恨不得将全长沙的二手房一网打尽。比地段，比户型，比房龄，比价格，几番左挑右选之后，两人将选中的房子与中介联系方式全打印了出来，又分地段分时间做了一个看房计划。

笑生和丁丁都是公司文员，朝九晚五的，看起房来很不方便。为此，他们不得不起早贪黑，争取每分每秒到处联系中介看房。因为计划得当，通过一周的满城撒网，两人终于锁定了一处目标。

房子位于烈士公园附近，六十平方米，两室一厅，户型设计基本合理（这在老房子里已属罕见），五楼（共六楼），房龄十年，挂牌价二十一万。因是单位福利房，有小院有门卫，很安全。又在烈士公园边上，空气相对较好。加之交通方便，离笑生和丁丁上班的地方都不算太远。虽然价格与同地段的新楼盘相比，已没便宜多少，但综合指数却是大堆二手房中令笑生和丁丁最心动的。可惜，因房主出差，笑生和丁丁一直没能看到房子。

中介小彭周五打来电话，说房主出差已回，周六上午可以去看房。

这天，笑生和丁丁特意起了个早，又去杨裕兴将肚子填得饱饱的，这才精神抖擞地上了公交车。

笑生和丁丁兴冲冲地推开那扇玻璃门，几名办事人员接的接电话，敲的敲电脑，一个个只支起眼皮扫了两人一眼，依旧该干嘛仍干嘛。倒是小彭动作麻利，很快端来两杯纯净水，满脸笑容，将笑生和丁丁让到沙发上坐下。小彭二十来岁，看起来很结实，个子差不多比笑生高出了一个头。头发大约两寸来长，一根根全朝天支棱着，大鼻孔小眼睛，人中极长，上嘴唇却极薄，即便笑容可掬，似乎也是一副不怀好意的样子。

不知为何，笑生的心突然忐忑起来。

您和房主约好了吧？我们什么时候可以去看房？丁丁到底沉不住气。

对不起，房主今天临时有急事去了湘潭，可能明天才回。（小彭笑得上嘴唇几乎全没了，森然露出半口鲜红的牙龈，恐龙笑起来都没他夸张。）还有个情况要向两位说明一下，房主不肯按我们原来的挂牌价卖房了。

为什么？笑生和丁丁异口同声，齐齐从沙发上站了起来。丁丁气愤地说：我们不是早就说好了吗？怎么能够出尔反尔？

对不起，房主临时变卦，我们也没办法。小彭竟然还笑得出。笑生恨不能将他那上嘴唇从牙龈里面揪出来。丁丁巴巴地望着笑生，挺无助，挺楚楚可怜的。丁丁就是这样，在家里犟得像头牛，在外人面前却温柔得让笑生几乎酸掉牙齿。不过也好，最起码让笑生在人前不失男子汉尊严。

她现在开价多少？笑生问。

二十二万，少一分她都不卖。小彭收了笑，很严肃地说。

切。笑生冷笑一声，一天一万，全世界都没这种涨法。你把房主电话给我，我自己和她说去。

对不起，我们不能透露业主隐私。小彭说，她明天会来我们公司，你们可以当面谈谈，有个初步协议后再去看房也不迟。

笑生和丁丁垂头丧气走出中介公司。大街上，热浪滚滚。笑生感觉自己已接近燃点。丁丁轻轻抠了抠笑生的手心，嘴朝对面一努。马路对面，有一家大型超市。超市一楼，便是KFC。丁丁爱吃肯德基，笑生与她谈恋爱后，便也爱屋及乌，跟着一起啃鸡翅，啜可乐，咬蛋挞，不亦乐乎。

到了门口，丁丁突然不走了，她双手拽住笑生一只胳膊，摇了摇说，算了，咱俩回家自己弄点吃的，冰箱里还有一盒土鸡蛋，几根火腿肠，再在巷口随便买点菜就行了。笑生先是诧异，醒悟过来后，便在丁丁脑门上"啵"地亲了一下：孺子可教，懂得勤俭持家了！丁丁甩了笑生那只胳膊，正色道：少吃一顿肯德基，就能多买一块地板。你没见你那些个同学，以前全是打肿脸充胖子一个个大方得要死，自从要结婚要买房，就全都抠门得不行了。原来你们搞同学聚会，个个抢着买单，吃完饭还要去泡吧。可现在呢，好容易去一次家常菜馆，就喝那么几瓶啤酒，轮到要买单时，个个装糊涂。那个姓朱的，桌子上直吹嘘自己炒股炒成了神，半年时间将两万炒成了十几万，他那么有钱有本事，他都没有主动站出来买单……是他们提出的 AA 制，你去充什么英雄？难道你就甘心一辈子租房住？回来多说你几句，你就和我急，还那么多天不搭理我。哼，你倒试试看，咱俩要买房时，谁会借几毛钱给你……

笑生赶紧用一只手去捂丁丁嘴巴：你是嘴里能跑船呢，什么事都是你占尽道理。明明是你离家出走在先，明明是你不理我，打了几百通电话都不接，你还倒打一把，真正最毒妇人心！

笑生之所以不敢再听丁丁发牢骚，是担心她又将那些话一股脑儿砸过来。那天同学聚会，见大家都面有难色，有人还嗫嚅着说 AA 制吧，笑生便主动站出来买了单。回家后，丁丁数落了五十九分钟，说得激情澎湃时，丁丁在笑生脑门上狠狠戳了一下：如果连套房都买不起，你还摆什么结婚酒，你还算什么男子汉！笑生本来打算一直忍下去，丁丁各方面条件都比他强，除了在他面前刁蛮些任性些，再挑不出别的毛病。丁丁二十一岁就和笑生在一起了，二十二岁曾经流了两次产。笑生知道丁丁其实早就想结婚了，笑生却认为条件不成熟，他想好好挣几年钱，买了房再结婚。对于年龄，他没有丁丁那种紧迫感。在丁丁第二次人工流产的前一天，作为安慰，笑生和她领了大红结婚证。但正式的婚宴，两人商量后，决定等到来年五一或十一。两人都是月光族，去年吧，眼见同学们一个个都结了婚当上了房奴，丁丁和笑生才懂得开源节流的重要性。丁丁是有些任性，却从未如此打击过笑生。脑门可能被丁丁的尖指甲划了一条痕，有点烧烧的麻麻的，笑生忽然间来了脾气，他陡地站起来，硬邦邦扔下一句"我什么时候说过要买房！"，就从客厅径直去了卧室。其实真正打击笑生的，是"你还算什么男子汉"这句。丁丁从未被笑生如此凶过睬过。她那小脸一会儿红一会儿白。丁丁汪了满眶泪，冲进卧室喊道：陈笑生，有本事你就别再找我！撂下这句，丁丁转身夺门而去。丁丁刚才站着喊陈笑生的地方，留下两枚湿"硬币"。笑生盯着那两枚泪水制造的"硬币"，硬撑了不到两分钟，忍不住追出去时，丁丁已不见人影。再打手机，关了。笑生有时觉得自己挺对不起丁丁，丁丁要貌有貌，要才有才，却死心塌地跟了他这个"四无"人员。这是个崇尚金钱和权力的年代。一个男人是否混得像个人样，有房有车是基本条件。四年前，笑生大学毕业后，留在长沙四处求职。在一次招聘会上，排在他后面的就是丁丁。丁丁听到他那口未脱乡音的普通话，主动与他搭话。没想到竟是一个村子的。只是丁丁两三岁时就跟父母搬去县城住了。两人越聊越投机。笑生后来问丁丁怎么会看上他。丁丁说，因为你像农民又不像农民。这话不假，在丁丁看来，笑生出自重点大学，才华自是没得说。难得的是，笑生言谈举止，完完全全保留着乡里伢子的纯朴。比如在街上遇到乞讨者，笑生总要翻遍自己的口袋，找出一两块零钱给他们。比如碰到陌生人问路，笑生要反复说清楚直到别人完全明白才作罢。丁丁喜欢笑生的善良与真诚。丁丁认定笑生就是自己等了二十几年的那个人，即使笑生是个"四无人员"，丁丁也认定他了。

丁丁从未嫌弃过笑生。正因为如此，笑生心理压力更大，他是男人，他爱丁丁，他想给她幸福安稳的生活。笑生哪里想到他攒钱的速度远远落后于房价上涨的速度呢？短短一两年时间，长沙的房价几乎翻了番，尤其这半年，涨得令人心里直发毛。笑生原想就在浏阳河畔买套房，一打听，晕，每平方米已上四千了，就算买个八九十平方米的……起码也得两室一厅吧，得要三四十万呢，笑生哪里买得起。某人还在网上预言中国的房价还会涨上二十年。笑生那些买了房的同学，大多办的二十年按揭。二十真是个好数字啊。当笑生为无房而痛苦时，他那些房奴同学，除了心里多了些庆幸，可以为那些因涨价而带来的虚拟财富宽慰自己（因是自住，房价涨得再厉害，也不能兑换成钞票实现真正升值），日子并没有比笑生滋润到哪里去。房奴难当啊，今年才过了一半，就已涨了好几次息，听说央行在年内还会有加息动作。落雨背稻草的感觉，整整二十年月月要还债的感觉，相比担心房东提租或收房的感觉，哪一种更令人焦虑呢？话要说回来，不管怎样，笑生还是渴望自己成为有房一族，哪怕是一辈子做房奴。

6

在家吃完中饭，笑生和丁丁无心睡午觉，便打开电脑继续泡搜房网。全长沙在搜房网上的二手房信息，两人几乎都浏览过了。笑生漫无边际东游西荡了好一会儿，丁丁又要笑生进入蝴蝶山庄主页。笑生说，都进了好几次了。丁丁说，要不我们去业主论坛看看，喏，蝴蝶山庄业主论坛，快点进啊。笑生说，好，好，你要进就进，要出就出，只要你高兴。丁丁在笑生肩上咬了一口。笑生一声惨叫：谋杀亲夫啊。丁丁说，别吵，看看这里面的帖子。

从发帖的数量和内容来看，业主们对蝴蝶山庄大多又爱又恨。有嫌价格贵的，有夸空气不错的，有嫌地段太偏僻居住成本过高的，有说升值空间巨大的，有嫌公摊面积太大的，有说某某比这还要摊得多的……丁丁突然发现一个只有标题没有内容的小帖，前面一个QQ号，后面一句"蝴蝶山庄的野猪（业主）们请进"。丁丁往笑生身上一坐，抢了鼠标，拉出笑生的QQ页面，再输入那个群号，申请加入群，并输入验证信息：蝴蝶山庄野猪，请开门。群主正在线上，立刻同意了丁丁的请求。紧接着，一长串嘀嘀声响了起来。这个群里大概有百几十号人，你一言，我一语的，聊得正是火热。

群主是蝴蝶山庄的业主，网名"一二三哥俩好"。丁丁正纳闷，鼠标往下一拉，才发现每个人的网名前都有一个数字。这时，群主发话了，他热烈欢迎"丁丁的老公"的到来，立刻有人附和"握手""笑脸"等QQ表情。丁丁飞快地敲出一句：大家好，聊天辛苦了！然后选了"握手"和"咖啡"表情，点了发送。群主又很客气地来了一句：请"丁丁的老公"在名字前加上房号。丁丁吐了吐舌头，回道：对不起，我还没来得及买。群主说，对不起，这是野猪群，不是野猪的，不能进来。其他野猪也群起而攻之：誓死捍卫群的严肃性！不是野猪的，一律拉出去砍了！打倒间谍……话越来越难听，笑生重新抢过鼠标，退出了这个闹哄哄的野猪群。

郁闷。丁丁说，不就一破群，牛什么！

他们无聊，难道你也无聊？笑生说，我们还是想想办法明天怎样对付那个该死的房主吧。

能有什么办法？整个地球除了美国外，房价都在发飙。说到这里，丁丁皱紧了眉头。你说要是我们以后万一还不起贷款了，岂不是也要落个钱房两空？

对我没信心还是对你自己没信心？笑生曲起一根食指，往丁丁鼻梁上一刮：天若塌下来，你只管往下一蹲，我来顶就是。

就你？丁丁挑了眉去瞄笑生：连皮带肉才一百来斤。

笑生一把抱起丁丁，往床上一扔，扑上去：让你见识见识一百来斤的厉害！

大战在即，笑生依然冷静。他一边在丁丁身上摸弹揉搓，一边说：这回该要穿雨衣了吧？丁丁哼哼唧唧地说：应该还是安全期啊！笑生一只手加了力度，一只手去枕头下摸工具。丁丁呻吟道：别——不要——算了！

笑生的确厉害，变着花样折腾来折腾去，直到丁丁不得不求饶才宣告战事结束。两人累得几乎虚脱，直挺挺粘在床上，如两块正冒热气的糖油粑粑。许久，丁丁冒出一句：要不你再问问小彭？笑生虽困得很，眼光却投射在天花板上，散漫而空洞。这个时候的他，大脑往往处于真空状态，似乎刚才那一脚劲射，不仅耗光了他的体力，连思维都暂时短了路。丁丁又问：你睡着了？笑生还是没反应。又过了许久，笑生才魂魄复归，悠悠问道：你刚刚说什么？丁丁骂了句讨厌：你打电话给小彭，要他再确认一下，明天房主肯定会去他们公司不？免得我们又跑冤枉路。

小彭在电话里自然又是一番信誓旦旦。

就如何与房主砍那新加的一万元的问题，笑生和丁丁在床上讨论了大半个晚上，却没想到，第二天的形势更加严峻了。

对不起，房主刚才打来电话，要在昨天的报价上，再加五千块，如果你们愿意，她现在就过来带你们去看房。如果你们不愿意，她就不过来了。小彭将两杯水放在茶几上，脸上的笑容能恶心死苍蝇。

什么？！笑生和丁丁同时从沙发上蹦起来。

你们搞什么名堂？丁丁气得嘴唇都白了。笑生按了按她的肩，示意她别太激动。

我们愿意，你要房主过来，立刻！马上！笑生紧绷着脸，语速极快。丁丁听到了牙齿磕得咯咯响的声音，却不知是自己的，还是笑生的。

小彭走到一边，压低嗓子打了个电话后，走过来，哈着腰对笑生和丁丁说：两位请先坐下喝杯水，陈太太等会儿就到。

笑生一口气喝光了杯里的水，将纸杯子攥在手心，捏扁，再捏扁。小彭讨好地，迅速为他另外倒了一杯。

没多久，一位四十来岁的女人走了进来。女人唇红齿白，皮肤身材均保养得极好。小彭媚笑着迎过去：陈太太，您来了！快请坐！没想到笑生一下子蹿到了小彭前面。笑生严肃地说：陈太太吧？您终于来了！您的房子，昨天涨一万，今天涨五千，我可是诚心诚意想买房，再怎么着，您也不能这样忽悠人吧？

我什么时候涨价了？女人一脸无辜，耸起修剪得一丝不苟的漂亮眉毛，看看笑生，又看看小彭。

陈太太您这边请！小彭很粗鲁地插到笑生和陈太太中间，想把陈太太推到一边去，拉开她与笑生的距离。笑生简直忍无可忍了，他在小彭身后大声叫起来：不是说了要我们和房主当面谈吗？什么意思啊你们！

什么意思？没什么意思！小彭嘴脸突然全变了，他转过身子，微扬着下巴，目光凌厉地傲视笑生：价格必须通过中介谈才能算数，你们私自交易是无效的！

原来是你们在搞鬼！笑生扶了扶眼镜，气咻咻地说：人家房主压根就没涨价！你们也太欺负人了！我要投诉你们！

投诉我们？小彭冷笑一声：我会吓得舌头发软牙齿梆硬！小彭又压低声音嘟囔道：没钱买什么房！穷鬼一个！

你说什么？你他妈有种就再说一遍！小彭后面那句也被笑生听到，笑生气得口不择言了。

你敢骂老子你这外地鳖！小彭骂了一句长沙话，忽地冲了过来，对着笑生当胸就是一拳。笑生一连退了好几步，眼镜差点跌落。笑生边扶眼镜边喊：你他妈怎么可以动手打人！小彭说，你还敢骂？老子打死你这外地鳖！当即又飞了一拳过来，打得笑生又是一个趔趄。笑生稳了稳，站住了，再弹簧般，蹦到小彭跟前，一记勾拳打出去，小彭一闪，躲开了，紧接着往笑生腿上唰地踹了一脚。笑生气红了眼，如一头被激怒的公牛，冲过去，对着小彭一阵乱踢乱揣，两人当即扭在了一起。陈太太远远躲开，嘴里喊着你们别打了别打了。小彭的同事们呼啦一下全围上去了，拉的拉，拽的拽，表面看来是想分开他们，其实大多数是在按住笑生，小彭趁机又往笑生身上打了几拳。丁丁在笑生往前蹦时，就想拉住他。没能拉住。一片混乱中，丁丁又拉住了笑生的一只手臂。丁丁本想拉住笑生，不让他打架，没料到反害笑生多吃了拳头，丁丁拼尽全力，插到笑生前面，张开双臂，背对笑生，如一只老母鸡护住自己的小鸡雏。丁丁绝望地尖叫着：你们再敢打我老公一下，我就和你们拼命！呜呜……救命啊！丁丁哭着喊着，突然身子往下一溜，滑地上去了。小彭得了便宜，丁丁插进来时就收了手，再怎么样，他不想对一个女人动拳脚。笑生嘴角挨了一拳，肿了，还流着血。眼镜也不知打到哪去了。见丁丁倒在地上，他顾不得复仇，更顾不得找眼镜，扑通一声跪下去，一把将丁丁抱在怀里。笑生嗓子都急哑了，他嘶着声音一迭声地喊：老婆！老婆！你怎么了！笑生边喊边从裤口袋里摸出手机，抖抖地，按了几个数字。

不一会儿，由远至近，响起了急救车的呜呜声。

7

丁丁又怀孕了！

你那田也太肥沃了！从医院出来，笑生顾不得去中介公司寻回公道，也顾不得去换残缺了小半块的眼镜，先搂着丁丁回家去。见丁丁愁云惨淡，便想幽上一默，博丁丁一笑。得知自己不幸"中弹"，丁丁半天说不出话来。怎么可能呢？流产还不到两个月，两人在一起才几次啊，并且都是在安全期的。可医生说要相信科学，尿检呈强阳性，不是怀孕又是什么？！医生还说丁丁刚才的晕倒可能是因为太激动，除了有轻微贫血，其他没什么问题，为了保险起见，最好能在家静养一两个月，并加强营养，好好休息。医生哪里知道丁丁还不想生孩子，最起码三十岁以前不做考虑。丁丁和笑生一样，其实都把置房放在了首位。两人来自同一个山区小县，家庭并不富裕，在各自公司，也是普通员工，工资待遇都不高，要想供房，已是勉为其难。如果早早生子，买房就更成奢望了。可现在，丁丁生也不是，不生也不是，真正的进退两难。上次流产，那个妇产科医生就警告丁丁，以后不能再流产了，丁丁的子宫壁已经很薄，再行刮宫术就很危险。如果真的不能生育了，或者连子宫都没有了，不仅丁丁，连笑生也断断不会答应啊。

是你的牛太厉害了！丁丁勉强笑了笑，看到笑生嘴角依然肿着，还残留着血迹，她忍了半天的泪，扑簌扑簌，直直跌落下来。

又哭又笑，老鼠子撒尿尿！笑生说了句家乡话，又在丁丁鼻子上刮了一下，他最喜欢刮丁丁鼻子：要当妈妈了还哭脸，羞不羞！迟早要当妈妈的啊！你别担心，从现在开始，你什么事都不用做，只管吃好睡好，等崽崽生下来，你这个当妈妈的也只管带崽崽，别的事情都交给我这个当爸爸的去做。明天就帮你去辞职，我再找份兼职，算算也差不多了。

刚才医生怎么说？丁丁问。

让你吃好睡好就行。

说你的伤呢，真的没一点事？

真的没事，你老公壮得像头牛，你又不是不知道。

如果真的没什么事，你别再去找那些人了，我怕你吃亏。

放心，男子汉大丈夫，能屈能伸。

第二天，笑生请了半天假，先去丁丁公司递了辞职信，又到附近转悠了一下，果真发现有不少新楼盘。他往手机上存了几个销售部电话。快下班时，笑生才赶到中介公司，小彭不在，经理也不在。另一个业务员告诉笑生，小彭被炒鱿鱼了。笑生哦了一声，转身走人。他还得赶回家去做饭。早晨出门上班时他就交代丁丁，好好躺在床上休息，等他回来弄好吃的。

你可回来了！笑生拎着两袋菜，刚一进门，丁丁就苦着脸从沙发上站了起来。笑生赶紧放下袋子，走过去摸了摸丁丁的头：是不是哪里不舒服？丁丁伸出双臂环在笑生脖子上，双腿往上一曲，笑生绷直身体，双手抱住丁丁的腰：小心点，别闪了腰，崽崽会抗议的！丁丁撒起了娇：烦躁死了，一个人关在家里，不敢看电视，又不敢上网。

好孩子！笑生在丁丁额上亲了一下作为奖励：电视可以看啊，别离电视机太近，别看得太久就行。网还是少上的好。丁丁扭了扭身子：人家就喜欢上网嘛。

傍晚回家时，笑生送给丁丁一份礼物。丁丁打开一看，是一件灰不溜秋的无袖上衣。丁丁啧了一声：你老人家从哪淘来这么个宝贝？这也叫衣服？是嫌我长得太美吧你。笑生说：所以说你头发长见识短，这可不是普通的衣服——丁丁满腹狐疑等着下文，笑生却不说了。丁丁嗔道：你还磨磨叽叽的！不理你了！笑生这才加重语气一个字一个字地说：防——辐——射——的！丁丁恍然大悟，兴奋地在笑生腮帮子上咬了一下。笑生哎哟一声：你属狗啊，不高兴咬人，高兴了也咬人。

丁丁穿上防辐射衣，颠颠地上网去了。不一会儿，笑生系着围裙走进卧室：你去搜房网查查你公司附近那几个楼盘的行情与开发商背景。丁丁咦了一声：都递了辞职信了！笑生骂了句笨：那个地段的写字楼是最多的，机会当然也更多，说不定不久的将来，我们都能在离家不远的公司里上班。丁丁叹口气：你不知道那里的房价高得吓人吗？笑生沉默了一会，为难地说：

郊区房价低，可什么都不方便，生活成本高啊。要不我们先买个一房一厅的小户型安顿下来，等以后赚了钱再换套大点的？丁丁幽幽地说：那里的一房一厅，就算四十平方米，也要二十几万啊。笑生语气坚定了些：毕竟是新房，又在市中心，工作生活都方便，要是有五十年按揭就好了。丁丁可着劲点头：那确实，如果让你挑个期限，你肯定要一万年！

笑生便哼着"爱你一万年"，重新往厨房去。

因为医生交代丁丁需要在家静养，笑生不得不挤出时间，实地勘察了七八个新楼盘，断断续续，拿了一堆资料回来与丁丁商量。两人最后敲定紫荆公寓。笑生第二天便去售楼部交了两万元诚意金，办了一张VIP卡。开盘要到一个月之后，均价在每平方米五千左右，到时，诚意金可直抵购房金，凭VIP卡还能多优惠五千元。笑生一见自己的卡号是六十六，心中不由窃喜，看来这次买房可以六六大顺了。

接下来是筹钱的事了。丁丁趁笑生不在家，打电话回去，拐弯抹角提到了想买房的事。丁丁哪好意思对父母借钱。她父母都在县城上班，每月工资各有千把块。丁丁妈妈有糖尿病，吃药啊，住院啊，没个歇停。两人便没什么积蓄。丁丁是他们唯一的宝贝疙瘩，老俩口一听说女儿就要买房子，赶紧翻箱倒柜，将家里几张银行卡全凑起来，账上余额总共不过两万多一点。丁丁在电话里听得泪眼婆娑，说她只是想让爸妈高兴高兴，她买房子是搞的按揭，首付只要几万元。丁丁甚至还故意咯咯地笑出声来。丁丁说：你们也太小瞧你们的宝贝女儿和宝贝女婿了！这点小钱还是有的啦！她爸不由发了脾气：你就别装了，我还不晓得你！你俩就那么点工资，城市大开销也大，你从小就不晓得攒钱，哪来那么多钱买房子？快点告诉我卡号，我马上就去银行给你汇两万元过来。

笑生是农民的儿子。父母种田喂猪，手头没几个活络钱。答应给笑生的两万块，是他们省吃俭用多年的养老钱。笑生的姐姐，中专毕业后分在县城一个小工厂，去年下了岗，当时笑生打电话安慰她，姐姐还乐呵呵地说：白捡了这么笔钱，你以后要是结婚啊买房什么的，姐姐给你提供无息贷款……笑生早就背着丁丁，向家里人透露过想买房的事了。笑生不是个狠心肠的人，他更不想当啃老一族。可现实就是现实，他想争口气都不行。他一个电话回去，父亲第二天就去镇里给他汇来两万块。父亲告诉笑生，姐姐那里就别做打算了，为这两万块钱，你姐夫姐姐昨晚打起来了，你姐夫早就偷偷拿那钱去炒股了，你姐姐要他卖了股票，你姐夫不肯，说股市这么火，他才没那么蠢。你姐就跟他急……唉，你姐现在到处打点零工，赚不到什么钱，在你姐夫面前说不起话，造孽（方言：可怜的意思）啊！

笑生和丁丁一合计，具体的房价还不知道，就算按现在的行情，首付最少也得准备八万元，何况如今这房价就像暴雨之后的浏阳河，分分秒秒都在上涨。二三得六，现在手头有了六万，最少还得再凑两万元。去哪借呢？两人用排除法，将为数不多的能有余钱可借的同学朋友筛了一遍，列出几名重点对象，第一位便是自诩股神的朱俊。丁丁要笑生第一个别向朱俊借，以免出师不利影响心情。笑生说那倒未必。一个电话打过去，朱俊心情挺好，说这一周又赚了十来万，哪天将同学们喊拢来，喝酒泡吧去。笑生把口水吞了又吞，听朱俊说了一大通废话后，自己又说了一大通废话。丁丁在一旁使着劲掐笑生大腿。笑生忍不住惨叫一声。朱俊问他是不是改行杀猪了。笑生说，杀你还差不多，刚才是被长脚蚊子叮了一大口。丁丁便在笑生腮帮子拧了一下，笑生这下不敢乱叫唤了。朱俊在那头咕咕地笑，像一只春心萌动的鸽子。在七弯八拐之后笑生终于将话题引到了买房上。朱俊又是一大通废话，说如今的房市和股市都犯了脑膜炎，烧得没法治了，买房和炒股一样，都得趁早，越早越好。笑生这才提及自己想买房，还差两万首付款，问朱俊可有流动资金救救场。没想到朱俊挺爽快，嘎嘎几声之后说，就两万块，小意思啦，等你要交钱时你提前一天打个电话给我，我随便卖点股票就 OK 啦。

当晚，笑生和丁丁心情极好，两人和风细雨地，来了次负距离亲密接触。笑生开始还说，犁不得犁不得，怕崽崽有意见。丁丁也提心吊胆地，不敢放纵自己。可越不能犁，那牛越讨嫌，探头探脑地，摁都摁不回。而田，也已是春意盎然欲罢不能了。笑生一直为自己的这个绝世比喻而自豪。犁田，多形象多生动啊。丁丁笑骂了几回流氓后，也默认了这种说法。笑生说，要不，我轻轻地，很轻很轻地，侧着犁一盘？

8

紫荆公寓明天开盘。

两天前，笑生已给朱俊打过电话。朱俊当时有点不耐烦：不是还有两天嘛，不是说好了提前一天给你的嘛。笑生只有唯唯诺诺的份。

这天，笑生从上午八点开始打朱俊电话，关机，关机。一直到晚上十二点，还是关机。笑生打遍同学电话，没人知道朱俊躲哪里去了。丁丁心里也急，见笑生嘴角燎起了几个火泡，只得反过来安慰笑生：算了，明天再打吧，也许是手机没电了。丁丁心里一急，就觉得肚子有点隐隐作痛，怕笑生担心，忍着没吭声。

第二天早晨六点，笑生就醒了。他下意识地拿起枕畔的手机。昨天打得太多，都打成条件反射了。手机通了。第一遍没接，第二遍没接，第三遍还是没接。笑生火了，他恶狠狠地拨了一遍又一遍。终于，朱俊接了。笑生劈头一句：算你狠，怎么不关手机了？朱俊在那头打个呵欠，昨天手机没电了，刚才没听见。笑生做了次深呼吸，竭力使语气温和些：老同学，我等着救火你知道不？我昨天找你找得想哭。朱俊连打了两个呵欠：昨天一天我就亏了七八万，该哭的是我不是你。不就是开个盘吗？离首付期限应该还有一个星期啊，你别催我，等过两天我的股票涨上来了，我就卖掉一些给你救急，我就不信这一周会一路跌下去。笑生咬牙说道：那，要是你的股票一直没涨呢？朱俊连连呸了好几声：乌鸦嘴，你还想不想我借钱给你？！就算你有那么背，我也不会那么背。我昨天还在网上算了命，我的好运才刚刚开始……

丁丁原想和笑生一起去选房，可肚子不争气，不仅比昨晚疼得更厉害了，底裤上竟然还卧了一块血斑。她实在不敢瞒下去了。笑生一听，吓了一大跳，责怪丁丁为何不早说，丁丁眼泪汪汪地，捂着小肚子说不出话来。笑生哪里还顾得上去选房，孰轻孰重，他比丁丁分得清。

一路上，两人都没想到事情的严重性。这段时间丁丁为房子操了不少心，也许是动了胎气罢，笑生这样安慰丁丁，也安慰自己。

做腹部B超时，医生看了老半天，硬是没发现丁丁怀孕的蛛丝马迹，可尿检分明呈阳性啊。再化验血，HCG比常人高出许多。妇产科王教授是位四十几岁的女人，轻言细语地，很是和蔼。她一边唰唰地在病历上写着，一边回答笑生的提问。必须马上住院，王教授说，要做腹腔镜手术才能确定是不是宫外孕。如果是宫外孕，就没什么大事。笑生只觉手脚阵阵发冷，他小心翼翼地说：如果，如果不是宫外孕呢？王教授沉吟了一下，慢慢地说：如果不是宫外孕，而HCG又这么高的话，那就极有可能是绒癌。

笑生和丁丁都不相信，流产怎么会引起癌症呢？流产的人那么多，丁丁也不是第一次流产，可他们从来就没听说过什么绒癌。王教授解释了半天，又安慰笑生和丁丁先别着急，也可能是宫外孕啊，现在医学这么发达，就算是绒癌，化疗的预后也是很不错的，大部分可以痊愈。赶紧去办住院手续，看看妇科还有没有床位，如果没有，就暂时先住加床，这病不能再拖了。

住院手续倒是办得很顺利，刚好有位子宫全切的病人才出了院，床位腾出来没几分钟，就被丁丁住上了，病房里还住着两个病人，她们笑着对笑生和丁丁说，你俩运气不错，我们都是住了好几天加床才进来的。笑生连连点头，对着丁丁说：那确实，按这种运气，咱俩都不用担心，肯定会没事的。丁丁却转身进了卫生间，把眼泪重新逼回眼窝后，她才挂着笑走出来，很轻松地说：这里面条件还不错。

做完各种检查，除了HCG，其他都正常。晚上，笑生和丁丁挤在一张床上睡，丁丁说她肚子也不疼了，下面血也不流了。丁丁说：病被吓跑了。笑生飞快地瞄了瞄另两个病床，没人看着他们，笑生便飞快地在丁丁腮上亲了一下：你这么厉害，我都怕了你，何况区区一个小病。乖，早点睡，明天还要做手术，做完手术过几天咱们就能回家了。丁丁说，要你下午去选房你不去。笑生说，有钱还怕买不到房，放心吧，等你身体好了，我们一起满大街淘房去。丁丁说，如果我得的真是绝症，我也不要做什么化疗，反正是一死，何必多受那些折磨？我可不想你人财两空，省下钱来给你买房，我死也心甘。笑生将丁丁散乱的头发往她脑后轻轻拂了拂，再轻轻搂住丁丁：别说傻话了，除了你，我什么都不要。

术前签字时，笑生手有些抖。护士再三表明这只是一道例行程序，腹腔镜手术并不可怕。可笑生控制不住。丁丁被推进手术室时，笑生在外面的走廊上坐也不是，站也不是，时间的通道仿佛也在塞车，笑生几乎等白了头，丁丁才被推出手术室。

丁丁不是宫外孕。

9

第一天化疗时，丁丁只是有点头晕，并没有太大的反应。旁边床位那姑娘，年龄病情与丁丁差不多，只比丁丁先化疗了三天，每次化疗都哇哇地呕个不停，打止吐针都没有用。笑生既为那个姑娘难受，暗地里又为丁丁庆幸。如果丁丁也像她那么反应大——笑生简直不敢想象。

丁丁开始不肯做化疗，她怕疼。丁丁说，现在又不能百分之百地肯定就是绒癌，为什么还要搞化疗。笑生也担心化疗对丁丁身体损伤太大。医生便和小俩口讲道理。是的，病人体内没发现癌细胞没找到病灶，所以我们无法做出病理确诊，但是，我们不能因为做不出病理诊断，就肯定病人不是绒癌。绒癌虽然只是临床诊断，但就目前的情况来看，做化疗是唯一切实可行的救治方案。当然，你们也可以选择不做化疗，等到 HCG 升高到好几万再来检查，可那样就会贻误病情，万一是绒癌的话，病情就变得无法控制，会出现什么样的后果谁都不敢保证。医生这么一说，笑生回过头来劝丁丁。丁丁期期艾艾地说：那，头发不是会掉光？医生笑了：放心吧，现在的化疗不比以前，药物更好更先进，不会疼，也不会掉多少头发，就算掉，停止化疗后也会慢慢长出来，长出来的新头发，甚至有可能比原来的更黑。丁丁还想问问化疗要多少钱，话到嘴边，又咽回去了。

但第二天化疗时，丁丁开始呕吐，止吐针也起不了多少作用。丁丁不仅五脏六腑里翻江倒海难受得很，其实还头昏得厉害，她忍着没告诉笑生。丁丁不是个坚强的人，但这回生病，丁丁不得不让自己坚强起来。丁丁以前一点都不怕死，可现在，她渴望活下去，健健康康地活下去。躺在病床上，丁丁才感觉到，病房外面的世界，是如此美妙。在那个无比美妙的世界里，有太多太多的东西，丁丁根本就放不下。丁丁终于懂得了，她不只是为自己一个人活着。只为自己而活的人，在丁丁看来，绝对是自私的人。对于这场莫名其妙的病，丁丁不许笑生告诉家里，她害怕她妈病恹恹的经不起这个打击。笑生家里她也不许告诉。都在一个县里，原来还是一个村的，笑生家里知道了，丁丁家里马上就会知道。笑生说，干脆我先辞了职，等你病好了再重新找份工作。丁丁更加不肯，她每天都要将那张住院清单翻来覆去地看上好几遍。丁丁听得到老人头哗哗流掉的声音。丁丁不许笑生请假，现在找个工作不容易，即使笑生是重点大学的毕业生。在掉片树叶都能砸个把博士的今天，区区一个本科生又算得了什么？丁丁说，除了那个该死的 HCG，她一切正常，完全可以自己照顾自己。的确，腹腔镜手术后，丁丁恢复得很快。而事实上，每当丁丁要做化疗而笑生不在时，都是另两个病床的病人家属，轮流着照顾丁丁。

一个疗程还差两天，医生停止了丁丁的化疗。化疗期间，丁丁每天瘦一斤，白细胞也急剧减少了。丁丁原来是双眼皮，眼睛本就又圆又大。现在，她的外双眼皮变成了单眼皮，由两层变成了三层，并且全凹进眼眶里去了，眼睛因此显得更大更深，还透着古井般的清冽与沉静。笑生说丁丁越来越骨感了。丁丁说你也好不到哪里去，你自个儿照照镜子看，眼睛抠进了那么多，肩胛骨耸成那样子了，还好意思笑别个。两人都没提头发的事，因为丁丁每天都照镜子，每天都检查枕头，头发真的没怎么掉，丁丁很是欣慰。

丁丁出院后，在家休养了十几天，再回医院进行第二个疗程的化疗。

化疗之前，丁丁做了全面检查，结果很是鼓舞人心，HCG已降低到正常水平，其他各项指标也一切正常。医生说，再巩固两个疗程，HCG一直稳定在正常水平，丁丁就可以停止化疗。但是否痊愈，还需要时间来检验，三年无复发，才算治愈。

这回化疗，丁丁几乎撑不下去了。她闻到油味就想吐。反应严重时，吃什么吐什么。笑生变着花样弄好吃的哄丁丁咽下肚去。丁丁连黄疸水都吐出来了，却还是逼着自己继续吃东西。不吃不行啊。丁丁已经瘦得不成人形了。丁丁甚至连镜子都不敢照了。镜子里那个形销骨立的黄脸婆，对丁丁极不友好，丁丁很反感看到那个黄脸婆。丁丁甚至不敢梳头发。其实就算她不梳不碰，想要叛变出逃的头发，仍然一把接一把照逃不误。笑生每每看到枕上叛逃的头发，他都会以极快的速度一把攥进手心，然后趁丁丁不注意，再悄悄扔到病房外面的垃圾桶里。笑生看到丁丁吃了吐，吐了吃，有时呕得泪水直流时，他再怎么心如刀割，也只能强忍泪水，为丁丁擦嘴，为丁丁擦泪。然后，继续喂丁丁吃东西。丁丁还是不许笑生请假，也不许笑生告诉家里。笑生不在病房时，病房里其他病人的家属，也总是很主动地照顾丁丁。

家里每每打电话来，问及房子的事，笑生和丁丁都要打起精神闪烁其词，说开发商捂盘惜售，开盘日期一拖再拖。笑生和丁丁还在电话里信誓旦旦地说，放心吧，我们不会卷款潜逃的。笑生和丁丁当然不会卷款潜逃。按照最好的形势估计，二三得六的那六万元，能够让丁丁彻底恢复健康，已是老天垂怜了。

三个疗程下来，丁丁已是皮包骨，头发几乎全掉光了。笑生为丁丁买了顶漂亮的红帽子，还非得讲个小红帽的故事给丁丁听。笑生说，丁丁就算把牙齿都掉光，也比小红帽可爱十倍。丁丁撇撇嘴说，整个一小老太了，还可爱呢我。笑生说，所以说你不会审美，你不知道，你戴上这顶帽子，要多美有多美。丁丁笑了：情人眼里出西施吧你。

快过年时，笑生和丁丁给家里打电话，说是单位要加班到大年三十，火车票太难买，他们决定不回老家过年了，让家里不要担心，他们一切都好好的。

10

第二年初夏。某晚。浏阳河大堤。笑生与丁丁手拉手在散步。丁丁的头发已长到两三寸长，她扔掉了那个红色的帽子。他们现在常常来这里散步。他们亲眼看到浏阳河畔如雨后的竹林，座座高楼比着劲儿往上长。他们常常大惊小怪地，突然指着某个楼盘说：快看快看，架子又拆下来了两三层！笑生偶尔也会豪情满怀地指着某座新楼，对丁丁说：总有一天，我们也会成为那里面的野猪！丁丁便笑。丁丁说：当然，那是迟早的事。到时，我要在窗台上挂二十串彩灯，就像星星似的，站在这里一眼就能看清，一眼就能看清哪扇窗子是咱们的家。

这晚的天气不是很好。天上没有月亮，星星们也不知跑哪里撒野去了。整个天空都是密不透风的黑。要下雨了，笑生说，我们回家吧。丁丁不肯，丁丁说，我还想走走。下雨就下雨，有什么好怕的。雨再大，我们也能回家。

哇！笑生和丁丁突然齐齐尖叫起来。

河对面，又一座新楼前，有烟花在空中尽情绽放。姹紫嫣红，此起彼伏。每一朵烟花，都那么光彩夺目。笑生看得久了，脖子有点酸，稍一低头，却见浏阳河里也开满了烟花。因为水的晕染，便更有一种惊心动魄的美。

不就是封个顶嘛。丁丁可能也看得累了，低了头嘀咕道，犯得着这么烧钱？害人家眼都看花了。哎呀，真的下雨了！我们回家吧！

哦，下雨了！笑生吸吸鼻子。笑生在心里笑话自己，还以为是泪水，原来是下雨了！幸亏是毛毛雨，很小很小，小得就像雾。他一把脱下自己身上的薄外套，双手撑开呈伞状，然后将丁丁环在一侧臂弯，丁丁似乎格外温顺，她伸出一只手，从后面绕过去，搂住笑生的腰。

笑生和丁丁就这样依偎着，走得不快也不慢。小雨飘啊飘，烟花还在盛开，浏阳河水依然缓缓而流。在这个美丽的巨大的背景下面，笑生和丁丁朝着回家的方向，一步一步往前走。

羊蝎子

史力的右眼皮又开始突突直跳了。

操！史力狠狠敲打着键盘。他上网查过，右眼皮直跳的科学原因是"用眼过度"，非科学原因是"右眼跳灾"。不管哪种原因，史力都任其自然。他没法不用眼过度。不是在床上，就是在网上。实际上，他花在床上的时间，不及泡在网上时间的四分之一。他的眼睛总是结满了红红的蛛网。至于灾祸，史力无所谓。他没有工作。没有工作意味着没有票子。没有票子意味着没有房子，没有车子，没有妻子，没有儿子……一个一无所有的人，一个没有什么可以失去的人，又有什么灾祸可言？

右眼皮直跳的史力，几乎忘了自己还有个当校长的老子。

史力的父亲是马山镇秀溪完全小学的校长。史校长已经在这所学校当了二十几年的校长，再过两年，就要退休了。史校长为人处世历来低调，低调得近乎谦卑。比如，某老师恨铁不成钢，用教鞭在某个调皮小子的手心里抽了两下，小子回家向奶奶哭诉——他的父母一直在广东打工。奶奶便一手拽了哭哭啼啼的小子，跌跌撞撞来到学校，跌跌撞撞找到史校长办公室。奶奶将小子推到校长面前，自己先擤了把鼻涕，啪的一声甩在地上，又用一只鞋底踏上去，横竖碾了几下，这才粗喇喇喊道：史校长你给评评理，你看看我孙子，手板心都被老师打肿了，要是我媳妇知道了，不吵得天翻地覆才怪……

　　史校长的嘴角快咧到耳朵根了，他呵呵笑着，躬了身子，一手拉了小子的手，仔细瞧了瞧，只有两条淡淡的红印子，根本没肿一点。史校长轻声问：做错事了吧？小子点了点头，眼里却汪着委屈的泪。史校长轻轻抚了抚那两条红印子：没关系，只要及时改正错误，就是好孩子。这一点点伤，史校长帮你摸一摸就好了，怎么样？现在不疼了吧？小子哪里受过这种恩宠？史校长亲自为他揉伤，再重的伤也不值一提了。小子拼命点头。史校长便松了小子的手，身子仍然微微躬着，砌了满脸的笑，扶了奶奶的胳膊，声音也更轻更柔了：对不起，都是我们的错。您老人家放心，回头我一定好好教育那位老师，我以人格担保，这种事决不会再出现了。如果您觉得有必要，我陪您带着孩子到乡卫生院去一趟，开点止疼膏之类的药？

　　奶奶原本只是心里窝了火，孙子有多调皮，她自己也不是不知道。自己再怎么心疼孙子，就那手掌心打几下，也没什么大不了的，既然史校长将话说到这份上了，她也不好意思再闹。史校长亲自将小子和他奶奶送到校门口，回头又咧着那张笑脸找到"肇事"的张老师：小张，体罚学生属原则性错误，以后不许再犯啊。张老师非但不认错，还气呼呼地说：那小子不打不成人！他不仅谎话连篇，还偷同学的零钱，我苦口婆心不知教育过多少次了，不让他尝点苦头他就不知悔改！就他爷爷奶奶那个纵容法，这孩子以后绝对是个牢改犯！史校长依然笑眯眯的：教育学生固然不错，但要注意方式方法，不管怎样，体罚学生总是不对的。哪想张老师发了飙，暴着一额头的青筋说：我没错！我是为他好！我只是意思了一下，根本没用力，他的手掌心顶多只红一下，这算哪门子体罚？每月就那一点点工资，还不能按时发放，动不动还要受家长的气，这老师有什么好当的，还不如出去打工的痛快！

张老师年轻气盛了点，却是学校的骨干教师。史校长本想板了脸教育教育张老师，谁料一张口笑容又回来了，他拍拍张老师的肩说：你小子有种！好好干吧。张老师意识到自己有些过火，忙向史校长道歉：对不起，给您惹麻烦了，以后我会注意点。

无论是带刺的老师，还是捣蛋的学生，都吃史校长那一套。偏偏医者不自医，在宝贝儿子史力的面前，史校长使出浑身解数也无济于事。

一年前，史力从省城一所大专院校毕业，在外晃荡了大半年，要史校长往银行账号上打了好几次钱，最后还是灰头土脸地回来了。他说他找不到工作。满街的研究生四处碰壁，他区区一个大专生连碰壁的机会都难得。史校长说：你胳膊腿啥都不缺，力气活总能找到一个吧？史力眼一翻、嘴一撇：你也不缺胳膊不缺腿的，你出去试试看！史校长气得干瞪眼。好半天，史校长缓过气来，说：我明天和苏军联系，看他矿里要人不？史力冷笑一声：你不是号称桃李满天下吗？那些个当局长科长的学生，你怎么不去找一找？偏要去找个煤黑子暴发户！要你唯一的儿子去挖窑？你舍得？那等于提着脑袋干活你懂不懂？你想绝后吗你？你忘了当初怎么答应我妈了？

这一口气，史校长差点没缓过来。

史力刚回家待业那阵，整天泡在镇上一家网吧里，并结识了一群烂仔。其中有个烂仔因为争风吃醋，差点将另一个烂仔捅死。史校长吓坏了，他苦苦哀求史力别泡网吧，别和那些烂仔混在一起。史力说：好啊，家里能上网，我就不出门。史校长赶紧掏出所剩无几的积蓄，为史力添置了一台高配置的电脑。史力从此果真大门不出、二门不迈，没日没夜玩网游。史校长多说几句，史力就冲他吼。史校长叹口气说：崽啊，爷保不了你一世，你好好玩吧，玩得不想玩了，再出去找工作。

当史力在虚拟世界里冲锋陷阵时，史校长得空就去找从前的学生。那些已成为局长或科长的学生对老师很客气，客气得令史校长脸上褪不了红。对于史校长的栽培之恩，他们没齿难忘；对于史力目前的处境，他们却无能为力。现在的事业单位不比以前了，如今是"逢进必考"，他们一点办法都没有。然后，他们很热心地给史校长提建议：要史力去考公务员啊，全国各地都能考，当公务员多好，旱涝保收，既轻松，又风光。

史力哪是考公务员的料？就那大专，还是复读一届才勉勉强强考上的。别人不知，史校长自己没法装糊涂。最后，史校长不得不找到了苏军。苏军就是若干年前被张老师打了手掌心的小子。苏军混完三年高中，便回家做了啃老族。还好，没有成为牢改犯。两年后，他以甜言蜜语豪言壮语哄父母不成，竟以绝食相逼，终于把父母打工多年好不容易攒下来的五万元钱全抠了出来，在一家新开办的煤矿里入了股。运气来了，门板都挡不住。苏军入股的煤矿产销两旺，才一年工夫，就顺利扩股，五万因此变成了五十万。没多久，苏军也有了自己的小煤窑，摇身一变，成了苏矿长。对于苏军的一夜暴富，史力很不以为然，再怎么有钱，也是个煤黑子。史力这样给苏军下定义。其实史力和苏军是小学的同班同学，那时候还经常一起玩玻璃弹子。但是，自从苏军变成苏矿长后，史力就视他为路人了。苏军偶尔带了好烟好酒来孝敬史校长，他说他永远记得史校长当年为他抚摸手掌心里的鞭痕，记得史校长当时说过的那两句话：做错事了吧？没关系，只要及时改正错误，就是好孩子。每逢苏军来访，史力粘在电脑旁，照玩不误。苏军主动过去打招呼，史力毫不理睬。苏军只好自己找台阶下：你好好玩，我陪史校长说说话。

史校长找过苏军后的第二天，苏军来史校长家里找史力，他说矿里买了两台电脑，想让管理工作再上新台阶，可那些个土包子都不会弄，他想请史力屈尊前往，他们急需一个像史力这样多才多艺的办公室主任。史力头都不抬，眼睛一直盯着电脑屏幕。苏军巴巴地说了半天，史力充耳不闻，兀自敲着他的键盘，嘴里时不时迸出个"操"字。站在一旁的史校长忍无可忍，吼了句：你到底去不去？史力也吼了句：不去！史校长拉了苏军就往外走。

门外，史校长要苏军别和史力一般见识。苏军说：我没关系，您老人家才要想开点，您的脸都变成青灰色了！您先别急，办法总会有的。我以后再找机会劝劝小力。您老人家要是缺钱用，就先从我这里拿。苏军边说边从裤口袋里掏出一叠钱来，要往史校长手里塞。史校长连连摆着双手，哆嗦着嘴唇说：你，你把我当成什么人了……

苏军慌忙将那叠钞票胡乱塞回裤口袋里，解释道：您老人家误会了！我真的没别的意思。要不，我们去市里一趟？打过我手掌心的张老师您还记得吧？他改行没几年，又停薪留职了，东折腾西折腾的，还真的搞出名堂来了。他名下有好几家企业。不久前，他又在沿江路开了家火锅店，生意特别好，他那里的羊蝎子火锅，全市仅此一家，我吃过好几次，味道很不错。他和我说了好多回，要我开车接您去他那里尝尝鲜。他现在可了不得，又是企业家，又是政协委员，一个字，忙！他的路子比我宽多了，找他准没错。再说，您是他的领导，小力是他的学生，能帮忙的，他肯定会帮。

火锅店果真生意不错。苏军找了半天，才找到一个停车位。苏军泊好车，就打电话给张老师。忆江南，苏军对史校长说。史校长啊的一声，一脸茫然。苏军笑着说：张老师已经订好忆江南包厢，菜也由他亲自点好了，就等您老人家大驾光临。

　　时间是最好的魔术师。想当初，张老师棱干拉瘦的，一张窄脸还没有史校长一只巴掌宽。可现在，站在史校长面前的张老师腆着大肚子，一张圆脸肥得连脖子都没了。史校长很激动，如同十几年前，拍了拍张老师的肩膀：不错啊，小张，干得不错！张老师哈着腰，脸上堆满了笑，一双手紧紧握住史校长的一只手，语速极快地说：谢谢史校长捧场，没有史校长的栽培，就没有我张伟峰的今天。

　　张总说话的水平都赶得上芒果台的主持人了！苏军在一旁调侃：史校长又不是您的财神爷，看把您紧张的！

　　张老师一顿，立即换了另一副笑脸，拉着史校长的手说：我还记得当年您批评我的话，小张啊，教育学生固然不错，但要注意方式方法，不管怎样，体罚学生总是不对的。

　　我抗议！苏军大笑：张总又要揭我的伤疤了！

　　史校长的神情这才自然起来，他笑着对张老师说：是啊，你还不肯承认错误，你说你没错，你只是意思了一下，根本没用力；还说每月就那一点点工资，这老师有什么好当的。唉，你当初改行，我觉得很惋惜。不过，看你现在这样子，你这行，好像是改对了。

　　不是好像改对了，而是千真万确改对了！苏军又插话了。

三人一起哈哈大笑。张老师将史校长按坐在上座，他与苏军一左一右坐在史校长两旁。这时，包厢门开了，一位二十来岁的美女走进来，她喜眉笑眼地打着招呼：各位领导，各位帅哥……张老师毫不客气地打断她的话：怎么才来，还啰哩八嗦的。美女撒着娇：人家走不开嘛，市里……张老师站起来，不耐烦地招招手：还啰唆！快过来，你坐这里，你今天的任务，就是好好陪我的老领导，如果老领导吃得不开心，我就炒你鱿鱼。然后又笑着为史校长做介绍：陈领班，喝酒特厉害，我担心您喝不好，特意叫她过来的。陈领班弱柳扶风般飘到史校长身旁，随她而至的，是一股淡淡的玫瑰花香。史校长赶紧站起来与陈领班握手。张老师大笑：她不过是个小姑娘，您老人家不必客气！陈领班一只手握住史校长的手，另一只手轻轻按住史校长的一只肩膀：您老赶紧坐下，不然我会被张总炒成鱿鱼丝的。陈领班最后那个"的"字拖着长长的尾音，散发着欲说还休的娇俏气息。史校长一脸的不自然。苏军说：得了吧陈领班，咱们张总可不敢炒你的鱿鱼，你不炒张总的鱿鱼就不错了！

　　看样子，苏军是这里的常客，陈领班与张老师的关系更不一般。史校长领悟到这一点，有些后悔自己刚才的失态，好像几十年没见过年轻女人似的。还好，服务员上菜了，上的是火锅。张老师说：史校长，这就是我们这里的招牌菜——羊蝎子火锅。洋蝎子？史校长到底没能忍住自己的惊讶。一个硕大的铜盆里，小山般堆满了油光发亮的肉骨头。肉骨头是暗红的，上面撒了几根绿油油的嫩香菜。看那肉骨头的形状，一长块一长块的，也不像是来自西洋的蝎子。要真是洋蝎子，史校长还真有点发怵。他从来不吃炸蚕蛹之类的菜。陈领班察颜观色，猜到史校长是第一次吃这种东西，便柔柔地解释给史校长听：羊蝎子其实不是蝎子，而是羊身上的脊椎骨。羊的脊椎骨长得像蝎子，所以才叫羊蝎子。陈领班一边说，一边用一根白白嫩嫩的手指划出"S"形。史校长哦了一声。

同江市这么多酒店餐馆，还只有在我们这里才能吃到这种羊蝎子火锅。张老师先为史校长夹了一块，自豪地说：您尝尝，保证您下次还想来。

史校长正准备拿筷子，陈领班从桌上拿起一只薄薄的塑料手套，递给史校长：您老先戴上套。张老师和苏军哈哈大笑。陈领班面不改色：有什么好笑的，未必你们不戴套？那两人笑得更厉害了，倒将史校长闹了个大红脸。张老师连忙训陈领班：没大没小！史校长是我的老领导，你给我收敛点！

陈领班咬着下唇，不想让自己笑出声来。

苏军已经麻利地戴好手套，他主动给史校长做示范：很容易操作的，您看，一只手捏住最前面，一只手抓住骨关节相连的地方，轻轻往下一压，就分离出一小截骨头了。这骨头上的肉是最嫩最好吃的。多分出几截后，就能吃到里面的骨髓，喏，就是这个像蚯蚓一样的东西，强身健体，最补！

要是上海人，这一块羊蝎子就够他们吃上一整天！陈领班说：他们能将一只蟹从上海吃到北京。

闭嘴！张老师说：我们史校长吃过的盐比你吃过的饭多，你先别卖弄你那点小见识，喝酒要紧。

三人一起敬了史校长一杯，又每人各敬了史校长一杯。然后，张老师站起来，说了声抱歉，他要到其他包厢敬一下酒，等会儿就过来。没办法，张老师说，人在江湖，身不由己，以前滴酒不沾，现在都快成酒鬼了。

酒是茅台，又有苏军作陪，史校长也就放开了喝。酒至半酣时，扯到了史力身上。史校长叹口长气，一口喝下了满杯的酒。陈领班马上为史校长续酒。苏军一边掰羊蝎子一边发表感慨：小力将您当羊蝎子了！一截一截地啃了还不算，只怕还要将里面的骨髓全吸出来才罢休。不过，这年头，谁没有被啃的时候？不是被儿子啃，就是被房子啃；不是被房子啃，就是被老板啃……苏军边说边斜了陈领班一眼。

不是被老板啃，就是被老婆啃，不是被自己的老婆啃，就是被别人的老婆啃。苏总，我说得对不？陈领班反戈一击，也斜了眼去铆（方言，盯的意思）苏军。

苏军哈哈一笑：再严肃的话题，你也有本事化神奇为腐朽！

陈领班说：难道我说错了？

你没错，是我错了。苏军说：我罚杯酒，行了吧？

史校长说：我陪你喝。史校长不等苏军做出反应，就将杯子一举，脖子一仰，刚满的那杯酒悉数进了他的喉咙。

那场羊蝎子酒宴，史校长来了个一醉方休。

张老师回到忆江南时，史校长已经把持不住了。张老师见状，便与陈领班换了座位，自己挨着史校长坐了。史校长一把攥了张老师的手，眼眶都红了：你知道的，我那个老婆，真是好得没话说。要不是她走得早，史力也不至于变成今天这个样子。

史力怎么了？张老师有些诧异。

他大专毕业找不到工作，一直在家里闲着，天天玩电脑游戏，我要他去我矿里帮忙，他也不肯。史校长……唉，他心里苦啊。苏军说。

这个……史力在大学学的什么专业？

计算机。

既是大专，就不该学计算机。既学计算机，就要学到家，最起码也要考个研究生什么的。大专三年，学点皮毛有什么用？

所以啊，小力又不肯委屈自己，他要是吃得了苦，年纪轻轻的，什么工作找不到？苏军边说边摇头。

你是站着说话不腰疼。张老师瞥了苏军一眼，剩下的话，他又咽回肚里了。毕竟史校长在场。苏军笑了笑。他明白张老师的意思。同年生的，苏军不过高中毕业，现在却是百万富翁。而史力，虽说考上了大学，毕业后竟然连个合适的工作都找不到。

史力要是愿意的话，可以到这个火锅店来帮忙。张老师拍了拍史校长枯树皮般的手背，安慰道：儿孙自有儿孙福，年轻人嘛，吃点苦，受点磨难都不要紧，您老人家为了他，已经辛苦了大半辈子，您已经尽了自己的责任了，魏姐不会责怪您的，您要多保重自己的身体。

史校长忍了半天的的泪，骨碌碌，滚下来一长串。

张老师说中了史校长的心事。魏姐走时，张老师还是学校的骨干教师。史校长一家一直住在学校里。两间窄窄的宿舍，紧挨在一起，一副恩恩爱爱不离不弃的样子，就像挂在墙上的老照片里，年轻时的史校长夫妇。魏姐得的不治之症。魏姐临终时拉住史校长的手不肯松，她要史校长答应一定将史力好好培养成人，一定要给史力找一个善良的后妈。史校长答应一定好好培养史力，并要魏姐放心，他这辈子不会再找，他绝不会让史力受半点委屈。

可是，任凭史校长如何不让史力受委屈，任凭史校长自己如何受委屈，史力总是不满意、不开心。史校长告诉史力，张老师那里要人。史力眼盯电脑屏幕，随口问了句：什么张老师，要什么人？史校长说：你小学时候的班主任老师，他在市里开了家火锅店，生意非常好，他要你去他店里帮忙。

切！史力冷笑一声：他把我当什么了？打杂的？端盘子的？省省吧你。你不嫌丢脸我还嫌丢脸！

凭自己的汗水赚钱，怎么丢脸了？史校长极力控制自己的怒气。

不去！！史力硬邦邦地的说。

你还想成家立业不？

我倒是想啊，我想老婆想得发疯，可是钱呢？房子呢？没有钱没有房子谁嫁给我？你以为现在还有哪个姑娘愿意住这种四面漏风的教师宿舍？何况你就要退休了，难道要我带着老婆跟你去奶奶家住那座说倒就倒的老房子？

你先去找个工作，然后再买房子，现在谁的房子不是按揭？

我倒想去按揭，可是首付款呢？我连做房奴的资格都没有，这就是拜你所赐貌似幸福的生活！

我辛辛苦苦养大你，你竟然毫无感恩之心！史校长的声音开始颤抖。

我根本就不想来到这个世界！有本事你退货啊，我求之不得！

你——史校长恨不得一巴掌劈死这个忤逆子，彻底退货算了。史力将键盘顺手一推，站起来，仰了下巴，挑衅道：想打我是吧，来啊！还手的不是人！早点打死我，早点和我妈团聚去！

史力一提到"我妈"，史校长刚刚举起的手顿时垂了下来。这是史力的绝招，史力明白史校长的命门所在。关键时候，史力屡试不爽。

史校长又去找苏军，说了自己的一个计划。苏军说：不行！绝对不行！在史校长的一再恳求下，苏军总算松了口，并当即打了几个电话。史校长再三请求苏军为他保密，苏军答应了。在史校长临走时，苏军突然想起了什么，他说：我有辆旧普桑，搁在车库都快生锈了，您还记得开车吧？要不您也帮我一个忙，帮我养养这个车，保险什么的都买了，您出门办事方便点，我的车也算发挥点余热。等会我带您先熟悉熟悉车况。

史校长曾在马山乡政府当过两年司机（叫马山镇是近几年的事），后来又当上了民办教师，转正不久，就当上了校长。

史校长犹豫了一下：可是，我的驾照早掉了。

没关系，您反正都是晚上开，又不去城里，没事的。

史校长想了想，接受了苏军的好意。

那辆普桑还真旧，减震器可能出了点问题，路稍颠簸点，就有坐手扶拖拉机的感觉。再旧也是车啊，四条腿总比两条腿强。史校长意气风发，突突突，将车开进了学校。

自从有了车，史校长每晚都外出，并且都要在第二天早晨快上课时才赶回学校。他的精力明显差了许多。上课时学生不觉得，但史校长自己感觉到了。幸亏他每周只有几节思想品德课，备课上课都能倒背如流了。学校日常工作也有各部门负责，他只要掌管大局就行。于是，史校长在办公室看书充电时，经常看着看着就睡着了。

某晚，天还没黑透，史校长攥着车钥匙正要出门，史力破天荒主动开口说话：你又要去哪？你有女人就带回来，与其两个都打光棍，不如我一个人打光棍！

放你娘的狗屁！史校长也破天荒骂了儿子一句脏话。

之后好几个月，史校长一直晚出早归。他与史力相安无事，甚至话都没说几句。

某天，在史校长应该现身校园的时候，史校长没能出现。教务主任来史校长家找人，因为是周一，马上就要举办升旗仪式了。升旗仪式上，有一个环节，就是校长讲话。史力又熬了个通宵，他打着呵欠告诉教务主任：你们校长昨晚不在家，我不知道他去了哪里。

就在这个时候，史力的手机响了，苏军告诉他，史校长出了事。

史力打了个寒战，他的右眼皮突突直跳。史力推开挡在门口的教务主任，疯了般往外奔去。

史校长的车，翻在了河沟里。有一只野狗，瘸着一条腿，站在石桥边沿拼命地叫。野狗俯视着河沟里的普桑，瘸着的那条腿还在滴血。野狗突然从路边蹿出来，史校长发现时，已经来不及踩刹车。史校长只好将方向盘往右边一打，同时来了个紧急刹车。可是，他的方向盘打得太急，刹车也踩得太猛，普桑失去了控制，怪叫着，冲出石桥的边沿，掉进了高高的河沟。河沟里只有浅浅一层水。那时候，路上也没什么行人。野狗嗷啊嗷。史校长苏醒过来，他抹了抹糊住眼睛的血，抖抖地，从口袋里掏出手机；抖抖地，拨了苏军的电话。好一会儿，苏军才接了电话。史校长拼尽最后一点力气，艰难地说：我，我要是没了，你替，替我照顾……

史校长没能说完那句话。

苏军睡得迷迷糊糊，史校长的电话吵醒了他。史校长那句没说完的话吓得苏军从床上一坐而起。苏军意识到情况不妙，他赶紧回拨过去，通了，却无人接听。再打，仍无人接听。难道东岭煤矿出了事？苏军立刻打电话到东岭煤矿，还好，平安无事。苏军一看手机上的时间，这个时候的史校长不应该还在东岭煤矿，他应该刚洗完澡，正开着车往学校赶。一想到那辆旧普桑，苏军突然打了个寒战。难道是路上出了事？糟了，来不及了，只怕来不及了。苏军穿着睡衣冲进车库，开出几十米，才发现手刹都没松。苏军心急如焚。苏军必须尽快找到史校长和他的旧普桑。

在去往东岭煤矿的途中，苏军找到了史校长，还有他的旧普桑。

史力也找到了苏军，还有他的父亲史校长。

史校长死了。当众人将他从驾驶室拖出来时，他已经没了呼吸。

他疯了吗？史力跪在父亲身旁，喃喃道。

他没疯。苏军也跪在史校长身旁，喃喃道。

他每天晚上都要开着车出去，为什么？

为了你。

为了我？史力恨恨地揩了把泪：为了我，他就不会丢下我不管了！

就是为了你！苏军也恨恨地揩了把泪，他逼视着史力：你父亲曾经再三要求我为他保密，现在，我也没必要再为他保密了。史校长，也就是你的父亲，他白天上课，晚上就去东岭煤矿下井开绞车！

他疯了！

他是疯了！我当初就说他疯了！他非得求我帮他联系。他不肯在我矿里做，怕走漏消息。又不能上白班，因为要上课。我只好帮他联系了东岭煤矿，那里正好需要一个绞车司机。东岭煤矿离马山有十几里路，你父亲说他可以骑自行车！那么远的路，那么辛苦，他怎么吃得消？我这才给了他这辆车，没想到反而害了他老人家……

啊！史力从喉咙里裂帛般迸出一句。他一下子跳起来，对着还跪在地上的苏军好一阵拳打脚踢。

苏军并不躲闪。

史力狂踢已被打倒在地的苏军，一边踢，一边歇斯底里地喊叫：你还手啊！混蛋！你还手啊！

苏军并不还手。

史力精疲力竭，瘫倒在地。

苏军从地上爬起来，擦了擦嘴角的血：你父亲为了挣钱给你买房子……

史力缓缓爬向父亲。

史力扑到父亲身上，号啕大哭。

浪漫极了

　　何云原本不喜欢和聂飞出门购物。何云就爱货比三家，有时为了十几二十块钱，宁愿再倒两路公交车，回头去找那家相对便宜的地方。聂飞木偶似的黏在何云身后，直逛得两腿发软两眼发黑，忍不住叹气说生不如死。何云便仰了下巴双眉一竖，用眼铆住聂飞：你很有钱吗？还是烦了腻了不想和我一起过了？两人一拌嘴，何云就上纲上线，急得聂飞赤口白牙地发誓这辈子只爱何云一个，并且下辈子也只爱何云一个，何云才在聂飞的瘦腰上狠掐一把，咬了牙哼道：德性！

　　后来，何云索性不喊聂飞一起上街了，两人便少了许多口角。

但这天中午，何云和聂飞都请了假，两人约好两点半在新城公交车站会面，一起坐公交车去会展中心。

听说在糖酒会的最后一天，东西都特便宜。聂飞认为，和谁过不去也不能和钱过不去。何云认为，过日子就得精打细算。在这一点上，两人保持着难得的一致。像这种超级糖酒会，全国每年好像都只举办两次。机会难得呢。

公交车驶进会展路时，何云忍不住问聂飞：不会结束了吧？聂飞肯定地说：我是在糖酒会官方网站查的，昨天才开幕，明天是总结会，再怎么着，今天应该还有一天。何云没作声，皱了眉看窗外那些拆广告牌的人。聂飞心里咯噔一下：莫非真的来晚了？不然，这一路花花绿绿的广告牌怎么都拆了？

远远地，聂飞看到会展中心门口还立着许多广告牌，台阶外的坪地里，一溜溜地，摆了许多小摊，坪里挤挤挨挨的，全是来来往往的人。他兴奋地用胳膊肘捅了捅何云：你看！何云不屑地说：早看到了！

一下公交车，何云拉了聂飞一路小跑。聂飞嘀咕道：又不是去抢钱，不至于这样子火烧眉毛吧？何云没好气：你再磨蹭，只有垃圾捡了。

到处都是卖名酒的。何云一问价格，两人都不敢相信：无论茅台，还是五粮液，一律跳楼价，两百块钱一瓶。聂飞狐疑地说：真的假的？何云拽了他就走：管它真的假的，多问几处再说。

经过一家小饰品摊，何云挪不动脚了，她随手挑了串水晶项链，一问，只要二十块钱，她便一把攥进手心，继续挑。聂飞说：全是塑料的，这种地摊货你也要？没一点品位。那摊主便冷笑道：你是嫌太便宜吧？要不就是平时见惯了假的，今儿个遇到真的反倒不敢信了。我告你啊，我这地摊货，只要往大超市里一摆，几百几千的价格一标，没人敢说它们是塑料的。我这是给钱就卖赶着将样品处理了好回家！

何云二话不说，突然将挑中的几串项链随手往摊上一丢，径自往前去了。聂飞赶紧跟上，想拉住何云，何云一甩手：一边去！你嫌那是地摊货，你买几样上档次的我瞧瞧！自己穷光蛋一个，还说我没品位！真正是男怕入错行女怕嫁错郎！

聂飞讪讪地笑：老婆，对不起啦，小的再也不敢了！

两人吵着闹着又到了一个酒摊前，守摊的是两个三十来岁的女人，她们看到何云两口子光顾，只在脸上堆满了笑，并没有像其他生意人那样热情地打招呼。何云问：都是茅台啊？多少钱一瓶？

别人都卖两百，我们只卖一百八。其中一个胖女人说着夹生普通话。

是的，我们也是帮朋友忙，他临时有事，交代尽早处理掉这些样品。另一个瘦女人说的竟是本地话。

你俩都是同江人？聂飞忍不住插了一句。

嗯啰！你们也是同江人吧？胖女人的笑容变得有些躲闪。

是啊，你们这酒真的假的？何云将聂飞往旁边一推，问道。

这个嘛，你们自己看，我们说真说假都没用的。瘦女人边说边飞快地瞄了胖女人一眼。

还有少不？何云准备撤退。

你说你能给多少？反正是样品，朋友交代了，随便我俩怎么卖。大家都是同江人，能少的我们肯定会少。

好的，我先到前面看看再说。何云扭头就走。

五粮液啦，五粮液啦，最后四盒，吐血甩卖！

何云凑过去，问：怎么卖？

那个精瘦的中年男子说：五十三度，五百一盒，一盒两瓶，再送一个酒壶，两只酒杯，外面大超市里，光是一瓶这样的酒，就得卖五六百。

最低要多少？何云见那包装很豪华，有点心动。

姑娘，你先别急着还价。你看看我这酒——中年男子打开包装，取出其中一瓶，一只手挝腰握了，一上一下连晃了十几次，接着说：你看这酒花，酒越好，酒花越少，这酒花还不算最少的，因为五粮液还有比这更好的，当然，那就远远不止这个价了！姑娘，你运气好，你再晚来一会儿，这酒恐怕就没了！

五百拿两盒，行不？何云试探着问。

不行，不行，光是外包装，都不止这个数。中年男子头摇得什么似的。

那算了，我买茅台去，茅台还只要一百多一瓶呢。何云装着要走，聂飞便搂了她的肩转身欲走：老婆英明，我们买茅台去！何云偷偷在他后腰掐了一把。聂飞没敢叫出声来。他本想讨何云欢心的，没承想会错了意，马屁拍到了马腿上。

果然，那男子大声喊道：算了算了，两盒六百，少一分都不卖了！

何云挣脱聂飞的胳膊，转过身说：不会是假酒吧？

假一罚十！男子似乎恼了，一把拽着胸前的塑料卡片说：姑娘，你看这是什么？我刚从展厅撤出来的，只剩这四盒了，你不买没关系，但不能怀疑我的酒！

何云其实早看到那张胸卡了，大部分摊主都佩戴着这样的东西，应该不会是假的。而且，听这男子的口音，不可能是同江人，也许真是厂家派来的吧。

何云打开一盒酒，仔细察看着。聂飞也凑过来看，突然，聂飞用肩膀蹭了蹭何云，指着印在包装盖上的那段文字，轻轻说道：值得怀疑。何云一看，可能是套色时没处理好，那些字出现了重影，还模糊得很。何云直起腰，决绝地说：对不起，我们不要了！

喂，你们怎么能这样！说好了又不买，什么意思嘛！男子气急败坏地在后面嚷嚷着。

老婆，你饿不？那边有人卖武大郎烧饼，看起来味道不错。

何云便随聂飞拉了手，两人买了两张烧饼，边走边吃。聂飞说：不如去展厅里面看看，外面的只怕靠不住。

没想到展厅已不让进，说是里面的全出来了。倒是门口乱七八糟围了几群人。有卖牛肉干驴肉干羊肉干的，有卖玉兰油欧珀莱大宝 SOD 蜜的，有卖红枣荔枝桂圆干的，更多的，还是五粮液和茅台酒。

茅台，茅台，最后一件，超低贱卖！

一个矮矮胖胖的男子高声叫卖，他的脚畔，摆着一件茅台酒。有两个人正猫着腰在那看呢，何云赶紧冲上前去，问：怎么个贱卖法？

一件两千四！亏了血本了我！反正就这最后一件，早卖早回家！

两千四？莫吓人啰！何云一边说，一边在心里飞快地算着细账。

你还嫌贵啊？你知道在外面这酒得卖多少钱？一瓶就要七八百！一件十二瓶，差不多要万把块钱！现在我这一件才两千四，你还嫌贵，我快冤死了我！

不会是假的吧？何云与聂飞异口同声。

假一罚十，这是全国糖酒会呢，开玩笑！男子看起来很气愤。

何云与聂飞互相交换了一下眼色，他们还真看上了这件酒。何云在一家小公司当着小职员，捱日子罢了。而聂飞，却是有奔头的，他在一所初级中学当了好几年的教研组长，今年好不容易等到有位副校长要退休，牵一发而动全身，如果好好操作一下，聂飞极有可能升任教务处副主任。就算没这档子事，有点好酒摆在家里总不是坏事儿，反正逢年过节的总要用些，又不会变质，更重要的，这酒，实在是便宜得不能再便宜了。

再便宜点嘛！聂飞漫不经心地蹲下去，打开纸箱，拿出一盒酒来仔细打量着。

已经亏得没裤穿了！不能再少了，再少真得跳楼了！那男子的酒糟鼻急成了猪肝色。

那就算了！老婆，咱俩回头买五粮液去，茅台酒假的多，还这么贵！

何云开始不肯走，聂飞往她手心里抠了抠，何云明白了，便说：就是，买五粮液去！

那人竟然不急，重新抬起大嗓门，四下里吼了起来：茅台啦茅台，最后一件，给钱就卖！

这下何云急了，聂飞还要拉她往外走，她没好气地一把甩了，三两步到了那男子跟前，呼呼地，仿佛和谁赌气似的说：一口价，两千，卖不？

哟，这位姑娘，还是您有眼光，有气度，这样吧，两千二百八，再不能少了，要不要，您说了算！

何云正在犹豫，来了一男一女，那男的说：两千二百八一件？真的假的？

酒糟鼻说：这位大哥，要是识货你就买，假一罚十！

那女的拉了男的一把，说：老公，算了，我们才买了一件呢。

男的说：有点宝吧你，机会难得，多买多赚！

何云在一旁急得叫了起来：这酒我已经买了！她边说边从包里抽出一叠钱来。

酒糟鼻为难地对那男的说：这位大哥，你看，总得有个先来后到吧，要不你到别处看看，我这真的是最后一件了，不卖给这姑娘还真说不过去！

何云将钱给了酒糟鼻，那对夫妻才怏怏地走开了。何云长长地舒了口气，有些得意地望了望一直在旁沉默不语的聂飞：怎么，哑巴了？

不是，我觉得——聂飞吞了吞口水，欲言又止。

妹子，你还要不？我买多了，就按你刚才的价，分你八瓶行不？一个瘦老头拉了拉何云的衣袖，有些难为情地说。

我才买了一件，要那么多干嘛？何云笑着说。

酒又不会变质，多买点没关系。老头将皱纹勉强挤出半朵菊花来。

那你老人家怎么还嫌买多了？何云有些疑惑。

我——老头噎住了，半天没"我"出下文来。

老婆，走吧！聂飞自觉地将酒扛在了肩上。

那里有个台子，我们坐会儿再走吧，我的脚好痛！何云穿了双新高跟鞋，有点打脚，又逛了这么久，这会儿才觉得痛得厉害。

两人坐下来。旁边一女的绕到他们面前，问：你们这酒买得贵吧？还要不？一样的货，我们的一件只要两千块。何云与聂飞一惊，仔细一看，在他们身后果真卧着几只纸箱，从外表看，和他们买的一模一样。一男的守在一旁东张西望的。

何云脑子一热：真的？

聂飞忍不住了：老婆，搞没搞错？你还想买？我们又不开店。再说，我总觉得有点不对劲。你听他们的口音，好像是一个地方的。

何云正要说什么，这时，从展厅门口传来了吵闹声，两人闻声都站起来，聂飞说，你坐在这里别动，我过去看看。

聂飞走开了，那女的也扭头就走。她回到那男的身边，两人将那几件酒往推车上一码，慌慌张张地走了。

何云便打开纸箱，拿出一盒酒，上看看，下看看，左看看，右看看。一名衣着光鲜的年轻男子挨着何云坐下来，何云不由自主往旁边挪了挪。年轻男子笑道：美女，你有钱啦，茅台酒论件买。

何云也笑了，只是有些勉强：还不是图个便宜。

年轻男子径自从打开的纸箱里拿出一盒酒来：你以为天上真有馅饼掉吗？你看看你买的酒，外包装连封口的标签都没有，这一盒还有酒流出来了，纸盖子都浸湿了。

何云一惊，接过一看，果然如此。她哎呀一声，小脸蹭地一下，全白了。

年轻男子接着说：还有，真正的好酒，都有防伪标志，你可以通过打电话、发短信或上网查真假。

何云眼尖，叫道：外面的纸箱上有——她话没说完，已从包里翻出了手机。她按着纸箱上打印出的查验办法，先打电话，区号是北京的，一拨就通了，她按着提示一步步操作，最后等来的那句是：对不起，这是个虚假数字编码。何云手一软，手机差点滑落。年轻男子在一旁直摇头。何云愣了愣，开始发短信，按照纸箱上写的，她连着发了两三条同样的信息。手机沉默一会儿后，接二连三地提示：此信息暂时无法发送，要重新发送吗？何云狠狠地按了重新发送键。几次三番，没有一次发送成功的。何云站起来，伸长脖子，往刚才买酒的地方望了又望。那个该死的酒糟鼻，早就没了踪影。何云觉得腿肚子一抽一抽地酸疼，而心，也像腿肚子那样，一抽一抽地酸疼着。

美女，别看了，人家早溜了！年轻男子说。

何云一屁股坐下去。她恨不得抽自己两耳光，真是聪明一世糊涂一时啊。所谓的防伪标志，贴在那么显眼的地方，那么的明目张胆，那么的恬不知耻，她竟然没想到要先验明正身。何云有气无力地问年轻男子：你是什么人？

年轻男子哈哈笑了：我是新桥批发烟酒的，这是我的名片，以后要买好酒，尽管找我，不仅保证真正的批发价，更保证百分之百的真货。哟，那头打起来了！美女，想开点，权当交点学费，我要看热闹去了。

何云有点木然。展厅门口，有一个男子从人群中冲了出来，很快，追上来一群男子，将他包围住，你一拳我一脚的，没一会儿就将他打趴在地。一名外地口音的女子尖声哭叫着要他们别打了别打了。何云眼神空洞，仿佛观看一部兴味索然的肥皂剧。她怀疑自己是在做梦，可如果是做梦，为什么还不醒来呢？

老婆，老婆！聂飞上气不接下气地跑了过来。

何云没一点反应。

老婆，情况不妙，我们只怕也上了当！聂飞往纸箱旁一蹲，他也一眼瞅见了那个防伪标志。何云对拿着手机正准备打电话的聂飞说：我刚打过，假的。

电话是假的？

电话是真的，编码是假的。

聂飞问：短信呢，短信怎么说？

何云声音软得像煮过头的面条：无法发送……

聂飞说：那边一个卖假茅台的，被人打个半死。

何云突然间有了力气：真的？是不是那个酒糟鼻？

不是，另外一个。有人比你还猛，一次买了八件，回头一看，全是假的，一气之下，就喊来一帮子人，找到了那个卖酒的，要求按假一罚十赔钱，卖酒的不肯，这不，打起来了。

何云哦了一声，眼睛一亮，说道：对了，你在这守着，我过去看看，说不定，我们也可以浑水摸鱼，也弄他个假一罚十。他肯定不止卖那几件。

不要去，危险……

何云早跑了，聂飞的声音追在后面：小心点！

在人群的边缘，何云发现了向她推销八瓶茅台的老头。他的身边，站着一老一少两个女人，看样子，一个是他老婆，一个是他女儿。见到何云，老头不好意思地笑了。何云装作不认得，问他老婆：阿姨，那边为什么打架？

老太太说：卖假货，挨打活该！

何云说：阿姨，您买了几瓶假酒啊？

八瓶！老太太眼都红了：就怪我那个死老头子！

年轻女人挽住老太太的一只胳膊：妈，别骂爸爸了，看他们是怎么处理的，您先别急。

何云再看打架现场，已有警察介入，打人的还在那里据理力争，被打的，缩在一旁默不作声。看样子，这一时半会不可能有什么处理结果。何云叹了口气，扭头走了。

怎么样？聂飞问何云。

什么怎么样？你以为能怎么样？走吧，算我倒霉。何云将语气放柔些：要我抬吗？

算了，还是我一个人扛。聂飞说：扔钱是小事，累坏了老婆才是大事。

可是——何云顿了顿说，就这样回家，太不心甘！总得找谁要个说法。

对，不能让那些骗子再去害人。聂飞直了直腰。

不仅要揪出骗子，还要讨个说法！

就是，这么大的糖酒会，竟然有这么多骗子公开行骗，太无法无天了！

对了，我们可以打110报案。何云兴奋地掏出了手机。

算了吧，刚才那里打架，不是来了警察吗？看样子也没什么好办法。我想想看，哦，应该去工商局举报。

照我说，应该去派出所报案，先将那些骗子抓起来再说。

好，前面立交桥下就是会展派出所。

聂飞扛着酒，何云紧随其后，正是秋高气爽季节，聂飞却累出了一头一脸的汗。何云有些心疼，轻轻拉了拉聂飞的衣角：老公，放下来歇歇吧。聂飞只是摇了摇头，没吭声。

办公室的民警有些意外，一个矮矮胖胖的男民警说：两位没找错地方吧？何云硬邦邦地回了句：当然没错。聂飞小心翼翼将酒放在地上，笑着解释：警察同志，我们不是来推销酒的，我们是来报案的。

报案？另一位女民警撇了撇嘴说：报什么案？是在糖酒会上买了假酒了吧？对不起，我们这儿不管打假。

这么多骗子大摇大摆地在你们警察的眼皮子底下坑人，你们不管谁管？

这位女同志，你先别激动，你们买了假酒，应该去工商局投诉。胖民警说完，对女民警挥挥手：我出去办点事。

胖民警闪了，女民警埋头整理办公桌上的文件。何云气呼呼地说：老公，我们走，我就不信找不到说理的地方。女民警装作没听见。何云已把话说绝，聂飞只好重新将那箱酒扛上肩。

打了三十几块钱的士，两人来到市工商局。

发票。一名女工作人员打断何云的申诉，面无表情地说。

什么？何云还沉浸在自己的语境中，一时没听清。

你们买酒没发票吗？女人没好气。

两人都傻了眼，聂飞嗫嚅着说：这个……我们没有发票。

没发票？那就没办法了。女人仿佛松了一口气。何云从她脸上读懂了潜台词：没发票就怪不得我们了。何云不甘心：没有发票就什么办法都没有了吗？没有发票就可以让那些骗子逍遥法外吗？

谁让你们没一点法律意识，买东西肯定索要发票嘛，现在销售方无影无踪，你们又无凭无据，这个假，你要我们工商部门怎么打？女人已明显不耐烦。

这么大一个糖酒会，那么多骗子公然行骗，你们工商部门难道一点责任都没有？何云据理力争。

对不起，这个问题你还是找我们领导反应吧。女人开始撂挑子。

请问你们领导的办公室在哪？何云克制住心中的怒火。

他们都出去开会了——女人话没说完，电话响了，她长舒一口气，煲起了电话粥。

聂飞见何云脸都气绿了，扛起酒，用胳膊肘碰了碰她的肩，说：走吧，走吧，有什么好气的，破财消灾。

两人走到工商局外面时，不约而同停下了脚步。聂飞问何云还想去哪。何云说，不知消费者协会在哪？聂飞蹲下身，卸了酒，站直，反手捶了捶腰：应该就在工商局吧，要不打114，先问消协电话。

消协的同志在电话里挺热情，听何云说明情况后，一字一句地说：《消费者权益保护法》第三十八条明确规定，消费者在展销会购买商品或者接受服务，其合法权益受到损害的，可以向销售者或服务者要求赔偿。展销会结束后，也可以向展销会的举办者要求赔偿。展销会的举办者赔偿后，有权向销售者追偿。因此，你们可以向展销会的举办者索赔。

何云挂了电话，正好有辆的士过来，她举手拦了，聂飞问去哪。何云说：回会展中心。

两人来到会展中心办公室，一位清清秀秀的女孩听他们说明来意，一脸真诚地说：我很同情你们的遭遇，可惜我帮不了你们，我们会展中心也帮不了你们，因为这次糖酒会，我们只负责提供场地，主办方并不是我们。

主办方不是你们？何云当然不相信：那是谁？

往大里说吧，应该是市政府。女孩笑盈盈地说。

市政府？难不成要我们再扛着这箱酒去找市长？何云急了。

所以，你们还是省点力气的好，就当花钱买个教训吧。人这一辈子吃点亏上点当也是难免的。女孩不咸不淡地说：对不起，我要下班了。

在路旁等了半天的士，何云气鼓鼓地说：干脆扔掉算了，免得看着窝心。聂飞将何云上下打量了几眼，换了很轻松的语气：真的？你若真想通了，我就当真扔了！

你敢！何云当胸给了聂飞一拳。聂飞揉着胸口苦着脸道：不听你的要挨打，听你的也要挨打，这年头，做老公好难！

说着闹着，总算等到了一辆的士，两人一路无言，哪想下了车进了电梯，聂飞突然冒出一句：你爸不是喝酒的吗？没想到何云勃然大怒：怎么不给你爸喝！聂飞委屈地说：我爸不是不喝酒嘛。何云冷笑道：这么好的酒，应该孝敬你爸才对。聂飞不敢吭声了。何云又哼的一声：你看我爸不顺眼了吧？你巴不得这假酒全兑的工业酒精对吧？你不如直接说全让我喝了干净！将我喝死了你好另娶新欢！

这是哪跟哪！聂飞急得脖子上的青筋全暴了起来：我又没说你什么，你干吗非得将我往死里逼！

谁将谁往死里逼啊！嗷，好的真的用来溜须拍马，假的毒的用来孝敬岳父大人，亏你说得出口！

聂飞气得一拳砸在电梯壁上：不把你老公气死你就不甘心！

何云见聂飞胸脯一鼓一鼓的，不作声了。聂飞砸出那一拳，立马后悔了，见何云没吭声，知道有情况，只一瞥，果然瞥见何云两眼汪满了泪，于是更加后悔。

两人回到家中，聂飞将那箱酒搁在阳台一角，一头扎进了厨房。何云坐在沙发上，手里拿着遥控器，将那几十个频道从头换到尾，又从尾换到头。

油锅吱吱地响着，聂飞正炸鸡块，何云不声不响站在了他身后，聂飞回身取碗，不由吓了一跳：干嘛呢，怎么不怕油烟了？

何云平时挺讲究的，一般不下厨，即使要下，也是全副武装，袖套啊围裙啊，头上还要戴上大浴帽，将一头秀发捂得严严实实。她不能容忍衣服上溅半点油渍，更不能容忍头发上有一丝油烟味。

我有个办法。何云一脸神秘地说。

聂飞一边舞动着锅勺，一边问：什么办法？

你们班上不是有个学生家长开了名烟名酒店吗？要他帮忙

处理一下不就得了。

那怎么行，你让我的脸往哪放？

就你那脸？连皮带肉也不过七八两，有什么放不放的！

……　……

你打个电话问问会死吗？何云火了。

我怕了你行吧？吃完饭就打。

没想到那家长答应得挺痛快。聂飞还在拐弯抹角，他干脆单刀直入了：聂老师，您放一百个心，我保证帮您按两百块一瓶处理掉，我现在外面，这样吧，明天晚上八九点钟的样子，我来您家提货。

两人没心情看电视，早早进了被窝，还是聊糖酒会的事。聂飞说：老婆，这茅台会不会真是工业酒精兑的？何云叹口长气：我也担心啊，要不先开一瓶，我们自个儿尝尝，若没事，再给那人处理。聂飞气急而笑：我看你是真的糊涂了，难道为了那一两千块钱，就得拿我们自己做实验？

可是，可是，我怕喝出人命来啊。

要不我们自己处理掉算了。

自己？怎么处理？

扔掉，倒掉，烧掉……

你疯了，那是两千两百八十块钱啊！

我们受了骗，如果反过来再去骗别人，我们和那些骗子又有什么区别！

难道我们就白白被人骗？我不甘心。

但是——要家长帮着处理，算哪门子为人师表！传出去，我以后在学校还怎么做人？总不能让学生指指戳戳的吧？老婆，我想来想去，觉得还是不能因小失大。

那倒也是……

聂飞趁热打铁，翻身起床，掏出手机就回了那位学生家长。然后，重新钻进被窝，打个长长的呵欠，不一会儿，竟起了鼾声。何云心里那个气啊，她怀疑聂飞上辈子就是一头又蠢又懒的猪，要不，怎会她在枕的这头烙大饼，他在枕的那端拉风箱？

翻来覆去，何云满脑子都是那些酒啊人啊的在晃。突然，她想到了什么，推了推聂飞：起来，快起来！

聂飞吓得一骨碌爬起来，睁大眼问道：怎么啦？出什么事了？

出你的头！何云也半坐起来：你在电视台不是有个朋友吗？我们可以通过媒体曝光来讨回公道啊。

我们关系也不是很铁，聂飞犹犹豫豫：再说，他们电视台有规矩的。

不试怎么知道呢？现在才十点钟，你打他电话，问问看。

聂飞脸上也放出几缕光来，他跳下床去，拿了手机，翻到那个朋友的号码，拨了过去：正在通话中，正在通话中，正在通话中。聂飞脸上那点光早没了。何云在一旁鼓劲：再打啊，打通为止。

朋友心情不是很好，耐着性子听了情况后，三言两语就把聂飞给打发了：我不想做无用功，更不想因为这种小事挨批或丢饭碗，我们这些小记者，没什么自由，哪有你想象的那么风光。

什么记者啊这是！何云说：只晓得溜须拍马！

他们也有他们的难处，聂飞说：算了，睡吧，钱财是身外之物，留得青山在，不怕没柴烧。

何云哼的一声，背对聂飞躺下了。

聂飞迷迷糊糊快睡着时，又被何云推醒了：老公，我想通了，我有个浪漫的主意。

一起梦游吗？聂飞眼都不愿睁开。

游你的头，起来啦！何云伸出粉拳往聂飞胸脯上一顿乱擂。

好啦，好啦，我怕了你。聂飞无可奈何地起了床。

何云让聂飞将那箱酒搬进卫生间。聂飞不知何云葫芦里卖的什么药，何云说：要你搬你就搬呗，谁让你一顿骡子一顿屁的。聂飞袖子一撸，说：搬就搬，谁怕谁。

何云指挥聂飞打开纸箱，拿出一瓶酒，开了，自己接过，又让他拿出一瓶，也开了。然后，何云手握酒瓶，对聂飞做了个碰杯动作，聂飞一时没反应过来，何云白了他一眼，用自己空着的那只手，捉住聂飞握着酒瓶的那只手，叮的一声，两只酒瓶很干脆地碰了一下。何云将酒瓶举至唇边，做饮酒状，然后，手腕一翻，将瓶口斜对着马桶。聂飞这才醒悟过来，他来不及表演假饮动作了，学着何云的样子，手腕一翻，只见洁白的马桶之上，两股细细的水流齐齐跌进马桶之中……

碰最后两瓶酒时，何云在手上加了力度，斜了眼问聂飞：感觉如何？

浪漫极了！聂飞说完，不由轻轻叹了口气。

白蝴蝶，黑蝴蝶

一缕阳光悄悄穿过粉紫色的窗帘，落在韩珊的长睫毛上，翅膀一动不动，仿佛一只怯怯的小蝴蝶，蹑手蹑脚地，生怕惊醒了酣睡的白蔷薇。

韩珊睡的房间，是主卧。一张一米八宽的双人床，一只榉木梳妆台，一排占据了整面墙的大衣柜，剩下的地方，刚够转过身来。次卧更小。一张一米五宽的床，一张小书桌，一个组合式小衣柜，整个房间已被挤得满满当当。

客厅的大小与两间卧室相比，奢侈得多。一组咖啡色的布艺沙发，一台立式空调，一个电视柜，上方挂着一台液晶电视机；靠近厨房的就餐区，是一张长方形玻璃餐桌和四条可以折叠起来的凳子。客厅尽管摆放了这么多东西，看起来仍绰绰有余。

秦原披了件菱形格的深黄色薄款棉睡衣，歪在沙发上看杂志。他的皮肤略带古铜色，鼻子又高又大，眼睛也显得格外深。只是因为浮着黑眼圈的缘故，神情便有些萎靡。

小乐穿着草绿色珊瑚绒睡衣，坐在餐桌前。她漫不经心地，用筷子将面条拨过来，又拨过去，突然迸出一句：老爸，你吃了没？

吃了。秦原懒洋洋地说。其实，他一口都没尝。

一碗面条，小乐只吃了一小半，她啪的一声扔了筷子，忍无可忍地说：老爸，你的厨艺越来越不敢恭维了！

怎么？

两个字，难吃；三个字，真难吃；四个字，实在难吃……

那——给你弄个蛋炒饭？刚好昨晚剩了点饭。秦原对宝贝女儿赔了个笑脸。煮面时他有点心不在焉，有没有放盐都不敢确定。

不吃！小乐的语气，比那双无辜的筷子还要委屈。

要不，你自己下楼去吃，面条，包子，蒸饺，随你便。秦原收了原本有点勉强的笑容。这个女儿，从小被惯坏了，吃东西特挑。挑归挑，个子倒是呼啦啦直往上蹿。

不去！烦躁！小乐嘟着嘴，胡乱地翻弄着她的书包，也不知她到底要找什么。

秦原没理她。

烦死了！小乐声音更大了，她抱着书包一屁股坐在沙发上。

"烦死了"是小乐的口头禅，秦原还是问了句：又怎么了？

真的烦死了！我想出去玩！

去哪？

外婆家！

可——你妈妈还没起床。

我去叫她！

小乐噔噔噔走进韩珊的卧室，冲睡得正香的她大声喊道：老妈！老妈！！

韩珊迷迷糊糊应了一声。她还没睡够。小乐隔了被子去摇她的肩膀：起来！

韩珊的睫毛眨了眨，眨掉了那只金色的小蝴蝶，眼睛却依然紧闭着。她嘟囔了一句：别吵，要爸爸给你做早餐去。

我们早吃了！小乐又去摇韩珊的肩膀：快起来！

韩珊翻了个身，背对小乐：妈妈有点不舒服，你别吵行不？

真的假的？小乐伏在韩珊身上，伸出一只手，将手心贴在韩珊的额头上：有没有发烧？

小乐的手软乎乎的，也暖乎乎的。韩珊有些惭愧，并没拿开女儿那只煞有介事的手：没事，睡一觉就好了。

没事就起来嘛！都快十点了！小乐那只手移到了韩珊腮上，像搓面团似的来回揉着，边揉边尖着嗓子叫：烦死了！快起来！我要去外婆家玩！

韩珊的瞌睡虫全被小乐揉掉了，她捉住女儿的手，有点无可奈何：玩就玩，别折磨你老妈行不？

秦原开着车，一言不发。他穿着一件咖啡色的皮夹克，里面是一件米黄色的圆领羊绒衫，他那张原本有些憔悴的脸，被衬出了几分朝气和活力。韩珊坐在副驾驶位上，也一言不发。她上穿一件粉紫色的高领打底衫，外面套一件白色的羊毛开衫，下面是一条咖啡色的牛仔裤和一双白色的运动鞋。韩珊拥有一头乌黑油亮的齐腰长发，陌生人见了她，常因好奇而问她是不是戴的假发，还问她在哪里买的，太漂亮太像真头发了。今天出门时，她将平时披着的头发在脑后盘了个圆圆的大发髻，越发显得清爽怡人。

秦原的车，是一辆老款捷达。车头车尾有几处补过漆，车身的黑，就显得有些参差不齐。旧归旧，干净却是从里到外，可见秦原平时比较爱惜，并不因为它是二手车的缘故而看轻半点。车前的控制台上，坐着一瓶淡粉色的香水，瓶子是苹果形状的，最上方还缀着两片碧绿的苹果叶，散发的却是诱人的橘子味。反光镜上还垂着一个红红的中国结，中国结的下方，系着一块椭圆形的白玉，上面雕着"出入平安"四个行楷字。这块平安符是买回车的第一天，韩珊拉着秦原一起去玉器店挑选的。

小乐坐在后排，本来正听 MP4。不知怎么，她轻轻拽下耳机，身体倾向前排座位中间的手刹位置，往右看了看韩珊的脸，有点严肃；往左看了看秦原的脸，也有点严肃。小乐眼珠子一转，长长地叹了口气。她那口气叹得有些夸张，果然，韩珊扭过头来望了她一眼，没作声，眼神里却全是诧异和关切。秦原没能沉住气，他看了看车顶的反光镜，里面的小乐果然愁眉紧锁，便问她：好好的叹什么气？

小乐做痛心疾首状：那天，老妈去学校找我，我被同学议论了半天。

韩珊憋不住了：为什么？我不过是给你送了件衣服，你穿得那么少，又突然下起了雪，我怕你冻感冒了。

唉！小乐又叹了口气：老妈你有所不知，同学们都在议论……

小乐将没说完的话咽回肚子里，等着秦原和韩珊的反应。

议论什么，快点说啊。秦原急了。

韩珊不知不觉和秦原站在了同一战线：你这孩子，有话好好说，不要吊人胃口。

小乐吞吞吐吐地说：他们怀疑老妈，怀疑……

怀疑什么？秦原和韩珊异口同声。

他们怀疑老妈不是我亲妈，小乐慢条斯理地说，他们说，老妈那模样，根本不像是我亲妈。

秦原和韩珊都松了口气，秦原按了按喇叭：这个倒不用担心。

可是，他们都一口咬定，小乐哼了一声：像老妈这么年轻，要不是我姐，要不就是后妈，气死我了！

韩珊一直绷着的脸变得柔和起来，并隐约浮现一抹红晕和笑意。秦原呵呵一笑，侧过脸瞥了韩珊一眼，韩珊明明知道他想和自己对一下眼神，却装作没看见。秦原有些无趣，专了心开车。韩珊回过头来，对着女儿笑了一笑，仿佛是笑话女儿的天真，又仿佛是默许女儿的一些小聪明。

小乐嘴上说着"气死我了"，脸上却藏着得意。她重新回到座位，将耳机塞进耳朵。

秦原将车开得慢慢悠悠，韩珊依然沉默是金。小乐边听MP4，边欣赏窗外的景致。田野中的小河，水懒懒地流淌，一群雪白的鹅站在水里，有的低头看自己的影子，有的戏着水，有的呆呆地望着前方，一副心事重重的样子。小乐觉得那只发呆的白鹅有点故作成熟，就像他们班的班长，动不动就做沉思状，脸上还写着苦大仇深。小乐忍不住哼了一声，不就是成绩好一点吗？不就是长了双眯眯眼吗？有什么了不起的？不过，眯眯眼拧着眉做作业的时候，那神情，还真有点像周杰伦。小乐一直是周董的粉丝，他的歌，他的电影，甚至他拍的广告，小乐都喜欢得不行。

除了听周董的歌，去外婆家也是小乐心驰神往的事情。

小乐从小就喜欢去外婆家。那座名叫金塘的煤矿，矿井在山坡下，家属区却依坡而建，层层攀升。外婆家所住的那栋房子，几乎是位于坡的最高处了。透过外婆家的玻璃窗，可以看到矿井附近的那一大片农田。

小乐最喜欢在春暖花开的时候去外婆家。她热爱那些农田，热爱农田里的那些油菜花。金黄的油菜花四处蔓延，暖暖的阳光下，它们摇曳出万种风情。蜜蜂们嗡嗡地叫着，扑向挤挤挨挨的花们，花丛中的蝴蝶正怡然自得，被鲁莽的蜜蜂吓了一跳，忽喇喇逃离花瓣。

常常，小乐想摘油菜花，又想逮一只花枝招展的蝴蝶玩。结果，蝴蝶没捉到，一不小心，人却跌进了花丛里，弄得一头一脸的花粉，又被几只闻香而至的蜜蜂包围，吓得小乐一边喊救命，一边捂着头往田垄上狂奔。

小乐六七岁时，曾问韩珊：是不是因为这里有许多金黄的油菜花，所以才叫作金塘煤矿呢？这个问题难住了韩珊。如果韩珊说是的，很可能与事实不符。一座煤矿的名字，与油菜花应该没多少关系。如果韩珊说不是的，显然会伤害一个孩子的天真与烂漫。韩珊想了想，含糊其辞地说：也许吧，妈妈也不是很清楚。

年年都要见到这大片大片的油菜花，小乐还是扯掉耳机大呼小叫起来：哇，太美了！待会儿到了那里，我要拍很多很多的照片！

你带了相机？秦原从反光镜里瞥了小乐一眼。

那当然，出门时就放背包里了。谁像你们，只知道……小乐突然截住了话头。

韩珊被女儿的兴奋与喜悦所打动，没有注意女儿的欲言又止。其实，韩珊一路上都在胡思乱想，但与油菜花毫无关系，此时此刻，她蓦然发觉窗外已是油菜花的世界。韩珊并不觉得油菜花有多美，她只是被它们的热烈所感动。是的，热烈。对于韩珊来说，与热烈有关的一切，大多属于过去时，比如爱情，比如对幸福的想象。日子如田垄中蜿蜒的小河，再欢快的流水声，听得久了，也会腻烦。人一烦，日子便越发消瘦，那浅浅的一层水，只够遮住河底的卵石与水草。

而秦原，总是诧异于韩珊那莫名其妙的烦恼。日子过得波澜不惊难道不好吗？何况，他们的日子，毕竟是越过越好了。为什么韩珊总是不满足？为什么总要和秦原抬杠？秦原说要东，为什么韩珊非得要西？莫非，韩珊和小乐一样，也进入了"叛逆期"？

至于油菜花，秦原倒是一点都不稀罕。秦原在农村长大，花花草草什么的，秦原历来没有兴趣。在路上走，吸引秦原眼光的，不是美女，是香车。看报纸杂志，让秦原百读不厌的，也是与汽车有关的版面。

当初买这辆二手车，韩珊出人意料地没有反对。韩珊知道摩托车很不安全，家里有点余钱了，就满足秦原鸟枪换炮的心愿吧。

就要进入矿区了，在即将开始爬坡的地方，秦原靠着路的一侧泊好车。小乐最喜欢的那片油菜花地，就在坡底不远处。

小乐拎着数码照相机，第一个下了车。韩珊跟在小乐身后。秦原最后一个下车。小乐朝着油菜花地，一路小跑着，还不时回过头来，命令秦原和韩珊快一点。韩珊叮嘱女儿慢点跑，别摔着了。韩珊原本可以走得更快点。果然，不一会儿，秦原三步并做两步追上了韩珊，两人并排走着，却不说话。

韩珊的眼神有点散漫，好像望着小乐，又好像望着油菜花。秦原的视线，却黏在女儿身上。小乐的背影真美。就长相而言，她完完全全继承了韩珊的所有优点。清澈的眼睛，雪白的皮肤，细细的腰肢，长长的腿，还有那头乌黑油亮得令人生疑的长发。小乐扎了个马尾辫，走起路来，马尾辫在后脑勺一跳一跳的。她上穿一件咖啡色的连帽卫衣，下穿一条粉紫色的铅笔裤，脚上是一双咖啡色运动鞋。她的个子已经接近韩珊，小胸脯也开始蠢蠢欲动了。秦原常常为女儿而骄傲。漂亮，学习成绩好，喜欢使点小性子，却也不是很过分。

小乐已经走到油菜花地了。她举着数码相机，选角度，半蹲下来，对焦，按快门。小乐一连拍了好几张。这时，小乐看到前方不远处，有一只白色的蝴蝶静静地站在一朵油菜花上，不知它是正吮吸花蜜呢，还是赏花赏呆了。小乐踮起脚，轻轻地，轻轻地走过去。她停下来，她不敢走得太近，怕吓跑了蝴蝶。小乐半眯着眼瞄取景框，里面那只蝴蝶毫无察觉，她匆匆按下快门，顿了顿，又按了一次。小乐一张张回放照片，放大，缩小，再放大，再缩小，比来比去，她最满意的还是那两张有蝴蝶的。

小乐还想再拍几张蝴蝶照片，她惊喜地发现，又有一只黑蝴蝶飞过来了，它不疾不徐地靠近那只白蝴蝶，时而高，时而低，几番试探后，竟挨着白蝴蝶驻了足。白蝴蝶仍旧一动不动，它对黑蝴蝶的到来毫无反应，也许是不屑一顾吧。小乐忙不迭抓拍，果然，不过几十秒的功夫，黑蝴蝶可能察觉到了白蝴蝶的冷漠，它有些灰心，拍拍翅膀起飞了。小乐竟抓拍到了一个很精彩的镜头：在画面的左下角，白蝴蝶似乎有些后悔，它拍拍翅膀飞起来，仿佛要去追黑蝴蝶。在画面的右上方，那只黑蝴蝶恋恋不舍的，正徘徊不去。在两只蝴蝶的中间，近景是斑斓参差的油菜花，远景是隐约的山坡与黛色的树，还有一片一尘不染湛蓝的天空。

烦死了！老爸！老妈！你们快点行不！小乐边喊边跺了跺脚。她的嗓音十分清脆，风一吹，仿佛还散发着出微微的乳香。是的，乳香。韩珊很喜欢闻女儿身上的这种香味。这种香味让韩珊觉得温暖，觉得圆满，也让她的人生变得更有意义。韩珊吸吸鼻子，想将这些香味一丝不漏地全吸进自己身体内。

秦原主动去拉韩珊的手：快点，女儿等得不耐烦了。秦原的手湿湿的，热热的，隐藏着躁动与不安，似乎还有点勉强和做作。这让韩珊很不舒服。韩珊用力一甩，甩掉了。秦原的手，并没有拉得很紧。韩珊在鼻孔里轻哼一声。在她面前，秦原总有点漫不经心。当然，恋爱时，秦原并不是这样的。韩珊轻叹一声。时间是最拙劣的画师，它总是让一切面目全非，而且越描越黑，就像秦原气急败坏时的口不择言。

韩珊甩掉秦原的手，秦原并不生气。如果韩珊乖乖地让秦原握着，秦原反而会觉得奇怪。秦原已经不生气了，可韩珊还在生气，而秦原的错，并不比韩珊的多。女人就是比男人小家子气。秦原早就习惯了，才懒得去哄韩珊。过不了几天，韩珊就会忘掉那些不快。秦原有耐心等，因此没有必要非得赶着去蹭一鼻子灰。

秦原干脆快走几步，将韩珊扔在身后。小乐朝秦原挥挥手：老爸，快来看看我拍的蝴蝶，真是绝了！秦原凑过去，小乐放大照片，指着那只白蝴蝶说：它的神情，是不是有点像我老妈？秦原不解。小乐说：外冷内热啊，表面很坚强，好像对什么都无所谓，其实内心比谁都脆弱，非常在意别人的感觉。秦原哑然而笑：到底是你妈复杂还是这蝴蝶复杂？小乐认真地说：老爸你别笑，你再看这只黑蝴蝶，它故作镇定的样子，像不像你？秦原大笑：依我看，最复杂的就是你！小小年纪，眼睛就这么毒！

小乐不屑地撇了撇嘴：切！

这个"切"字，也是小乐的口头禅，使用频率和"烦死了"不相上下。

韩珊终于走过来了。小乐止住笑，又将那张照片给韩珊看。韩珊由衷地赞美了一句：拍得好。小乐更得意了，指着那只黑蝴蝶悄悄对韩珊说：老妈你看，这只黑蝴蝶自以为是的样子，像不像我老爸？韩珊咬了唇，忍住笑。小乐又指着白蝴蝶大声说：老妈你看，这只白蝴蝶真漂亮，它的模样，好像一个人。韩珊一时没反应过来，顺口问了句：像谁？小乐轻描淡写地说：像我，不过——小乐顿了顿，似乎不甘地说，更像我老妈。韩珊终于呵呵地笑出声来。

韩珊和小乐头抵头看照片的时候，秦原就站在一旁看她们。女儿真像韩珊。对于女儿，秦原简直有点百看不厌。而对韩珊，秦原的确很少认真地打量过了。秦原发现韩珊的眼角有了细细的皱纹，尤其在笑的时候，更加明显。但韩珊的眼睛还是那么清澈，这让秦原觉得欣慰。秦原最喜欢的，就是韩珊的眼睛，黑是黑，白是白，干净得没有一点杂质。即使没睡好，那淡淡的几缕红丝，也影响不了眼睛的清澈度。

这些油菜花真漂亮，老爸老妈，你们站到田垄边，我帮你们拍几张照片。秦原很自然地拉了韩珊的手：来，这么美的景色，不留点纪念就太可惜了。这一次，韩珊没有甩掉秦原的手。一则女儿正盯着呢，二则秦原的手比刚才坚决了许多。

秦原和韩珊肩并肩站好，示意小乐可以开始了。小乐却说：老爸，老妈的刘海儿有点乱，你帮她理一理。韩珊赶紧自己将刘海往耳根顺了顺。秦原还是伸了手，替韩珊重新顺了顺头发，并很仔细地，将一根横在韩珊额前的头发拈起来，顺着发际抚平了。

小乐同学，可以开始了吧？秦原朝韩珊靠紧点。韩珊没有躲闪。

不行，老爸，你得搂着我妈的肩膀。小乐冲着他们做了个鬼脸。

秦原立刻伸出一只手，搭在韩珊肩上，手掌在韩珊肩头还紧了紧：这样行了吧，臭丫头！秦原嗔了女儿一句，却在心里感激女儿的善解人意，秦原原本就想搂着韩珊的，却又怕韩珊拒绝而让他在女儿面前下不了台。

韩珊当然清楚女儿的那点小伎俩，但更让韩珊感动的，是秦原放在她肩头的手。秦原将韩珊搂得很紧，毫不迟疑地，搂得很紧。韩珊想起以前，每次坐在秦原的摩托车后面，韩珊总要紧紧搂住秦原的腰。如果韩珊搂得不够紧，秦原就会要求韩珊搂紧一点，再搂紧一点。而那辆二手车，让他们的这种亲密有了一定的距离。韩珊有些遗憾。代步工具越来越先进，韩珊却愈加怀念那些逝去的美好。这不是矫情。对于回忆，人们总愿意摒弃那些不快或痛苦；对于幸福或甜蜜，则倾向于无限放大，以便一遍又一遍地去细细品味。

比如那辆摩托车，秦原刚开始骑时，技术不是很到位，载着韩珊爬家属区那道坡时，摔过一次。后来，他独自练车技，又摔过一次。幸亏车速都不快。第一次，秦原的膝盖骨受了伤，小腿也蹭得血糊糊的。韩珊不仅小腿擦伤，还被排气管烫了一长溜泡，若非秦原忍着剧痛立马扶起了车，韩珊那只腿，不知会被烫成什么样。

伤一好，秦原特意抽空去练车技。他要韩珊坐在坡底下等，他骑上坡，又冲下来，再骑上去，再冲下来。韩珊开始有点提心吊胆，生怕秦原又摔着了。秦原叫她别担心。果然，不知是第几个来回了，秦原再次从坡上冲下来，他笑着大声喊道：老婆！我来啦！我成功啦！我再也不会摔跤了！

韩珊见秦原得意忘形的样子，要他小心点骑。韩珊话音未落，只听得沉闷的一声"呼"，秦原只顾着向韩珊显摆，没注意到路上有一块不大不小的石头，车子往旁边一滑，秦原没能控制住，结结实实连人带车摔到了路旁的白菜地里。韩珊火急火燎跑过去时，秦原自己爬起来了，看起来没受什么伤，大概菜地里的土质比较软和。韩珊还是不放心，撩起他的两只裤腿来看，果然蹭破了好几处，有红红的血慢慢渗透出来……

从此，秦原骑摩托车的水平突飞猛进，再也没有摔过跤。不过，韩珊怀孕后，为保险起见，秦原没敢骑摩托车带韩珊回娘家。小乐两岁后，秦原才敢载着母女两人爬那道长长的坡。这样又过了好几年，直到买了那辆捷达。韩珊回想当年坐着摩托车回娘家的滋味，似乎舌尖还残留着丝丝的甜。尤其是夏天，风呼呼地从耳畔刮过，长发飘飘的她，要多惬意有多惬意。

韩珊有些走神，秦原也任由女儿摆布。小乐从好几个角度连拍了几张，又下起了命令：老爸老妈，你们将头靠拢一点。韩珊不动，秦原将自己的半张脸凑过去，挨着韩珊的半张脸。韩珊想将头往另一侧移一点，秦原立刻察觉了，并用搭在韩珊肩头的那只手轻轻拍了拍，韩珊知道，他在央求她。如果她不配合的话，他可能会觉得在女儿面前很丢脸。他就这么个德性。当然，韩珊也不想让女儿笑话。韩珊任由秦原紧贴着她的半边脸，小乐还不满意：拜托，别那么严肃行不，又不是开家长会！

秦原和韩珊都笑了，小乐赶紧按下了快门。

小乐拍够了照片，嚷嚷着去外公外婆家。秦原问：你好像忘记了一件事情？

什么？小乐歪了头，疑惑地望着秦原。

你不摘油菜花了？

不摘了不摘了。小乐直摇手。

担心被蜜蜂包围？

才不是呢。小乐翘着粉嘟嘟的嘴说：油菜花也是有生命的，我不想当刽子手。

说得好。秦原摸了摸小乐的头。

韩珊觉得欣慰，女儿真的开始懂事了。

爬坡时，车子突然熄了火。秦原鼓捣来鼓捣去，车子只发出了几声沉闷的呻吟。

发不动了吗？韩珊有点着急。

一点小故障。秦原淡淡地说：没什么大问题，我打电话叫修理厂的过来。你和小乐……

不！韩珊毫不犹豫打断秦原的话：我和你一起等。

我也要和老爸一起等。小乐在后排大声说。

修理厂派人拖走了车，小乐一手挽着秦原，一手挽着韩珊，三个人慢慢悠悠开始爬坡。路的两旁，不时冒出一两株果树来。白的是梨花，粉的是桃花。刚开始，这些花儿还能引起小乐的欣喜和尖叫，渐渐地，小乐不吭声了。显然，她走累了。这个坡七弯八拐的，真长啊。韩珊气喘吁吁地说：歇一会儿吧，我走不动了。

三人停下脚步，小乐倚着秦原的身体，拉了拉韩珊的手说：来吧，老妈，到老爸这里靠一靠。

韩珊没动，突然冒出一句：还是买辆新车吧。

秦原以为自己听错了。买辆好一点的新车，是他多年来梦寐以求的事情。他想要一辆SUV，既不招摇，又能找到风驰电掣的美妙感觉，一家三口来个自驾游什么的，也很方便。他比较了几十种不同品牌不同价位不同款型的SUV。他甚至去那些4S店试驾，以确定不同车型不同配置的性价比。

小乐也是又惊又喜：老妈，你想通了？

韩珊以奇怪的眼神盯着小乐：什么想通了？

你昨晚和老爸吵了半夜，不就是不同意老爸买新车吗？小乐说：我没睡着，你们的话我全听见了。

韩珊恍然大悟：怪不得你今天这么反常，连懒觉都不睡了。

小乐没好气地说：离就离呗，吵什么吵！害得我一夜没睡好。

你说什么？韩珊脸色一变。

小乐意识到自己的话有点过火，却不愿承认错误，她不耐烦地摆摆手：好啦好啦，别这么紧张行不？没一点幽默感！你们口口声声教育我，要我有话好好说。可你们自己呢，怎么就不知道有话好好说？

秦原有点无地自容：对不起，是我太自私了，那辆旧捷达其实很好开，熄火只是小毛病，修修就好了。好容易存点钱，就像老婆说的，车子不过是代步工具，能用就行，没必要弄得很奢侈。还是换个大点的房子吧，咱们小乐也该有个单独的书房。

韩珊想说什么，嘴张了张，却没说出口来。的确，她太想要一套大一点的房子了。当秦原为路上那些五花八门的好车而心驰神往的时候，韩珊的视线，却被路旁那些层出不穷的新楼盘而吸引。在街上遇到发传单的，只要与房子有关，她就很认真地叠好，收进包里，带回家仔细研究。上班时，一有空闲她就上房产网。每当有房产新政要出台，她就格外紧张。当她不由自主与秦原提及这些话题，秦原笑她咸吃萝卜淡操心，那么多没房子的人不急，她这个居有其所的人急什么？韩珊想要什么，秦原自然心知肚明，他只是不愿意看到韩珊在换房这件事情上走火入魔。

在秦原看来，三口之家，住这两居室挺好的，干嘛非得换大房子？女儿过几年就要寄宿读高中，然后是读大学，以后还不知在哪工作，更不知会嫁到哪里去，总之，女儿一直和他们住在一起的概率实在低得不能再低，那么，老俩口住着这两居室哪里就逼仄了？

秦原深知，若依韩珊的，换套三居室，那么，他换辆好车的日程就得无限期往后推。不过，韩珊的话又不无道理：家里的书啊报纸杂志什么的，堆得到处都是，小乐也一直窝在小得不能再小的卧室里做作业。一间书房，对于他们家来说，远比一辆车来得更迫切更实在……

韩珊也有些后悔。一辆好车就是男人的另一张脸，秦原对车的痴迷，原本没有错。昨晚，她噼里啪啦朝秦原砸了一大堆质问和斥责，甚至上纲上线到分道扬镳的地步了，回头想想，自己的确有一点过分。

哇！小乐两手一拍。

书房还不知在哪里，你就乐成这样了。韩珊爱怜地摸了摸女儿滑溜溜的马尾巴。

切！小乐夸张地耸了耸肩：我才不稀罕什么破书房！

那你稀罕什么？韩珊看着女儿皱起来的黄眉头，觉得很有趣。

我稀罕老妈！也稀罕老爸！拜托，以后别让我听到什么离婚不离婚之类的话！

这下轮到韩珊满脸羞惭了，嘴却依然硬着：是你爸说的，道不同，不相为谋。

秦原急了：我那是一时的气话，你还当真？

我也是一时的气话，谁让你们当真了？

不管是买房，还是买车，只求你们答应我一件事。小乐板着小脸说。

从理论上来说，只要是合理要求，老爸老妈可以答应你一万件。秦原半开玩笑半认真。

从此，再也不许你们提离婚这两个字！小乐瞪着眼，斩钉截铁地说：我不想为了跟老爸还是跟老妈而纠结！也不想看到你们为车啊房啊之类的事情而纠结！

那当然。秦原毫不犹豫。

小乐用炯炯的眼神铆住韩珊，韩珊眼窝一热，用力点了点头。

小乐脸上的乌云顿时置换成红霞，她眉开眼笑地，一手挽了韩珊，一手挽了秦原，兴冲冲往前走了几步，忽然没头没脑地说：真美啊！

秦原有些不解。韩珊以为女儿又在夸她，心里暗暗欢喜。两人都望着女儿，脸上都带着微笑。

你乐什么！我表扬一下春天……小乐冲韩珊吐了吐舌头。

韩珊被女儿一眼看穿，有点不好意思，她学着小乐平时说话的语气来了句：切！

秦原哈哈大笑。

路旁的桃树上，本来立了只小麻雀。它好像在欣赏桃花，又好像在偷听这一家三口的谈话。秦原的笑声吓了它一跳。它展开翅膀，呼地一下，飞了起来。

当水库开满鲜花

米老鼠！米老鼠！

坐了几天几晚的火车，下得车来，我有恍若隔世的感觉。刚走到出站口，就听到有人高声呼喊米老鼠。车站里人声鼎沸，我怎么一下子就听到了这种呼喊。米老鼠，米老鼠的，多别扭啊，偏偏又那么耳熟。

直到有人在我肩上突然拍了一下，我才从晕晕乎乎的状态中回阳。

原来是堂哥。

好你个米老鼠，叫你半天不答应，毛耳朵干嘛去了！堂哥紧紧攥住我的两只胳膊，上下左右将我扫描了一遍，咋咋呼呼地说：哎呀呀，了不得，你这只米老鼠怎么越老越漂亮！

臭屁哥！胳膊被你捏断了！

堂哥这才松开我的细胳膊，卸下我背后的旅行包，一只手拎着包，一只手将我搂在他的胳肢窝下——他从小就喜欢这样，裹了我往外走：车停在那头，先带你吃点东西？

回去再吃吧，奶奶肯定等急了。

那确实，奶奶昨晚十二点多了还不肯睡，非得守着我妈炸了黄串肉，又煎完蛋饺子。大家都知道米老鼠就好那两口。堂哥边说，边在我鼻梁上刮了一下。

堂哥历来下手狠。我的鼻梁不够高不够挺，就是小时候被他刮的。没人性的家伙。我将头往左边一拧，以迅雷不及掩耳之势，在堂哥搂我的那条胳膊上咬了一口。堂哥哎哟一声，叫道：死老鼠，又咬我！堂哥牛高马大，我除了偷袭，再无他法。很小的时候，我就学会用牙齿武装自己了，谁让我横竖都长不过堂哥。

奶奶今年八十岁。她生日时，我没法回来。我已经整整十二年没回来了。好几千里路，不是想回就能回的。前些日子奶奶在电话里跟我吼：米老鼠，你还不回来啊，你再不回来，奶奶这辈子只怕再也见不到你了。奶奶耳朵不怎么听得见，和她说话，得大声吼。她以为别人也听不见，说起话来更是吼上加吼。八十岁的人了，那嗓门，啧啧，谁听了都不得不佩服。

我说奶奶您别急，就凭您说话的底气，再等米老鼠三十年都没问题。这话我讲了三四遍，手机都被我和奶奶震得一颤一颤的，奶奶总算听清了，在电话里乐得呵呵直笑。

之后不久，又接到大伯电话，说奶奶得了重感冒。我让奶奶接电话，一听那声音，上气接不了下气，我的心就慌了。无论如何，得赶紧回老家一趟，我不想让自己再一次后悔莫及。

奶奶住在大伯家。大伯家就在小镇上，堂哥轻车熟路，不到半个小时，就将车开进了一个小庭院。时间真能改变一切啊，水库边的老房子，怎么摇身一变就成了眼前这栋四层高的新楼？高大气派的不锈钢防盗门旁，倚着一个黑衣黑裤黑帽的老人，那不就是奶奶吗？

我下了车，大吼一声"奶奶"，奔了过去。奶奶颠着小脚，早迎了过来。我一把抓住奶奶的两只胳膊——这坏毛病都是堂哥给传染的，摇了又摇：奶奶！奶奶！我回来了！我终于回来了！奶奶的声音却小得近乎自言自语：回来了，总算回来了……这么温柔的声音，不是奶奶的风格。我仔细一看，奶奶的眼角竟沁着泪花。

大伯和大伯母正在杀鸡，他们手上沾着鸡毛和鸡血，没来得及洗。他们端着空手，站在奶奶身后，朝着我憨憨地笑。我嗷的一声欢叫，左手去搂大伯，右手去搂大伯母：伯伯，伯母，我想死你们了！他们连忙将手缩到身后，伸着脖子让我去搂。

堂哥嫉妒我和奶奶他们的亲热，他一把拽过我，气呼呼地说：几十岁的人了，还这么肉麻！小心弄脏你的漂亮衣服！我握了拳往堂哥胸口一阵乱擂：你才几十岁呢，人家刚满三十，婚都没结，大闺女一个！堂哥又来刮我的鼻子：啧啧，还大闺女呢，在乡下，你这把年纪，崽伢子都快上初中了！我身子一闪，躲过了堂哥，跺脚道：死臭屁哥，自己早熟还好意思讲别个！

奶奶没听清楚我们说什么，她只是咧着嘴，一味地笑。

堂哥拉着我进了客厅，里面真暖和啊，我却一眼看到了墙上的爷爷。扑通一声，我跪在了地上，连连磕着头。泪珠子啪啪地，直往下掉，我忍都忍不住。堂哥扶我起来，拍拍我的背说：别哭了，爷爷不会怪你的，爷爷说，孙辈里头，你是最聪明最孝顺的。

爷爷对我的疼，爷爷对我的爱，我当然全知道。儿时的我体弱多病，小鼻子小脸细胳膊细腿，面人儿似的。我却调皮得很。不是偷桃子磕破了膝盖，就是扑萤火虫掉进了臭水沟。哥哥姐姐们惹了祸，爷爷总要板着脸训几句，换了我，他生怕吓着了这个小面人儿，反而轻言细语来安慰：不要紧，只要我们米老鼠没事就行。刚满两岁，我就被送到了爷爷奶奶家，一直到十岁，远在大西北工作的父母才将我接走。之后，只在考上大学的那年暑假，我回来看过爷爷奶奶一次。没想到，那一回，于我和爷爷来说，竟是永别。

堂哥扶我坐到沙发上。沙发一角立着空调，正呼呼地吐着热浪。沙发正前方，却坐着一个四方不锈钢炉，上面罩着格子棉布。棉布上搁着两三个圆果盘，里面摆着香梨砂糖橘之类的水果。堂哥为我倒了一杯热茶，又削了一个香梨递过来。我接了梨子便往奶奶手里塞。奶奶笑着摇头。堂哥说：奶奶哪啃得动这个？等会榨果汁给她喝。我吃完梨子，反觉浑身愈加燥热，便起身脱了羽绒服，堂哥接过，往里面卧室去，出来时，手里换了件棉睡衣，非得让我披上。我说热死了。堂哥说，热就将空调关了。我说那怎么行，会冻着奶奶。堂哥笑了，因为怕你冷，才破例开了空调，炉子里火旺着呢，奶奶不喜欢吹空调，一开空调她就喊头疼。这空调买回来只试用过一次。今天是奶奶自己硬要开的。说到这里，堂哥将嘴巴凑近奶奶的耳朵：奶奶，头疼不？奶奶笑着摇头。我却急了：那赶紧关掉。

伯母走过来，问堂哥：葵瓜子你放哪里了？我找半天没找到。堂哥一脸无辜状：就那点瓜子，昨晚就被我和奶奶全消灭了！伯母不相信：我买了一斤多，还少？堂哥说：我一边帮奶奶剥，一边自己吃，就你老人家那点瓜子，禁不得两下剥。伯母说：那你再出去买两斤回来。堂哥对我说：你看我妈多小气，瓜子都舍不得多买点。伯母气极而笑：你晓得个屁！瓜子放久了就不好吃，反正路不远，吃完再买不更好？

堂哥晃着车钥匙对我说：米老鼠，跟我买瓜子去。伯母说：你妹妹才回来，你让她歇一会儿不行吗？堂哥做不好意思状，摸了摸头，对我做了个刮鼻子的手势。没多久，他就一阵风似的回来了。伯母接过他买的瓜子，只看了一眼，便将堂哥往门外推：买错了，重新买去，这是奶油味的，奶奶要吃五香的。堂哥拧着身子不肯走：我先剥给奶奶吃，奶奶不吃，我再去买。

伯母说：你这伢子，你剥了，奶奶当然会吃，可她最喜欢的，不是这种。你奶奶说过，她最喜欢吃五香瓜子，我一直都给她买五香的。堂哥说：所以才要换换口味啊。没想到伯母生了气：你到底去不去？你不去，我就自己去。堂哥点着头说：好，好，我去，我去！

　　我将泪水眨回眼睛，打开旅行包。大伯的玉烟嘴、伯母的风湿病理疗仪、堂哥的剃须刀、堂嫂的羊毛衫、侄儿们的小玩意儿……当然，还有奶奶的羽绒背心与羊皮手套。奶奶任由我替她脱了罩衫，添上轻暖的羽绒背心，真合身啊，在QQ视频里，我准确估算出了奶奶穿衣的型号。为了能让奶奶和我"想见就见"，堂哥特意买了配置最高的电脑，还挑了分辨率最高的摄像头。每每用QQ和奶奶聊完天，我的嗓子几乎接近嘶哑，有时，堂哥他们不得不站在奶奶身旁充当"扩音器"。奶奶总说我又瘦了。她老人家怀疑我之所以迟迟嫁不出去，就是太瘦的缘故。此时，奶奶细细抚摸着羽绒的轻柔，豁着没有门牙的嘴，呵呵直笑：崽啊，浪费你不少钱吧？奶奶心疼我的钱呢。羊皮手套也是不大不小正合适。奶奶戴上手套，眉开眼笑地，将爬满青筋和老年斑的双手举到眼皮底下，一会儿翘兰花指，一会儿做匀手状，那模样，幸福得不得了。

　　堂哥买了五香瓜子回来，见我和奶奶打得火热，非得和我比赛给奶奶剥瓜子。堂哥当然没我快，他愿赌服输，伸过头来，乖乖地，让我刮他的鼻子。我恶狠狠地，刮一下，喊一句臭屁哥。喊一句臭屁哥，又刮一下。堂哥的鼻子又高又挺，他现在是个不折不扣的帅哥了，轻易也不会放臭屁了。我依然叫他臭屁哥，他不敢抗议，抗议也没用。谁让他小时候那么贪吃，红薯还没煨熟，他就心急火燎地从灶膛里扒拉出来，皮都没怎么弄干净，就一个接一个往嘴巴里塞。用不了多久，堂哥就会噼里啪啦地，不停放响屁。每当这时候，我便用一只手捏着鼻子，另一只手在鼻子下面不停地挥来挥去。堂哥摸着胀鼓鼓的肚皮，很是不屑：你太夸张了吧，臭屁不响，响屁不臭。我皱着黄黄的眉头嚷嚷道：还不臭！简直就是臭屁哥！

臭屁哥从此名扬四方。

伯父看到我刮堂哥鼻子，笑了：两个大小孩，瞧你们乐的！奶奶早脱了一只手套，一粒一粒的，往嘴里拈瓜仁儿，奶奶正呷巴着嘴——她老人家还有几颗板牙对付着，没听清楚伯父的话，她吼道：要吃饭了？伯父将错就错，跟着吼了句：是的，要吃饭了！

爷爷遗像下有一张小桌子，伯母在上面摆了几样荤菜，倒了半杯酒，装了半碗饭，饭里面插着一双筷子。伯父拿了一叠纸钱，蹲在地上烧着。我走过去，给爷爷作了几个揖，眼不由得又红了。

敬完爷爷，堂哥问：米老鼠，你先吃黄串肉还是先吃蛋饺子？

黄串肉就是往面粉里加水，加鸡蛋，再加五花肉泥，调成糊状，放入适量的盐和白糖，然后一小砣一小砣放进油锅里，炸至金黄焦脆，捞出来，吃时蒸热就行。蛋饺子嘛，先将蛋清和蛋黄搅成糊状，放适量盐，拌匀，一匙一匙，倒入热油锅里，细细摊开，煎成薄薄的饼，将已剁好的精肉泥放到饼上面，再掀起半张薄饼，覆盖住另外半张，将肉泥完完全全裹在饼里面，一个半月形的蛋饺子就做好了，吃时先蒸熟。这两样美味，我从小百吃不厌。

堂哥先帮我盛了满满一碗蛋饺子。他带着一脸坏笑说：这个没那么油腻，多吃点没关系，黄串肉你可要悠着点，我家里没有土霉素，也没有氟哌酸。堂哥在笑话我儿时因贪吃黄串肉而拉肚子的事。伯母便骂堂哥：去你的乌鸦嘴，你妹妹好容易回来一次，你这么咒她。堂哥很委屈：我这不是为她好嘛！

不知道奶奶听到这些话没有，伯母已经在我垒得山高似的碗里又压了一只鸡腿，她老人家还一个劲地往我碗里夹这夹那。为了不让菜掉到桌上去，我不得不手忙脚乱地用筷子扶住。伯母拿来一只空碗，帮我匀了点菜进去，就这样，我刚消灭掉这只碗里的东西，那只碗又堆得山高了。实在撑不下去了，我可怜兮兮地说：我肚子都胀疼了！伯父说：剩着没关系，别撑坏了！

奶奶的耳朵突然灵光了，她竟听清了伯父的话。奶奶说：吃这么少，撑不坏！这么瘦，不多吃点，小心被风刮了去！想不到奶奶还会幽那么一默，大家都笑了起来。

堂哥陪我出去走走。

第一站，当然是去看爷爷。

爷爷睡在磐石岭上。那是儿时爷爷常带我去的地方。那里长满了马尾松。每一棵马尾松下，都是一年四季精彩不断。杜鹃花火一般燃起来了，小笋子争先恐后钻出头了，山菌子羞答答探出脑袋了，野草莓喜洋洋红通通了，茶耳朵肥嫩嫩白胖胖了……我相信，有它们与爷爷相伴，爷爷应该不至于太寂寞。

我跪在爷爷墓碑前。爷爷不会要我解释什么，可我心里憋得慌。

爷爷，不是我不想回来看您。刚上大学那会儿，功课紧，压力大，寒暑假又有各种社会实践。您走的时候，家里都瞒着我，事隔两个多月，我才知道。爷爷，不是我不想您。爷爷，您原谅我吧。爷爷，您在另一个世界过得可好？有没有白兰地喝？有没有老旱烟抽？您还记得您那杆鼻烟壶吧，我那时顽皮，偷偷吸着玩，结果呛了满嘴的鼻烟水，肚子疼了一夜，您和奶奶寸步不离，守了我一整夜。我瞒着您用白兰地泡蚂蚁窝，说是想看蚂蚁游泳的样子。那是您每次只舍得抿一小口的好酒，被我一下子倒个精光，您却没有骂我，反而陪着我看蚂蚁游泳……爷爷，那次我离开您时，您拉着我的手不肯放，您一而再地说：米老鼠，记得常回来看爷爷，一定要记得常回来看爷爷啊。我满口答应着。是我说话不算数，是我对不起您。爷爷，难道您那时就感觉到了即将天人永隔了吗？如果我知道您那么快就要永远离开我，爷爷，不管路有多远，我都会兑现自己的诺言。可现在，一切都迟了。爷爷，我知道您会原谅我，可我宁愿您不肯原谅我，哪怕您闯进我梦里狠狠骂我一顿，我的心里也会好过一些……

米老鼠，你别这样啊！堂哥陪着我跪了半天，见我又开始泪眼婆娑，想拉我起来。哥，我哽咽着说——我第一次没喊堂哥外号：哥，我再陪爷爷说几句。

不是我不等你，堂哥说：你看，太阳快下山了，你不是还想去看看老房子吗？

夕阳西下，远远看到老房子坐在水库边上。那是爷爷奶奶的老房子，那也是我魂牵梦萦的老房子。水库老了，老得没有一滴水，老得身上脸上全是深深浅浅的皱纹。老房子更老，老得摇摇欲坠，老得令人不忍细读。不仅如此，整个村庄都老了。没有一栋新房子，没有一缕炊烟。是荒凉留不住人们，还是人们留下了荒凉？一架旧风车站在晒谷坪上，神情落寞。一只黑羽小鸟立在旧风车上，神情更为落寞。坪里没有一粒谷子。只有三三两两的土坷垃，仿佛记得风车年轻时生机勃勃的模样。

我坐在老房子的门槛上。门槛是石头做的，感觉有点冰。石头缝里钻出来的蒿草，早已枯萎。比蒿草更高更密的，是门前挤挤挨挨的灌木。我的视线穿过灌木丛，我终于看到了记忆中的水库。

那是一种怎样的丰硕与肥美啊！满满当当的水库，蓄着蓝天，蓄着白云，蓄着活蹦乱跳的鱼，蓄着五光十色的梦想。每逢夏日黄昏，水库就变得无比喧闹。洗衣的，洗澡的，打野仗的，看热闹的。有那洗衣的女人传来惊叫，是洗澡的男人故意泼了水到她们身上；有那洗澡的男人传来惊叫，是有鱼儿从他们裆间一穿而过；有那打野仗的小孩传来惊叫，那是他们踩到了蜥蜴或癞蛤蟆。比夏日黄昏更热闹的，自然是过年时的捕鱼了。一张巨网撒下去，便有数不清的鱼儿连同尖叫声欢笑声在水面上跳着跃着，那闪烁的光芒，连太阳也为之失色。爷爷挑着一担层层叠叠的鱼，呼唤着我的名字，我飞奔过去，爷爷放下担子，从桶里拣出一尾金色的小鲤鱼来，我嗷的一声欢叫，接过小鲤鱼，小心翼翼，放进早早准备好的罐头瓶里。瓶里装满了清水，小鲤鱼惬意地游啊游，从罐头瓶里游进我梦里，又从梦里游进我魂里……

或许，它就是奶奶说的鲤鱼精吧。

你知道谁最舍不得离开这里吗？在抄近路穿过水库时，堂哥问。

奶奶。我脱口而出。

爷爷奶奶没白疼你，堂哥说，你的确很聪明。

堂哥的诉说并不完整，那些断章凌乱而琐碎，我却在某一瞬灵魂出窍，亲眼看到了无比完整的一幕又一幕。

村里的人一户接一户，全搬走了。近的去镇上去县城，远的去东南去西北。奶奶仗着身子骨硬朗，不肯随大伯一家去住镇上新建的楼房，而是守着老房子，独自一个人过。奶奶坐在门槛上，前面是日渐消瘦的水库，对面是依然巍峨的磐石岭，爷爷睡在磐石岭上。他们默然相对，最近的思念，却隔着最遥远的距离。奶奶喂一群小鸡，种几棵青菜。屋后的橘园兀自青了又红，红了又青。一场风雨过后，橘园里落了一地的橘子。对此，奶奶除了心疼，再无办法。这满园的橘子，奶奶怎么吃得过来。而堂哥一家，尝都不尝，橘子有点酸，侄儿们再贪吃，也不稀罕。除了天上的小鸟偶尔啄几口，地上的蚂蚁没事钻几圈，村里再没有什么对这些橘子感兴趣。哪怕是被小孩子们摘来打野仗也好啊，奶奶抬起衣袖，揩了揩湿润的眼角。为了这片橘园，她和爷爷挖坑植苗，浇水施肥，剪枝除虫，几乎操碎了心；而这座老房子，也是她和爷爷刚结婚时，一砖一瓦地，亲手搭建而成。奶奶的手掌心里，至今还有老茧的痕迹。

至于那座水库，当年修建时，年轻力壮的爷爷挖土挑方，身上脱了好几层皮；长辫子的奶奶，则在工地洗衣做饭。那时候，水库多热闹啊。男人们光着膀子，喊着号子，在夜以继日中挥汗如雨。而女人们，劳作之余，或唱唱歌给男人们鼓劲解乏；或用炙热的目光，偷偷打量心爱之人健步如飞的背影。爷爷和奶奶一起，共同见证了水库的诞生，也共同培育了他们至死不渝的爱情。

可现在，水库藏不住水了，就像村子留不住人一样。水库干了，田地荒了，就连磐石岭上，也不见添几座新坟。奶奶嘴里的火泡越来越多，直到大伯和堂哥他们来看她，才知道奶奶病了。也不知到底是什么病，反正在医院里住了个把月。奶奶出院后，大伯他们无论如何也不肯放她回老房子住了。

镇上很热闹。堂哥担心奶奶在家闷，带她去他的超市里玩。奶奶想吃什么，尽管吃；想用什么，尽管拿。可奶奶去了一次，再不肯去第二次。奶奶嫌人吵，嫌车吵。奶奶住在大伯家，天天守着电视机。音量调到最大，隔半里地都能听到。可奶奶还是不习惯。有一天，奶奶突然失了踪。大伯他们急得四处乱窜，找遍了整个镇子都没找到。天黑了，奶奶还没回。堂哥情急之下，开了车往水库边去。一路上不见人影。刚到水库边，车又抛了锚。堂哥弃了车，打着手电筒往老房子去，一边走一边喊着奶奶。

果然，奶奶就坐在老房子的石门槛上。堂哥喊她，她也不答应。手电筒的亮光里，奶奶将头扭向一旁，可她满脸的泪水，还是被堂哥瞧见了。堂哥赶紧弯了腰去扶奶奶：没事吧奶奶？您怎么一个人跑这么远？您不舒服吗？奶奶一句话不说，那老泪，却流得更欢了。堂哥哄了半天，奶奶才哽咽着说：我没病，就是心里难受……

堂哥舒了口气：您老人家想来，说一声，我陪您来就是，来回十几里路，您一个人，路上要有个三长两短，那可怎么得了？这门槛多冰啊，快起来，别着了凉。堂哥欲扶奶奶起来，奶奶却哎哟一声。她半路崴了脚，一瘸一拐的，好容易才走到老房子，天却黑了，她一个人不敢回……堂哥捧起奶奶的右脚，果然，脚踝处又红又肿。本是小脚，又崴了，还坚持走这么远，真不知奶奶是哪来的毅力和勇气。

在奶奶心里，老房子自然是最好的。我对堂哥说：何况，这里还有属于爷爷奶奶的水库，就算干了，可它还是他们的水库。

你别看水库全干了，到处都是裂缝，堂哥说：只等春天一到，这里面就开满了野花，漂亮得不得了。每年给爷爷上坟时，我看着那些花，都舍不得走。可惜啊，你来得不是时候。

堂哥说这话时，我们已经走到了水库的正中央。那一刻，我听到了鲜花盛开的声音。我看到那些花儿噼里啪啦，点燃了属于水库的每一条沟壑。

吃晚饭时，守店的堂嫂回来了。堂哥在镇政府旁边开了一家小超市，生意还不错。两个侄儿子在校寄宿，只放月假。若不是我回来，堂哥可没这么悠闲，除了进货，他还要帮着堂嫂看店。堂嫂看起来比视频里苍老些。她拉着我的手说：哎呀呀，妹妹还这样子水灵灵啊！你看看我，又是起斑又是长痣，起码比你老相十岁。堂嫂和堂哥同年，只比我大两岁。堂嫂接着说：看来还是不结婚的好，可以越活越年轻。堂哥曲起两根指头，往堂嫂头上"笃笃"两下：就你嘴臭！堂嫂自知失言，讪笑着，溜到厨房帮忙去了。

依旧是满满一桌子菜。伯母又端出来一锅糯米酒，每人装了一大碗。我和大家挨个儿碰了碰碗沿，然后咕咚咕咚一口气喝完。奶奶说：慢点，别呛着了。堂哥说：小时就偷爷爷的白兰地，大了还这么馋，只可惜，再怎么吃，还是一只长不肥的米老鼠。我不服：什么白兰地啊，我一口都没喝，全喂蚂蚁了。大家都笑。奶奶叫我别呛着了，她自己却一口气喝了大半碗。这酒又香又甜又糯，口感实在好。伯母重新给我们满了酒。我举碗敬奶奶。我吼：奶奶，我敬您，祝您老人家长命百岁。我干了，您随意。奶奶眼睛都笑眯了。她几乎同时和我干完了碗里的酒。我担心奶奶会醉。堂哥说：奶奶白酒都能来半斤，你根本不是她老人家的对手。我赶紧举双手投降，做心服口服状：当然是奶奶最厉害！

我不知自己究竟喝了多少碗酒，反正睡觉时，我嚷嚷着非得和奶奶睡，还非得要和奶奶睡同一头。奶奶仰躺着，我却侧着身子，一只手搭在奶奶干瘪的胸膛上，嘴巴对着奶奶的耳朵，絮絮叨叨地，和奶奶拉着家常。奶奶还是那样子吼啊吼。我说：奶奶，您不用那么大声，我听得见。奶奶说：你自己怎么一点都不急。我故意装糊涂：急什么？奶奶不由自主又吼：你心气太高，挑来挑去把眼挑花了。我说：就算打一辈子单身，我也不会委曲求全。奶奶哎了一声：错过了好时光，就更难找了。我转移话题：听说奶奶上次偷偷去看老房子，还把脚给崴了。奶奶不好意思地笑：你怎么知道的，我让他们别告诉你。

我不经意问一句，没想到打开了奶奶的话匣子。村里不像个样子了。锄头镰刀长满了锈。桃啊梨啊橘子啊全烂在地里。好多房子都倒了。野狗都没有一条。水库也干了。你爷爷要是还在，会有多伤心……奶奶突然沉默了。我轻轻搂住奶奶的脖子。我将自己的左脸颊，紧紧贴在奶奶的右脸颊上。我知道奶奶哭了，却装作不知道。奶奶心里憋了多少话啊，那些话可能全沤成泪了。

这世上的许多人，即便脸上写满幸福，内心最深处，却仍然有荒凉不依不饶。那种荒凉，其实与孤独无关。

相见时难别亦难。

堂哥送我去火车站时，奶奶是笑着的。面带微笑的奶奶，却有泪光在眼中闪烁。我还是大大咧咧的样子，笑着和每一个人拥抱。当车门关上的一刹那，我却用双手捂住了双眼。

火车哐当哐当，将夜的黑与静，一层一层，撕裂开来。我再次命令自己闭上眼睛。而我的心，依然不肯入眠。体内有什么在涌动，不可抑止。我翻身坐起来，从包里掏出手机。我写下了一条短信息，一条长长的短信息。从打开手机，到一口气写完，我始终恍若梦中。我不知道自己为何而写，更不知道要将它发送给谁。它躺在草稿箱里，犹如一片片鱼鳞，无声潜伏在夜的最深处，静静闪烁清幽的光芒：

　　就算水库开满了鲜花 / 那又怎样 / 我宁愿那些鲜花 / 凋谢在爷爷坟畔 / 谁能想象 / 当每一条裂缝 / 都绽放芬芳 / 那究竟是甜蜜 / 还是忧伤……

那晚你喝醉酒

　　杨林最近常常失眠。而之前，他几乎可以和马一样，站在那儿都能睡着。

　　杨林的失眠与春天无关。

　　春天的确是个令万物发情的大好季节，杨林听到楼下的猫吟诗般叫春时，身体偶尔会发生很明显的反应，脑子里也常常将那只猫想象成朱雯、李雯，甚至刘雯。

　　杨林很少将那只猫想象成老婆龙惠。

　　可这一切，与杨林的失眠无关。

　　失眠让杨林明白了什么是生不如死。

周末，杨林又是一晚未睡，早晨八点钟左右，他迷迷糊糊才眯了一会儿，又被太阳挠醒了。杨林从枕畔摸来手机，杨林打电话给朱雯，说他快死了，他唯一的遗愿，就是"我想在你怀里死去"。

朱雯哼哼地笑。朱雯说：我也想在你怀里死去。

杨林竭力吐词清晰些——他那死不悔改的家乡口音，没少让朱雯嘲笑，杨林说：亲爱的，来吧，咱们一起下地狱。

朱雯拎来了两瓶二锅头。

有回在茶楼聊天，朱雯说她和杨林是两只烧煳了的卷子。朱雯说这话并无其他意思，朱雯不是不知道若干年前一位姓曹的老头在一部与石头有关的小说里写过这句话，朱雯这么说，只是认为卷子烧煳了就不会再有渴望被人吞食的冲动与期待，就能像她那般心如止水了——朱雯以为杨林也应该是心如止水的。

当然，这层意思，朱雯并没说明。杨林不懂，他表示反对。杨林说：我杨林没有贾琏风流倜傥，更没有贾琏腰缠万贯，而你，朱雯，也不能望王熙凤项背。我，杨林，你，朱雯，不能比作一对烧糊了的卷子。如果一定要打比方，那就是两瓶——杨林顿了顿，接着说：二锅头。

朱雯笑得直揉胸口：喝死你算了。

杨林说：你不要这么夸张好不？要不，我帮你揉揉？

朱雯虽瘦，胸却肥硕。

朱雯冲杨林呸了一声：想得美你。

杨林撇撇嘴：严重浪费呢，这么好的资源。

朱雯对着杨林当胸就是一拳。

杨林便捂住胸口叫屈：你可以动我的，凭什么我就不能动你的？

杨林开了门，先接过二锅头，再叹口气：叫我怎么说你，总不能因为我说错一句话，你就要罚我喝一辈子二锅头吧？你不心疼我，就不能心疼一下你自个？

人心不足蛇吞象，喝酒最重要的不是喝什么酒，而是看和谁一起喝。

朱雯边说边去厨房里找下酒的：唉，这一阵我忙着搞一个新课题，十天半月的没来给你搞卫生，没给你补充粮草，你总不至于弹尽粮绝了吧？我来时本想去超市买点吃的，可是人太多，我找不到停车位。我想你家里多少会有点下酒的东西。

找什么找，里面只有老鼠屎。再声明一点，粮已绝，弹犹在，还一粒不少。

贫嘴！怎么，改吃老鼠屎了？方便面苏打饼全腻了？是不是门口那垃圾站升级改版成了老鼠基地？

你还别说。我若不死，迟早有一天会炸了他娘的垃圾站。

垃圾站招你惹你了？

杨林不作声，他从卧室地板上捡了张旧报纸出来，铺在积了一层薄尘的旧茶几上。朱雯好不容易在冰箱里找到一根火腿肠，她将火腿肠往茶几上刷地一丢，嚷嚷道：我真的服了你。我要是你老婆，早把你给休了，哪有这样过日子的？

杨林返身又进了卧室，翻箱倒柜半天，拎出来一袋生花生，往报纸上一倒，花生咕噜着争先恐后往外滚，性急些的，就滚到地板上去了。地板上灰扑扑的，朱雯懒得弯腰去捡，她顺手捏住一颗溜到报纸边缘的花生，喀地一剥，将花生肉往嘴里一扬，吧吱吧吱嚼着。

　　桃花又开了。杨林站在窗前，以指为梳，拨弄着他那头齐肩长发，感叹道。杨林不喜欢鲜花盛开的样子。都开成那样了，还有什么值得期待呢？杨林喜欢看刚刚钻出树枝的花骨朵，小小的，涩涩的，令人忍不住想要抚摸一下，真要去抚摸时，手才伸出，又缩了回去，不忍心呢。

　　那树桃花哪里是在盛开，杨林觉得那简直就是一种燃烧，那种燃烧灼痛了他的眼睛。杨林突然痛恨起那树桃花来，杨林不知道自己为什么会突然痛恨那树无辜的桃花。

　　桃花开了有什么好奇怪的。朱雯头也不抬，仍旧剥着花生。

　　年年岁岁花相似，岁岁年年人不同哪。杨林不知是在看桃花，还是在以窗为镜顾影自怜。

　　你们诗——文人就是这样，喜欢挖眼找蛇打，活该自寻烦恼。朱雯差点又说出了诗人这个词，幸亏刹车及时。杨林最怕人喊他杨作家，更恨人称他杨诗人。喊他杨作家，他只以沉默表示抗议。若喊他杨诗人，他就会眉一竖眼一瞪，冲出一句你他妈才是诗人。朱雯知道杨林忌讳这个，朱雯也知道杨林其实就是个诗人。

　　杨林还在念高中时，就因在《新新诗刊》上发表了一组情诗而名噪一时，曾经的辉煌如今却像拒绝愈合的伤口，时不时会被人揭开来看，杨林对此无可奈何。

在报名应聘到《南南文艺》当编辑时，杨林主动揭开了这个伤口。主编年轻时也曾为诗狂，惺惺一相惜，便省却程序无数。那组名为《我想在你怀里死去》的情诗，让杨林从国家级贫困县的下岗男工一跃而成了省城的文学编辑。

对了，明天情人节，你老婆过不过来？朱雯将两瓶二锅头全拧开了，拎起其中一瓶往茶几上顿了顿：喂，哥们，那桃花有什么好看的，喝酒才是正经。

这是朱雯进门以来第二次提到老婆这个词。杨林明白自己为何要恨桃花了。他怅然转身，拖过一把旧折叠椅，嘎吱一声，在朱雯对面坐下，抓起属于他的那瓶二锅头，朱雯笑出一只酒窝来，握住酒瓶与杨林叮的一碰，两人一起仰脖，各喝了一大口。

文人形容一个男人睡眠不好，喜欢用胡子拉碴这个词，可你的络腮胡呢，怎么全都失踪了？朱雯歪着头打量杨林。

你刚才进大门时没看到垃圾站变了样？杨林接过朱雯已剥好的火腿肠，往嘴里一塞，含含糊糊说道：唔，就一根，全给我吃，你真好。

杨林就是这样，和他说话得有耐心，你问他络腮胡，他回你垃圾站，你若和他较劲，不郁闷死才怪。杨林的答非所问，朱雯早已习惯。你慢点吃，别噎着了，又没人和你抢，这么长一根火腿，你一口下去，就黄瓜打锣去了一大截，朱雯起身为杨林倒了杯水，递给他，说，问你话呢，你老婆明天到底过不过来？

你知道的，为了改那部长篇，我这两个月每晚写到两三点钟才上床，一挨枕头就能睡着。可这些天来，我一闭上眼睛，脑子里就全是乱七八糟的人在哭，在吵，在笑，在喊。我好容易才睡着，那该死的垃圾站又开始鬼哭狼嚎了！

垃圾站？鬼哭狼嚎？朱雯忘了自己提的问题，圆睁起双眼，扑闪着她的长睫毛。朱雯眼睛不算大，但睫毛又黑又粗，又长又密，还要翘起来，还要眨啊眨的，美丽得足能以真乱假。

杨林好几次要朱雯别动，杨林扶正他的近视眼镜，他的高鼻子差点蹭到了朱雯的脸上，杨林还是不肯相信朱雯的长睫毛是天生的。杨林说：你真的没有刷睫毛膏，加长加粗加黑的那种？杨林以前看到龙惠用过那种睫毛膏。朱雯扑闪一下长睫毛，摇头。杨林说：真的不是人工嫁接的？朱雯又扑闪一下长睫毛，摇头。杨林啧啧两声，说：假作真时真亦假。

就这几天的事吧，他娘的垃圾站也玩起了机械化和自动化。每天大清早的，环卫工人过来一弄，他娘的垃圾站就轰隆隆轰隆隆直叫，催命似的，叫得人血液倒流。我用枕头捂住脑袋，轰隆隆轰隆隆。我再把被子往上一拉，还是轰隆隆轰隆隆。我跳下床，抄起一把旧剪刀，剪烂一件旧棉衣，扯出两大缕棉花，塞满两只耳朵，重新躲进被窝，用枕头捂住脑袋，他奶奶的，那轰隆隆轰隆隆的声音还是阴魂不散。

你熬得太厉害了！朱雯说：不晓得劝了你好多次，那些劳什子小说，有什么好写的？弄得人背驼眼瞎的，还不一定能发表，还不一定能赚到多少稿费。这年头，有几个人能靠赚稿费混上好日子？有一点我倒是不明白，你怎么会失眠呢？你不是从不失眠的吗？

失过一次。杨林眼里闪现出丝丝柔润的光来，那晚你喝醉酒，钩着我的脖子不肯撒手，我只好半推半就抱了你一夜，眼都没合一下。

想起那次醉酒，朱雯嘴角一抿，抿出一抹笑意，那是一道极为完美的弧形，弧形在两端稍稍上扬，隐入或红或白的颜色里。

朱雯又将柳叶眉往上一挑，斜了眼去看杨林。朱雯抿起嘴唇微微笑的样子，已经很妩媚了，她还要挑起眉来斜眼去看杨林，杨林就感觉有点晕晕乎乎，好像刚从阴暗的房子里突然走到了阳光地带。

杨林觉得晃眼的，不仅仅是朱雯的脸。朱雯身上的某一处白，曾经让他的双眼接近瞬间失明。

那晚，杨林从一开始就看出来了，朱雯是存心要将她自己灌醉。

那时，他们还只交往过屈指可数的几次。一个女人，如果存心要在一个男人面前灌醉自己，只有两种可能，非爱即恨。这四个字看似简单，其实已经包含了无限的可能。

杨林觉得朱雯不可能爱上自己，最起码当时还没来得及爱上，没有爱，恨就无从谈起。杨林肯定朱雯灌醉自己的原因与他无关。但杨林是一个怜香惜玉之人。

杨林估摸着朱雯喝得半醉时，趁她不注意，一把抢掉了朱雯手中的酒杯。朱雯站起来，隔着那张小圆桌，伸出一只手，搭在杨林肩上，摇了几摇，杨林的身子没被摇动什么，倒把朱雯自己的眼泪咕噜噜给摇下来了一大串，朱雯红着眼说：是哥们，继续陪我喝，不是哥们，滚远点！杨林说：我不会开车，你喝这么多酒谁给你开车？朱雯说：你不用管车，你只管倒酒。

杨林将心一横，把酒杯顿在朱雯面前：好吧，让你喝个够，大不了我背你上医院。

朱雯果然不胜酒力，喝着喝着就趴在桌上呜呜地哭了起来。

杨林买了单，想扶朱雯起来，朱雯的身子却一个劲往桌底下滑。杨林赶紧往下一蹲，一把抱住朱雯的腰，朱雯屁股下的凳子呼的一声倒在地上。

朱雯的手臂软绵绵垂下来，她近乎呻吟地喃喃着：我没醉，我还要喝，还要喝。两个服务员过来帮忙，总算将朱雯扶到了杨林的背上，杨林背过双手，紧紧搂住朱雯的双腿。

杨林半侧着头大声对朱雯说：你搂紧我的脖子，千万别撒手啊。朱雯心里明白，也不想让自己的身体往下滑，她想搂住杨林的脖子，最好是紧点，再紧点，但她的手根本不听她的使唤，她所有的力量都在以一种极快的速度丧失着，她身上所有的零件仿佛都已经失控了，她想睁开双眼看看杨林到底要将她背到哪里去，上眼皮却死死压住眼睛不让睁开；她想对杨林说快送我回家，嘴唇却似乎没有了蠕动的力气。

服务员告诉杨林在前面十字路口往左拐几十米就有一个诊所。不过是几百米的距离，杨林却背得气喘吁吁大汗淋漓。杨林身高一米七，比朱雯高八个厘米。

杨林说：怎么你这么重啊，起码有百四十斤。朱雯真想立即反驳，她分明只有九十八斤，而杨林，有回自己亲口告诉朱雯他有百四十斤，朱雯绝对比杨林苗条许多。

杨林又说：叫你别喝那么多，你不听，这下知道难受了吧？朱雯在心里说：我还是这么清醒，为什么我就不能什么都不知道了呢？我要是就这样死了该有多好！

医生说要先打屁股针，再挂点滴。医生一手捏着针头，一手攥着消毒棉签，以命令的口吻对杨林说：把她侧过去一点，给她褪裤子！杨林先是一愣，立刻又反应过来，连忙将朱雯的身子往一侧扳了扳，又把她的毛衫往上撸了撸，双手摸索到她的牛仔裤扣子，解了两三下才解开，杨林伸出一只手将裤头往下轻轻一扯。

医生等得不耐烦了，说：再下去点。杨林手一使劲，用力往下一扯，刹那间，一片雪白惊现眼前。杨林记得自己当时好像闭上了眼睛，等他重新睁开双眼时，针已经打完了，杨林急急忙忙给朱雯提上裤头，扣好扣子，拉下毛衫，没敢再多看那片雪白一眼。

朱雯至今还清楚记得当时的情形。杨林上气不接下气将她背进诊所，咋咋呼呼地喊着医生，笨手笨脚为她去褪裤子，怕她乱动一直握着她输液的那只手，怕她醒不来而不停呼唤她的名字，直到医生说没什么大事你让她好好休息休息杨林才安静下来。想到这里朱雯笑意更浓了，她仍旧斜了眼看着杨林说：你不应该姓杨，你应该姓柳。

杨林脸一热，垂下眼睑说：连我自己都佩服自己，我哪来那么大的克制力，能够和柳下惠比上一比。

是我魅力指数不够。

不是，你很有女人味，真的，很有女人味。

如果那晚你真做了什么，或许我俩早就形同陌路了。

这是你的逻辑，你说的做知己好过做情人。但当时我不是这么想的，男人和女人的想法永远都不一样。男人不会轻易放过任何一次拥有女人的机会。

你不是男人吗？

君子不乘人之危。

君子？哈哈。

我不会强迫你做任何一桩事情。

我钩着你的脖子不撒手，谁强迫谁呢这是！

如果你没有喝醉，我决不会放过这样的好机会。我怕你清醒时会后悔。

笨，你怎么知道我一定会后悔？

我宁肯自己后悔，也不愿让你后悔。

伟人啊！来，我敬你一下。

两人又是叮的一声，咪了一小口酒。朱雯其实有点酒量，那次醉酒主要是喝得太急，加之当时的身体状况和心情一样糟糕，雪上加霜，才会醉成那样。

那晚朱雯挂了三瓶点滴，直到深夜两点钟才由杨林背回家去。朱雯在病床上睡得太香，还响着微微的鼾声。

朱雯后来拒不承认自己睡觉打鼾，她不知道一直清醒的自己究竟是什么时候睡成那样了。

反正她第二天清晨醒来时，发现自己和衣睡在杨林的床上杨林的怀里。

点滴挂完时，杨林见朱雯睡得那么香，就没喊醒她，抱着她拦了的士，又抱着她上了楼，最后将她轻轻放在床上，盖上被子，她的长睫毛依然很温顺地一动不动地伏在她脸上。

朱雯后来在一次微醉中，靠在杨林的肩头，要杨林老实交代那晚有没有什么不良企图。杨林苦着脸说：当然有啦！谁让你钩着我的脖子不撒手的。朱雯嚷道：我才不会勾着你的脖子不放呢。杨林作委屈状：你可能是在做梦，我本来趴在一旁看你熟睡的样子，说真的，你熟睡的样子好美的，哪想你突然翻过身来，一只手死死勾住我的脖子，我掰都掰不开。朱雯急了，顿着脚：你掰了吗？你要是掰了我会不松开吗？杨林哈哈地笑，杨林说：我的脖子都被你勒疼了，为了我们俩都不必太辛苦，我只好抱紧你，但老天可以作证，直到第二天早晨你醒来，我只亲了一下你的额头。对了，你不会怪我不解风情浪费了良辰吧？朱雯伸手在杨林那颗头发茂盛的脑袋上敲了一记：瞧你美的！杨林说：告诉你，我不敢亲你的嘴，是怕扎疼了你，那一刻，我后悔自己为什么要留络腮胡。朱雯剜了杨林一眼：是怕扎醒我吧？怪不得后来一直不见你留胡子了，原来是贼心不死。杨林仰头大笑：天哪，你这是什么话！就算我为了等待机会亲你吻你而将胡子赶尽杀绝，你也不能骂我是贼啊。不过，做个偷心贼也挺浪漫的。朱雯伸手欲再往杨林脑袋上敲，杨林捉住那只手，威胁说：再敲，再敲看我敢不敢强暴你。

杨林剥开一颗花生，将两粒花生肉磕在手心，拈起来，喂给正在发呆的朱雯，杨林不知道朱雯是在竭力想还原她醉酒以后与杨林有关的所有记忆，杨林以为朱雯只是在发呆，杨林盯住朱雯的长睫毛问：我搂着你睡过一晚，至今却连你的嘴都没亲过；你隔三岔五和我在一起喝酒聊天，帮我搞卫生，弄吃的，你需要我时一个电话随喊随到，你要我做什么吩咐一句就行连一句谢谢都不用，你说，咱俩这到底算什么关系？难道你真是柏拉图的粉丝？

你还记得我们是怎么认识的吗？朱雯顾左右而言他。

我在迎宾路等的士，急着回单位开会，雨下得不小不大，我没带伞，拦了好几辆的士都不停，我心里烦躁，见车就拦，也不管它是不是的士，后来遇见一位好心的美女雷锋，停了车，送我去单位，姓名都不肯留。

你以为我真是活雷锋？

你是美女雷锋。你不是说过吗，我们有缘。我们是老乡，在同一个城市工作，而你的老公，我的老婆，也在同一个城市上班。

你不觉得那是一场阴谋？

我心甘情愿被你谋杀。

我打听到你的单位你的住址，我还掌握了你的起居规律。你一般十点钟左右在迎宾路等公交车，你很少拦的士，你从不带伞，你一直独来独往。

我除了头发比你长些，再无别的长处。亲爱的，告诉我，你看上我哪一点，要精心策划一场美丽的邂逅？如果我没能记住你的车牌号，茫茫人海中，你让我去哪里找你？

你先告诉我，你为什么会失眠？

你还记得去年的情人节吗？

记得。你老婆出差了，我老公也出差了，我们在一起吃饭喝茶聊天。

她出差回来，我特意赶回家去，补送情人节礼物。那天发生的事情，我一直没和你说。

说不出口？

她坚持关灯，在关灯前，她不肯脱掉睡衣。这很反常，我是个很敏感的人。等她放松警惕时，我伸长手臂打开了灯。灯光白得晃眼，她的身体也白得晃眼，在晃眼的白上面，我看到了许多红色的印痕，有的深，有的浅，看起来不是吻的就是咬的，而且胸上面最多。那些红印子像桃花一样，不，像火一样，灼疼了我的眼睛。她没想到我会开灯，一时情急，一把扯过被子盖在身上。

…… ……

我闭上眼，任由她重新关了灯。她嚷嚷着好刺眼干嘛开灯啊。我差点问她又没换灯为什么以前不刺眼，我不想问她那些红印是谁的杰作，这种自己抢来屎盆非得往自个儿头上扣的傻帽，不是我的风格。我喜欢婉约派，没人规定男人不能婉约些，再婉约些。可我什么都没问，直到现在我还什么都没有问她。

朱雯低头朝地上的废纸篓呸呸几声，吐掉嘴里的花生渣，皱着眉喊道：晕，花生怎么霉了……

喝点酒漱漱口，来。杨林与朱雯咚地碰了下酒瓶，仰脖便喝。

你和你老公还是老样子？杨林见朱雯对他的破事儿好像不怎么感兴趣，便把话题往朱雯身上引。

我一个多月没回去了，他打过电话给我，我告诉他我活得很好，他说那就好。杨林你说人生在世有什么好不好的，好也是过，不好也是过，不就是几十年的事情，一眨眼就玩完了。

你算是真的悟透了，不容易啊，你趴在桌上哭得稀里哗啦的事儿，你勾着我脖子不肯撒手的事儿，好像就发生在昨天，我还指望着再有几次这样的好机会，看来真的是过了这个村就没那个店了。

你要是想哭，我也可以借脖子借肩膀给你用用。

你是我肚里的蛔虫？

女人的直觉你懂不懂？你敢说你从来没有过想哭的时候？男人哭吧哭吧不是罪。

这可是你说的。杨林猛地一下站了起来，折叠椅被他一带，扑的一声趴在了地上，杨林看都没看一眼，径直往朱雯身边一坐，取下眼镜放到茶几上。

杨林将头往朱雯肩上一靠，闭上眼，沉默。许久，朱雯感觉肩上有一股凉意透过薄毛衣往里渗，一摸，湿湿的，黏黏的，扭头一看，杨林脸上竟爬满了泪痕。朱雯一惊，问道：喂，怎么真哭了？没事吧？杨林不吭声，又有两行泪水奔流而下。

朱雯急了，她想扶起杨林的头，杨林头一抬，手一拉，就将朱雯拽进了怀里。朱雯没有挣扎，朱雯一把搂住杨林的脖子，杨林紧紧箍住朱雯的瘦腰，两人橡皮糖似的拧在了一起。

两人吻累了，杨林渐渐平静下来。杨林将朱雯的头揽在胸前，一只手慢慢抚摸着朱雯的短发。朱雯将半边脸紧贴在杨林胸口，梦呓似的，喃喃道：我知道你心里比我更苦。

这世上还有没有你不知道的事？杨林说，你知不知道，我是可怜人，你也是可怜人，我们都是可怜人。

不，朱雯仰起头来。杨林在她唇上轻轻一吻。朱雯深深看杨林一眼，说，当你觉得别人可怜的时候，你的可怜就会变得微不足道了。

你觉得你老公可怜吗？

是的，我觉得他可怜。他舍不得自己碗里的鱼，又渴望得到别人碗里的熊掌，他无法阻止自己去爱妻子以外的女人，又不肯正视自己对婚姻的背叛，他无时无刻不在挣扎，他的痛苦，并不比我少。

你觉得我可怜吗？

是的，你想恨恨不起来，想爱不敢去爱，你既不懂得放弃，又没有勇气去追求自己想要的东西。你心比天高，现实与理想的差距，注定了你是一个只会逃避的人。

不愧是大学教授，分析得头头是道，你倒说说看，你自己可不可怜。

和你比，我有房有车有稳定的还算过得下去的收入，不用挤公交车不用挤出租房更不用为一点小钱拼了命熬夜。和老公比，我鱼吃得腻了熊掌要不要无所谓，我不会强求什么不必挣扎什么，我上好每一堂课过好每一个日子，只想自己该想的只做自己该做的。对于现在的我来说，太阳每天都是新的，又何必苦苦纠缠于已经过去的阴霾？老公喜欢在另一个城市当他的小头头，喜欢偷偷摸摸干些他喜欢的事情，就随他去吧。世上没有什么东西是永恒的，爱情，婚姻，生命，一切的一切，都会有结束的时候，对此，我们只能静观其变顺其自然。

你眼里的痛苦都是过去时吗？

痛苦不痛苦，全在于自己的心境。过去不可更改，未来无法预料，对于我们来说，没有什么比现在更重要，因此，我们没有理由将现在弄得一团糟。

好吧，为了让我们的现在更美妙，我建议换一下地点。

朱雯正想问一句去哪，杨林已抱起她往卧室里去。朱雯任杨林抱住，任杨林将她往床上一扔又严严实实覆盖住她。

等等。朱雯说：什么东西硌我的背。

杨林慌忙起身，去抽朱雯身子下面的东西。

一份传真，他娘的还真长。杨林解释道。

朱雯抬抬身子，让杨林扯出那摞纸。朱雯微笑着看杨林将那摞纸一把团起来往床底下一扔。朱雯平静地问：是话费清单吧？龙惠的？

你——你怎么知道我老婆的名字？杨林颓然倒在朱雯身旁。

我还知道她的电话号码，还有她打得最多的那个手机号。朱雯侧身面对杨林，一只手支在下巴处，另一只手在杨林脸上缓缓游移。

这么说，你什么都知道了？杨林任朱雯抚摸他的脸庞，杨林的眼神散乱地投在天花板上。

去年情人节，他们在白天互相发了五十六条短信，打了两个小时零十一分钟的电话，晚上七点十分至第二天早晨七点钟，他们没有电话也没有短信，七点钟以后，他们又断断续续有了电话和短信联系。

杨林一坐而起，扭过头来问朱雯：你也打过你老公的话费清单？

这种事不难，难的是，我将这个秘密憋了这么久。朱雯也坐起来，屈起双膝，双手抱住，将头深埋在两膝之间。

杨林跪在朱雯双膝前，伸出一只手，抬起朱雯的下巴，冷冷地说：看着我。杨林盯牢朱雯的长睫毛，放慢语速：最难的是，你打听我的情况，找机会接近我，喝醉酒引诱我，还要若无其事一次又一次地陪我喝酒聊天。

朱雯并没有垂下她的长睫毛，她一眨不眨地和杨林对视着：我承认，当初接近你，我的确动机不纯。

你想报复他们？杨林的语气柔和了些。

是的，但我后来想通了，你的君子风度给了我反思自己的机会。他们已经伤害了我，我不能再自己伤害自己，我没有必要以伤害自己来报复他们。

杨林抬起朱雯下巴的手落了下去，杨林低下头来，小声说道：你不知道他们仍在继续？

我知道。朱雯看着杨林身后的墙壁，几抹淡淡的树影摇曳其上。

你不在乎？杨林抬起头来。

你在乎吗？朱雯盯住杨林的双眼，由于长期佩戴近视眼镜，杨林的双眼有点外凸，眼神显得有点空，有点远。

我现在有更在乎的。杨林舒出一口气，眼神里少了些迷茫，多了些热烈。

什么？

你。

我？朱雯双眉又往上一挑。

是的。杨林不让自己有喘气的机会，一句赶一句：我后悔偷偷打出这份话费清单，更后悔托朋友去查与那个号码有关的一切，可我后悔时已经来不及了。当我知道那个男人就是你老公，我真的恨不得立即去杀了他。他夺走我的妻子，还要伤害另一个我爱的人。当然，我最后什么都没做，也没有在老婆面前戳穿这一切，只是提前回了单位。你知道我不是一个勇敢的人。我想告诉你，又不敢告诉你，我整晚整晚无法入睡，就是担心你一旦知道了会受不了这种打击。从那次醉酒，我知道你其实很脆弱。

杨林说完这一长串，看起来有点累，他把头靠在了朱雯曲起的双膝上。

你确定你爱我？朱雯低下头来，将自己的半张脸紧贴在杨林头上，从杨林的长发里，散发出阵阵男人的汗香，朱雯闻到这股汗香，不知为何，心里觉得格外的踏实。

是的，我现在最大的心愿就是希望你过得开心。可惜你不爱我。杨林仍旧将头靠在朱雯的膝盖上，抬起双臂，环抱住朱雯曲在一起的双腿。

你怎么知道我不爱你？朱雯将脸埋进杨林的头发里面，深深吸了口气。

除了那次醉酒，你再没给过我机会。杨林的手臂，环得更紧了。

我说过，爱情只是昙花一现，友情才能天长地久。朱雯抬起头来，她发现墙上的树影更斑驳了。

你还说过，做知己好过做情人。

是的，我害怕失去，所以宁愿不要。

那么，你还是爱我的，哪怕只是一点点？杨林蓦然抬头，朱雯吓了一跳，杨林的双眼有点湿，朱雯幽幽地说：我承认。

你知道我的成名作吗？杨林的思维总那么跳跃不定。

我想在你怀里死去。朱雯脱口而出。

你知道哪首情歌现在最流行？杨林眼里倒映着窗外的阳光。

死了都要爱。朱雯未加思索。

亲爱的，你不是说过没有什么比现在更重要吗？杨林的悲喜更迭没有任何预兆，他原本阴郁的脸上绽放出不羁的笑容。

现在就想在我怀里死去？朱雯又抿出一道完美的弧形，斜了眼去看杨林。

是的，如果你的怀抱是一座坟墓……

对白被强行结束，朱雯用她的唇堵住了杨林的嘴，杨林用更猛烈的动作回应朱雯的热吻。两人倒在床上，翻滚着。

地板上，那摞皱成一团的话费清单颤了两颤，松散开来，又复归沉默。

窗外，一轮艳阳从云丛中挣扎出来，抖落一地的灿烂。而那树桃花，噼里啪啦，似乎燃烧得更旺了。

一阵微风吹来，几片血红的花瓣从枝头坠落，蝴蝶般，在猫儿的喵呜声里，飘啊飘，飘啊飘。

将一色

肖老头又要死了！

最先得到这个消息的是胡医生，他在肖家村开了一个小诊所。消息来源于肖五妹。肖五妹是肖老头的小女儿，肖老头还有四个儿子，都在广东打工。四年前，肖老头在田头放水时，摔了一跤，从医院回来后，就只有眼睛和嘴巴能动了。

肖五妹说，胡医生，我爸爸真的快要死了，你帮我去看看，他到底还能捱多久，我好通知哥哥他们早点去订火车票。

你那爷佬倌，嗨！胡医生在他那秃了一半的头顶上抠了抠：还真不好说，我只怕自己又看走了眼，到时你们几兄妹又要怨我!

这哪能怪你呢？肖五妹伸出双手，去扯胡医生的胳膊：走吧，走吧，要怪只能怪老天爷！胡医生叫了声哎哟，肖五妹忙不迭缩回手来。她红着脸，将满是老茧的双手藏到身后。

肖五妹手上的老茧，都是被肖老头磨出来的。肖老头出事时，肖五妹正跟着哥哥在广东打工，在一家公司里当打字员。肖五妹二十三四岁，要说她长得丑，又鼻不蹋眼不瞎的。那五官分开来看，都还齐整，可一凑在她那张脸上，却觉搁得都不是地方。她失恋了若干次，好不容易才找了个对象，是一个厂的，准备年底结婚。爸爸瘫痪了，哥哥嫂子们一致决定由她回家照料。肖五妹也心甘情愿。再怎么样，爸爸只有这一个。对象说，他愿意出点钱，给未来岳父找个保姆，要肖五妹别辞职。肖五妹当时归心似箭，只想快点见到可怜的爸爸，对象的话就没放在心上。

这一走就是四年，对象早就成了别人的，肖五妹成天对着的，就是一个能吃能喝能拉能撒的活死人。这个肖老头，以前成天干农活，一顿也就吃个一两碗。如今躺在床上，一日三餐，顿顿要吃三四碗。他还酷爱吃肉，并且是越肥越好。肖五妹手头不缺买肉的钱，哥哥们说了，爸爸想吃什么，尽管买就是，反正他老人家活一天算一天。

谁会想到肖老头这样子不肯死呢？

吃饱了睡，睡饱了吃，肖老头就像一个不断发酵的巨型馒头，体积一天天庞大起来。这可苦了肖五妹。她才九十来斤，而且是越来越瘦。肖老头呢，从一百多斤，很快就长到了两百多斤。吃得多，拉得也多。肖老头经常将屎尿拉在床上。肖五妹不能每时每刻都守着他。肖五妹要洗衣拖地，买菜做饭。她还在院子里种了几茬菜，养了几只鸡。肖老头开始还有点难为情，拉的次数多了，他也就无所谓了。刚回家时，肖五妹每天都要拿着个痰盂，给肖老头接屎接尿。那时的肖老头还未发胖，但他每大便一次，肖五妹就要累出一身的汗。若是肖老头将屎尿拉到了床上，肖五妹就只能忍着刺鼻的臭味，为肖老头擦去屎尿，将衣服被褥都换了。这个过程充满了无法言说的艰辛，肖五妹总是背对着肖老头掉眼泪，心里怨着亲娘，不该早早地就丢下这一家老小不管了。

胡医生当然知道肖五妹的孝顺。村子里的人都知道肖五妹的孝顺。肖五妹已经二十八岁了，在肖家村，算得上是一个嫁不出去的老姑娘了。也有好心人想给肖五妹做介绍，肖五妹却说，想娶她的，得连她爸爸一块娶。胡医生曾经劝过肖五妹，要她在三十岁以前赶紧将自己嫁了，肖老头可以另外雇人照料。肖五妹只是苦笑，有谁会像她这样对待她的爸爸？

胡医生说：你爷佬倌要真的疼你这个女儿，他就不会再继续这样折磨你、耽误你了。

肖五妹擤擤鼻子，一路无话。

胡医生屏住呼吸走到肖老头床前。奇怪，这房间明明收拾得干干净净，肖老头身上的被褥没有一点脏印，床底下的尿盆子肖五妹也刚洗过。这臭分子可能都躲在墙缝里，被窝上，甚至肖老头的呼吸里。肖老头紧闭双眼（或者是胖得睁不开眼了），呼吸微弱。胡医生探一下他左手的脉搏；不放心，又探一下他右手的脉搏；还不放心，又扒拉开肖老头的眼皮左看右看，然后走出门去，先吐出一口长气，又吸入一口长气。肖五妹跟出来。胡医生说：快打电话给你哥，也就这一两天的事了，再迟只怕见不上最后一面。

肖五妹顾不得哭，抱着电话挨个打。四位哥哥都通知到了，肖五妹守着电话发了一阵呆，突然想起，在哥哥嫂嫂们到家之前，所有的事都得靠她一个人了。

肖五妹首先找来了族老肖太公。肖太公七十多岁，面色红润，站如松，行如风，看起来还能一口气犁一亩田。肖太公说，你急么子，你只管守着你爸爸哭就行了，其他事都交给我。

刘嫂和姜嫂来了，村里老去的人，大部分是由她俩换的寿衣。肖五妹去拿寿衣时，神色镇定，刘嫂贴着耳朵教她：傻妹子，你爸爸快死了，你也不晓得哭！肖五妹眼睛一红，说道：我早就哭不出来了。姜嫂说：也难为五妹子了！

寿衣有点皱，不是肖五妹没折好。一个月前，肖老头穿过一次寿衣，没想到他挺过来了，肖五妹只好帮他将寿衣脱下，重新收起来。

给肖老头换寿衣时，他一直紧闭双眼。而上一回，他总是试图睁开双眼，只是好不容易挤开一点小缝，很快又合上了。那时刘嫂就说：这老头，舍不得走呢。果不其然，熬了三四天，熬得大家都没了耐心时，他又能张嘴吃东西了。那一回，他的几个儿媳妇背着他发牢骚：要死就快点死！他要还不死，我们都得饿死了！话虽无情，却是实言。儿子媳妇都是好不容易才找了份工作，眼看假期要满，肖老头却要活不活、要死不死，他们怎能不心急如焚？

这一回，大根他们再三问清，才赶去火车站买票，并且，都多请了几天假。

大根他们赶回家时，肖老头已经连续四天粒米未进。胡医生每天给他挂几瓶葡萄糖，吊着肖老头那最后的几口气。送终的都到了床前，哭的哭，喊的喊，肖老头依然紧闭双眼，看似没气了，用手指一探，又还有点热乎。大根媳妇抚着被子说：爸爸啊，您老人家吃了亏啊！二根媳妇捶着胸脯嚷：爸爸啊，您老人家可不能就这样走了啊！三根媳妇蚊子般哼哼：爸爸，您老人家睁开眼睛看看，我们都回来了！四根媳妇拍着大腿嚎：爸爸啊，您怎么就这么狠心啊！我们天远地远跑回来，您老人家总得看我们一眼啊！

大根他们听着媳妇哭得伤心，那男儿泪，就像种豆子般，撒了又撒。肖五妹可没力气哭，她几天没睡囫囵觉，趁着这功夫，倒在另一张床上打起了鼾。

哭了大半天，肖老头还是老样子。刘嫂和姜嫂劝大根他们先休息一下，坐长途多辛苦，后面还有得累，这会子别把力气都折腾光了。想想也是，大根他们各找了地方打盹。

又过了一天，肖老头还是不肯落气。大根他们精神已经养足，不知是谁小声嘀咕了一句，反正守着也没用，不如开两桌麻将。这个提议马上得到了大家的一致拥护。于是，搬的搬桌子，找的找麻将，这边四兄弟一桌，那边四妯娌一桌，都摆在堂屋里，中间隔着肖老头的空棺材。

麻将声一响，四妯娌开始边摸麻将边算旧账，三根媳妇说大根媳妇上回欠她六十块，大根媳妇说二根媳妇还欠她七十块呢，二根媳妇说她好像没欠谁的账。大家脸红脖子粗地争了好一会儿。大根在棺材的另一边吼了两句：争什么争，以前的就算了！

毕竟是妯娌，争几句也无所谓，大家很快又融洽起来。大根媳妇说：不就一个多月，上回刨苹果喂他，还能吃几口，这次水都喂不进，哎！四根媳妇说：爸爸身上那么多肉，经得起熬！碰！二根媳妇说：你还碰什么碰，我胡了！

一个月前，得知肖老头快死的消息往家赶时，大根他们一进村口就开始哭，进得门来，又守在肖老头床前哭了半天。媳妇们还刨的刨苹果、喂的喂稀饭，忙乎了半天。到第三天，大根他们实在无聊，就搓起了麻将。又过了两天，肖老头竟然又嚷嚷着要吃肉了。

只怕到了明天，爸爸又要喊肉吃了！二根媳妇刚进了几十块钱，讲起话来满面春风。三根媳妇细声细气地说：我刚才上厕所时，去看了看爸爸，好像还是老样子。

五妹呢？大根媳妇问三根媳妇：她没守着爸爸？

三根媳妇摇摇头。

肖五妹正在屋檐下喂鸡。一听这话，就从米箩里挖了满满一碗米，猛地撒向鸡群。鸡们又惊又喜，如水波般突然漾开，又咯咯咯地聚了拢来，一啄一啄地开始你争我抢。肖五妹压着嗓子训斥鸡们：叫什么叫！没累死我，就想先烦死我啊！

肖五妹黑着脸，坐在肖老头床前生闷气。肖老头突然呻吟了一声。肖五妹连忙将耳朵凑到肖老头嘴巴上。哪想肖老头费了半天劲，只说了一个字：肉！肖五妹以为自己听错了，她将耳朵贴得更近些。肖老头声音大了些：肉！

肖五妹连忙奔到堂屋，大声喊道：爸爸要吃肉！

那两桌人吓了一跳，同时抬起头来。大家沉默了好一会儿，大根叹了口气，说：爸爸想吃肉，妹妹你就煮一锅给他吃。大根媳妇小声说：惨了，只怕我们的假又白请了！二根媳妇骂道：该死的胡医生！害了我们一次还不够！光来回车费就上千，还要扣工资！

大家一边发牢骚，一边乒乒乓乓继续敲麻将。

肖五妹很快煮了一大碗肉，端到肖老头床前。肖老头闭着眼睛吃了几口，只听见从被窝里传出一声闷响，一股恶臭立刻弥漫开来。肖老头咬紧牙关，不肯再吃。肖五妹说：您老人家先吃了再说。肖老头还是不张嘴。肖五妹放下碗，弯腰从床底下拖出便盆，盆周四处溅满了黑色的脏物。肖五妹洗了便盆，重新放到床底下，又出去倒了盆水进来，为肖老头擦身。

肖老头的屁股上，印着一圈长方形的黑红色疤痕。那是床板上的洞洞勒的。两年前，肖五妹实在搬不动肖老头了，就请来一个木匠，两人合力将肖老头移到一张大竹椅上，再由木匠在床板和席子靠尾处锯出一个长方形的洞洞，洞洞下再放一个大脸盆。两人将肖老头抬到床上，木匠帮他将裤子脱了，让他的屁股睡在洞洞上。肖老头死了般任他们折腾，肖五妹也已见怪不怪。她天天要为肖老头接屎尿，擦身子，换衣服。肖老头的身体在她眼里，已经只是一个爸爸的符号了。当时，肖五妹和木匠都没留意，肖老头眯成一条线的眼睛里，闪着浑浊的泪光。

肖五妹为肖老头抹去粘在身上的屎尿，又去擦沾在寿衣上的脏物。肖五妹边擦边说：爸爸，您这是折磨我们，也折磨您自己呢。抬头抹汗时，肖五妹发觉肖老头有点异样。肖老头突然睁开了眼睛，在这之前的好几天，包括刚才吃肉，他都是闭着眼睛的。肖老头望着肖五妹，目光有点呆滞，那呆滞里，却透着一种奇特的光芒。肖五妹觉得肖老头洞察了她的心事，便嗫嚅着说：爸爸，我知道您不想死……

肖老头还是睁着眼睛，任凭两股混浊的泪水，从他的眼角，缓缓流下。

肖五妹不敢看肖老头的眼睛，她低着头，将抹布放进那盆已经泛黄的清水里拧了一回，一下一下地，接着擦寿衣上的脏物。终于弄干净了，肖五妹喘口粗气，想帮肖老头将寿衣扯整齐些。双手碰到肖老头的皮肤时，肖五妹突然打了个寒战。怎么像蛇皮一样，冰得人直起鸡皮疙瘩？

肖老头不知何时闭上了眼睛。肖五妹将一根食指，伸到他鼻孔旁，愣了一会儿，猛扑在肖老头身上，大放悲声：爸爸啊，你当真就这样死了啊！我宁愿不嫁人啊！我的爸爸啊！

堂屋里，大根将一色听牌，正轮到他摸牌时，传来肖五妹的哭声。大根一个激灵，手一抖，犹豫片刻，终于将那张牌顿到桌上，大喊道：将一色自摸！我的爸爸啊……

落棺

1

按村人的说法，一个女人好不好，老天爷最心知肚明。如果是个好女人，当她出嫁或出殡的时候，决不会下雨或落雪。田荷出嫁前几天一直都是阴雨绵绵，偏偏做喜酒那天艳阳高照，几十桌酒席从姜竹家里摆到屋外的土坪，又从坪里一直摆到了几米开外的乡马路上。大伙儿哑巴着嘴说，新娘子一定是个好女人。

田荷出殡时，老天爷阴了好几天的脸突然开了笑颜，一轮红日悄无声息从乌云里蹦跶出来。村人便说，真的是好女人啊，老天有眼。

田荷的墓穴选在马山半山腰上，与姜竹的墓并排。马山是姜姓的坟山，不高，上山只有一条小径，两旁茅草丛生，还陡得很。奇怪的是，从来没有人想过要修一修。或许，在村人心里，送别亲人的最后一程应该吃点苦头，算是尽尽最后的孝道。每逢出殡，村人们会将棺材绑得九牢十稳，抬棺的人多，可以轮换，路再陡再滑也不必害怕。爬山之前，抬棺人会停下脚步，歇一口气，再齐崭崭一路哦呵，一口气就能将棺材抬到墓穴旁。

没想到这次会出意外。到达马山脚下时，抬棺人一声哦呵，正准备一鼓作气往山上爬，棺材却突然往右侧一斜，眼看就要滑落在地。抬棺人手忙脚乱一起去扶，没能扶住，棺材发出一声沉闷的呻吟，跌在了路面上。

孝子们膝头一软，哭喊着，对着棺材，齐齐跪了下去。出殡途中，棺材是万万不能落在地上的，就算途中祭奠，也得先横两条长板凳，再将棺材轻放在凳子上。在村人看来，途中落棺表示棺中人死不瞑目，或是子孙不孝，或是心愿未了，并且，主凶。

之前，孝家并未怠慢过大家，皇天可鉴，田荷也是一个好女人，可棺材怎么会平白无故滑落在地？不用孝家和村人抱怨，抬棺人已是满脸自责。出殡之前，他们检查得非常仔细，绳子和木杠都很结实，绑得也紧。可现在一看，绳子竟莫明其妙地松开了。他们不敢多解释，飞快地将绳子重新绑牢，再仔细检查一遍，确信紧得不能再紧了，这才各就各位，严阵以待。棺材两旁也站满了人，都伸出双手扶住棺材。只听他们齐齐大喊一声"起"，棺材摇晃着，刚离开地面一两寸，却听"扑"的一声，重新跌落在地。

孝子们还没来得及起身，他们跪在地上，哭成一片。大莲嗓子早已哭哑，她一时哭不出来，便一下一下地，将头重重地往地上磕。二莲三莲四莲莲弟，都跟着磕起头来。

这时，人群里冲出幺妹。她拨开抬棺人，扑在棺材盖上，喊一声我的亲姐啊，抚棺痛哭起来。抬棺人想拉开她，她不肯，重新扑在棺材盖上，哭着说：姐啊，我的亲姐，我知道你为什么死不瞑目啊！姐啊，你这样子，让我们怎么心安哪！几个女人走来，将幺妹架开，她们抹着泪劝幺妹：你的话，你姐姐已经听到了，还是早点让她入土为安。

当棺材第三次跌落在地时，所有的人都傻了眼。锣鼓乐队早已噤声，现场一片死寂。孝子们吓得忘记了哭。莲弟扶着腰站起来，走向棺材。他要亲自看看到底是哪个环节出了问题。在他埋头检查绳子的时候，身后传来略带嘶哑的山歌声：

"花无百日在高山，人无两世在阳间；不见雨来不见风，生死已隔几重天。"

凝固般的沉寂中，歌声显得如此突兀。莲弟抬起头来，发现人群已自动让出一条路，一位长须飘飘的老人，挂着一根枯树枝做成的拐杖，一边喊着山歌一边向棺材走来。老人佝偻着背，身穿一件看不出颜色的褴褛长袍。那长袍，本就是一块块补丁镶拼而成，下摆和衣袖却裂开了好几处，一条条垂挂下来，经幡般飘摇着。老人赤着双脚，他那黎黑的脸上，两只深陷的大眼眶里，轮着一双浑浊的眼睛。鼻梁处，颧骨处，无不刀削般耸然而立，乍一看，犹如一具蒙了皮的骷髅。

看莲弟一脸惊骇之色，一位抬棺人贴着他的耳朵说：一定是刘华，只有他才穿那样的长袍。莲弟恍恍惚惚，茫然呆立。刘华旁若无人地喊着山歌。刘华喊着山歌走到棺材旁，刘华扔了拐杖，眯缝着两只眼睛，双手颤抖着，轻轻落在棺材盖上。这时，刘华的歌声小了些，也柔了些，却更嘶哑了。刘华一边哼唱着《花无百日在高山》，一边轻轻地抚摸棺材盖，一遍，又一遍。刘华干柴般的枯手，慢慢地，一下一下，一寸一寸，抚摸着棺材盖，从这头，到那头；从那头，又到这头。

2

田荷刚嫁给姜竹时，姜竹对她好得没话说。田荷梳着条长辫子，每天早晨起床后，姜竹第一件事就是为田荷梳头发。田荷坐在窗前，对着窗棂上一方椭圆的镜子。田荷的眉眼生得好，那眉弯弯的，像两痕新月。那眼睛，又圆又大，黑漆漆的，还汪满了水，姜竹可以清楚地在里面看到自己的影子。

第一回织辫子时，姜竹的大手怎么也织不好，田荷在镜子里说，你那藤椅是怎么编出来的。姜竹便嘿嘿地笑。他织了拆，拆了织，总算把那条长辫子织得光滑顺溜。每天晚上睡觉前，姜竹从杂屋里搬出那只大木盆，提来一大桶热水，倒进去，再提来一大桶凉水，慢慢掺一点进去，用手试了试水温，再慢慢掺一点进去，再试试水温，试了几次后，觉得水温差不多了，又从绳子上扯下一块崭新的大澡帕，放进盆里，然后喊道：荷，可以了，来洗吧。

姜竹不种菜时，就坐在堂屋里编藤椅。篾片长长的，在他手指下绕过来，绕过去，姜竹脸上含着笑，好像在他手指下绕来绕去的，不是篾片，而是田荷的长头发。田荷喂完猪，洗完碗筷，从箩筐里抓了一大把切碎了的青草，拢在手心，走到堂屋门口，咯咯几声，便有几只或黑或黄或花的鸡扑棱棱飞到了门坎旁，田荷把碎草往鸡群中一撒，鸡兴奋地拍拍翅膀，笃笃地争抢着美味。田荷偶有空暇时，想给姜竹打打下手，姜竹说，不用了，你就坐在旁边看着，篾片很刮手的。的确，姜竹手上经常有割伤的痕迹。田荷哪里坐得住，她从茶壶里倒了碗茶，喂姜竹喝上一大口，又从口袋里掏出手绢给姜竹擦了擦汗。姜竹抬头，对着田荷嘿嘿地笑，笑得田荷脸上一红长辫子一甩干脆出门做事去了。

田荷生下大莲后，十岁的幺妹终于找到了辍学的理由，从几十里外的村庄来到田荷家帮忙带小孩。幺妹读过两年书，没有哪门考试及过格，幺妹觉得读书比老牛背犁还辛苦。大莲生下来时，姜竹只瞟了这个新生命一眼就出门做事去了。从姜竹脸上，根本看不到初为人父的喜悦。姜竹闷闷地，杀了鸡，炖了汤；懒懒地，端到田荷床前。倒是幺妹，守着大莲一步也不肯离开。幺妹指着大莲的眼睛惊喜万分：姐，你看，小宝宝和你一样，也是双眼皮。

田荷生下二莲后，姜竹脸上阴得要下雨，更别提杀什么鸡了。还是婆婆为田荷杀了一只鸡，炖了，送过来。婆婆和大媳妇一家住在半里外的山坡下。这两间房，是姜竹为了迎娶田荷，一块砖一块砖搭建起来的。两间房里，稍宽敞些的是堂屋，用来供奉祖宗牌位，做饭吃饭待客用；一间稍矮稍窄的，是侧屋，摆了两张木床，其中一张是带顶的雕花立栏木床，立栏里面垂着麻蚊帐，这是姜竹和田荷睡的，另一张四脚简易床，又宽又笨，属于幺妹和已经断奶的孩子。侧屋一侧，连着一座用土砖和茅草搭成的矮杂屋，杂屋劈成两半，一半横了口大缸，缸上横了两块长木板，用来作厕所；另一半地上也铺了一层茅草，用来作猪圈，放鸡笼和锄头等农具。侧屋靠着杂屋的那面墙，正中央开了一扇木门，以方便出入。

田荷嫁过来时婆婆就和他们分了家，平时没什么事也不怎么串门。姜竹闷着头坐在堂屋抽旱烟。婆婆颠着小脚走到他面前，说：咯鬼伢子！你老婆坐月子，你总得弄点什么给她补身体，以后哪个帮你生伢伢？还不得靠她！连着生了两妹子，下一胎再怎么着也该是伢子了，你真是不懂事！

幺妹抱着还不到两岁的大莲，站在田荷床前，歪着头打量二莲。田荷要幺妹去找把剪刀，幺妹问要剪刀作什么，田荷沉下脸说，叫你拿你就拿。幺妹吐吐舌头，将大莲放到床尾，自己噔噔地跑去找剪刀。幺妹将剪刀递给田荷，转身去抱大莲。

幺妹弯腰去抱大莲时，却听咔嚓一声，幺妹一惊，回头一看，见田荷直愣愣坐在床头，一只手攥着剪刀，一只手紧握大半截松散开来的断辫。不过是眨眼之间，田荷一头黑发就从齐腰变成了齐耳，幺妹喊声姐你怎么将辫子铰了？田荷仿佛没听见，只把眼睛死死盯住手里的断辫。

生下三莲时，姜竹几天没搭理田荷。婆婆买来了一斤五花肉，扔在田荷家的砧板上，一句话都没说，走了。幺妹想拉住她的衣袖，让她多坐一会儿，婆婆将手一甩，还从鼻孔里重重哼了一声。等到四莲落地，婆婆就当什么都不知道，就连走路都不往这个方向来了。

田荷躺在床上，看看怀里哇哇直哭的四莲，再看看脚畔睡得正香的三莲，泪水不由得哗啦啦直淌。

姜竹在堂屋里破着篾，被哭声弄得很是心烦。他时不时将篾刀狠狠往地下一扔，还不解恨，又一脚将新编的藤椅踢得老远，大莲二莲正坐在门口玩，顿时吓得哭了起来。幺妹跑到堂屋里说：姐夫，你能不能小声点，四莲哭得好厉害呢。幺妹差点就要说出姐姐哭得好厉害了。姜竹剜她一眼，不理不睬。

大莲有天带着妹妹去奶奶屋里玩。奶奶冷眼瞅着她们，说：去，一边玩去，赔钱货！大莲跑回家，对着田荷哭诉。田荷黄着脸，一把将大莲搂进怀里。田荷已经很憔悴了，她的脸，不再是嫩豆腐一样了。她的眼睛挖了进去，没一点神采，看起来有点大而无当。经历过四次分娩，经历过四个清汤寡水的月子，田荷早已从一支红荷变成了一截枯荷。

怀上第五个孩子时，田荷没日没夜地，一有空就做布鞋，做了一双又一双，大的小的，长的短的，她的手上已经打了好几个血泡，一双眼睛熬得又红又肿。幺妹忍不住，趁姜竹不在时，问田荷做那么多鞋干什么，只怕好几年都穿不完。田荷垂着头，将针往头皮上蹭了蹭，哧的一声，针穿过了鞋底。田荷说：给孩子们多做几双，万一我不在了，不至于打赤脚。幺妹一听这话不对劲，连忙追问：姐姐要到哪里去？田荷的眼泪吧嗒吧嗒落在鞋面上，她哽咽着说：如果这一次还像以前那样，我就不打算活下去了。幺妹一把抢过田荷手中的鞋，大哭起来：姐姐你别吓我！你要是死了，我怎么办？大莲她们怎么办？

　　田荷突然哎哟一声，手一抖，鞋子掉在了大腿上。原来是针刺破了指头，有血珠子一颗颗冒出来。幺妹捉住田荷的那根指头，惊叫一声：呀，出血了！田荷抽回手，将指头伸进嘴里，吮了一下，重新捏起针线，斜着针，往头皮上一蹭，想接着做鞋。可鞋面被泪水浸湿，涩得厉害，针尖怎么也穿不过去，田荷索性扔了鞋，泪眼婆娑地对着幺妹，说：我哪里舍得你们！我不怕死，眼睛一闭两腿一伸什么都不知道了，我只求菩萨保佑你和大莲她们今后不要像我一样……

　　老天总算开眼。接生员高声喊着姜竹：快来！快来！这次真的是带把的啊！田荷闻听此言，将眼一闭，但见两行热泪汇合着汗水，从田荷脸上奔流而下。几绺湿淋淋的头发，横七竖八，趴在田荷脸上，却没能阻挡住泪水的无声滑落。

　　这一次的月子，田荷连着吃了好几只鸡，都是姜竹亲自杀亲自炖的。姜竹又恢复了刚结婚时的体贴。

田荷的脸迅速红润起来，眼睛里又有波光开始激滟。莲弟要满周岁了，姜竹和婆婆都坚持要做酒，这是从未有过的事情。田荷原谅了这对母子曾经给予她的冷遇，满心欢喜的，和他们一起商量做酒所要购买的东西。

做酒前一天，姜竹清早起了床，他起床时故意弄醒了莲弟，莲弟并不哭，睁着一双溜溜的黑眼睛望着姜竹笑。姜竹情不自禁，他一把抱起莲弟，举过头顶，兴奋地喊叫着：哦，哦，我的心肝尖尖我的命根子哦！莲弟吓得哭了起来，随着他的哭声，一股液体从莲弟胯里喷射而出，刚好浇到姜竹脸上，有许多还流进了姜竹嘴里。姜竹呸巴着嘴说：娘的兔崽子，敢让老子喝尿！看老子不掐了你的小鸡鸡！姜竹将莲弟放低些，在莲弟粉嫩的小脸蛋上狠狠亲了一口。可能是他的胡子扎疼了莲弟，莲弟哭得更厉害了。田荷从床上半坐起来，漾着一脸幸福的笑，嗔道：别闹了，快去买你的菜！记得借辆单车去。

吃晚饭时，姜竹还没回来。趁莲弟睡着时，田荷去村口等姜竹，她想姜竹应该要回来了。远远地，她看到伍村长向她跑过来，满脸的汗水，满脸的慌张。

在一个急拐弯处，姜竹和那辆破单车一起，躺在了一辆东风大卡车的轮胎下。

喜事变成了丧事。

田荷被人从村口扶回家时，膝盖弯着，眼睛直着，嘴巴张着，仿佛一具任人摆布的木偶。莲弟早饿坏了，正在幺妹怀里哇哇大哭。田荷被扶到床上，躺下。幺妹将田荷的衣服撸上去，莲弟伏在田荷肚皮上，小脑袋一拱一拱的，一下就找到了目标，咕噜咕噜开始吃奶。莲弟吃饱睡着了，田荷的眼睛仍然是直的，被幺妹撸上去的衣服依然敞着。幺妹抱起莲弟，把田荷的衣服往下扯了扯，盖住那对软沓沓的奶子。田荷还是一动不动。幺妹伸手在田荷眼前晃了几晃，田荷眼都没眨一下。幺妹大哭起来，边哭边喊：姐姐！姐姐！你怎么啦？

3

刘华还在那里一遍遍地哼唱，一遍遍地抚摸。他那痴迷的神情，仿佛自己抚摸的是一件失而复得的宝物，而不是一副冰冷的棺材盖。

村人们在交头接耳。幺妹终于忍不住了，她冲过去，将刘华往一旁狠狠一推。幺妹抹一把泪，逼视着刘华说：你还没癫够？你这时候还来干什么！我姐她走了，她再也不会回来了！

莲弟从混沌中清醒过来。他拧起眉头，一把将刘华再拎远些，他听幺妹说过刘华与母亲的事。莲弟不相信母亲会喜欢这种男人，骷髅似的。可年轻时候的刘华，莲弟已没多少印象，他当时才几岁啊。刘华踉跄一下，勉强站稳身子，扭头就往山上走，边走边扯着嗓子喊山歌：

"花无百日在高山，人无两世在阳间；不见雨来不见风，生死已隔几重天……"

刘华爬起山来根本不像个老人，当田荷的墓穴惊现眼前，刘华的歌声突然低了下去，沉了下去。他听到了来自山脚下的哦呵声。

抬棺人，扶棺人，一个个憋足了劲，随着一声"起"，棺材再次被抬离路面。人们齐齐喊着哦呵，棺材如有神助，沿着陡坡一路飞升。孝子们相互搀扶着，竭尽全力追随着抬棺人。

刘华如一截枯枝，戳在半山腰。他看到田荷飞一般升上来，托着她的，有白云，也有乌云。一眨眼，他却看到田荷掉进了大水塘。

那是他和田荷的第一次亲密接触，也是唯一的一次肌肤之亲。

姜竹死了，田荷却不能不从昏死状态中清醒过来，她还有五个孩子，不管怎样，日子还得继续往下过。姜竹在时，田里地里种满了四时菜蔬，稍有空闲还要编藤椅，菜和藤椅都能换来钱，田荷并不觉得负担有多重。而现在，家里的一切都只能指望她一个人。生活就像一张网，时间就是撒网人，他慢慢将这张网收紧，网中的田荷，甚至找不到喘气的机会。

刘华却不管田荷日子过得紧不紧巴，照样上她家讨饭吃。

刘华每次去田荷家，都会先用手中那根打狗棒敲敲堂屋门，问一句"有饭吃吗"，而去别人家，他都是一声不吭径直往饭桌前一坐，等到有人往他那只大木碗里添了红薯饭，他三口两口扒完，擦擦嘴巴将将胡子就走人，话都没一句。村人有时气不过，故意逗刘华：喂，刘华，你不能光吃饭不干活，我家猪栏满了，门后有担箢箕，你把猪粪全挑出来，堆到猪栏后面。刘华果真忙乎了一个下午，将猪栏全挑空了。刘华累了半天，村人少不得又留他吃了晚饭。不过，刘华不管给没给人家干活，走到哪吃到哪。

姜竹在时，每每看到刘华上门，并不怎么搭理，却任由田荷往刘华那只大木碗里一勺又一勺地盛饭，直到垒得冒尖。偶尔，田荷还要往刘华长袍口袋里塞满干红薯片，姜竹总是默许着这一切。

姜竹死后，刘华隔了一两个月才去田荷家，笃笃地敲着堂屋门。

你来了。田荷放下莲弟，走到门口，说：我们还没吃饭，你等一下，我给你装一碗。田荷接过刘华递来的木碗，走进厨房，很快端了饭出来。饭里面，掺着几根黄黄的红薯条；最上面，盖着几砣蒸茄子。刘华蹲在屋檐下，呼呼几下，饭就吃完了，他抹抹嘴，低着头，将不小心粘在长胡子上的饭粒一颗颗拈下来，一颗颗扔进嘴巴里，再吧吱吧吱嚼几下，然后又伸出舌头，将碗里里外外舔上一遍，直舔得那只木碗放出油光来，这才小心翼翼将碗塞进长袍口袋里，也不道声谢，径直去了。姐，我们自己都吃不饱，你装那么大一碗饭给刘华干嘛？看他舔碗那样子，好像一辈子没吃过饭似的，啧啧，真恶心！他那样子不识好歹，经常到我们家来讨饭，谢谢都没有一句。以前有姐夫，我们条件好些，现在不同了，我们自己差不多都是一半红薯一半饭，你还那么顾着他！你看村里有几个人舍得给他装白米饭？这年头，有红薯给他吃饿不死他就很不错了！幺妹对着田荷发牢骚。

他是个可怜人。田荷说：走，我们吃饭去。

这一顿，田荷的饭碗里，全部都是红薯条。她说她最喜欢吃红薯条，每次吃饭，她总是先把饭上面的红薯条全部扒拉到自己碗里，让幺妹和孩子们吃米饭。是那场久旱，给了刘华亲近田荷、报答田荷的机会。

老天连续一个多月没下过一滴雨，挑水浇菜成了田荷一天当中最重要的事情。她家的大部分开支，除了喂猪养鸡，其余全指望这几亩菜地。离菜田不远处，有一个大水塘，水塘的水位也在一天天往下降。田荷挑着一担大水桶，吱呀吱呀将水挑到地里，一勺一勺浇在菜垄上。她的肩上起了好几个血泡，汗水一浸，锥心地疼。田荷咬着牙，弯着腰，将水桶再一次斜进池塘里。这一次的水桶格外沉，田荷脚下一滑，连人带桶跌进了池塘。

田荷在水里扑腾着，双手在水面上胡乱抓着，她大声喊着救命，眼看着，她的头要被水淹没了。

这时候，刘华不知从哪里冒了出来，他朝着池塘一路飞奔。刘华身穿长袍，腰际扎一根长布带，布带扎的是死结，他来不及解开，为了跑得更快些，他用两手高高拎起长袍的下摆。他扑通一声跳进水里，奋力游向田荷，田荷呛了好几口水，正咕噜咕噜往下沉，水面上隐约可见她的黑头发。刘华刚游到田荷身边，准备抓住她的一只手臂，哪想田荷猛地一下箍紧了他，刘华一慌，呛了口水。刘华拼命掰开田荷的两只手，再一把揪住田荷的头发，竭尽全力往岸边游。

刘华好不容易才将田荷拖上了岸，田荷吭哧吭哧地咳起来，刘华全身酸软，瘫在田荷身旁。田荷从头到脚湿漉漉的，衣服紧贴在她身上，一些微小的起伏变得若隐若现。刘华侧过头看田荷，越看，他的眼睛睁得越大，变得越圆。田荷咳出半肚子水后，人全清醒了，见刘华眼珠子不错，正盯着自己，刘华脖子上那个大大的喉结，随着口水的吞咽，一跳一跳的，很是吓人。田荷再看看自己的湿衣服，整张脸霎时变得通红。田荷一激动，又咳了起来。田荷一边咳，一边坐起来往外扯衣服，她不想让衣服贴得太厉害。刘华扭头看了看天，天还是那么的高，那么的空，只有一轮斜阳缀在远山顶上，小小的，圆圆的，红红的，像极了田荷胸前那两粒长得像野草莓的东西。一想到那东西，刘华就口渴得厉害，他双手撑地，慢慢站起来，他的长袍嘀嘀嗒嗒往下淌水。刘华往水里一扎。田荷仿佛走了魂，她看着刘华起身，看着刘华一步步走近水面，看着刘华一下扎进了水里。她始终一动不动。也不知过了多久，刘华还没有浮出水面。田荷猛然醒悟时，她腾地一下就站了起来。田荷尖声喊叫着刘华的名字。在田荷急得快掉泪时，她发现池塘中央的一只水桶晃了晃，紧接着，一颗脑袋冒出了水面，是刘华。刘华没事，田荷却觉鼻子一酸。田荷仰起头，即将夺眶而出的泪水，被田荷生生逼回了眼窝。

刘华将水桶扁担捞上岸来，又装了满满一担水，将长袍下摆撸起来，缠在腰间。刘华把扁担往肩上一横，嘎吱嘎吱往田荷菜地里去。田荷在他身后追着喊道：放下，快放下！刘华没听见似的，嘎吱嘎吱走得更快了。

就这样，每当田荷去菜地浇水，刘华就会从某个角落里钻出来，一把抢过田荷肩上的扁担。田荷问刘华那一次怎么会那样巧。刘华不说一句话，只对着她一味傻笑。

这天，刘华去池塘挑水了，田荷猫着腰在给菜苗除草。

嫂子，一个人在这里，不寂寞吗？我陪你要得不？

一个头发长长嘴上叼棵烟的男人走到田荷菜地旁。

田荷没理他。

男人走进地里，来到田荷身边。

嫂子，你连癫子都喜欢，未必就看不上我？

走开！田荷吓道。

哟，当婊子就当婊子，还立什么牌坊！男人伸出手，去摸田荷的脸蛋。

啪！田荷一咬牙，手一挥，那男人脸上便挨了响亮的一记。男人顾不得疼，一把抱住田荷，将一张臭烘烘的大嘴，拱到了田荷脸上。

你们在干什么？刘华刚好走到田头，一时没弄清究竟发生了什么事情，在他发愣时，肩上的扁担往下一溜，两只水桶扑通一声，齐齐夯在地上，溅出两圈青白的水花。

男人一惊，抬头见是刘华，喝道：死癫子，不关你事，还不滚远点！

刘华见田荷极力想挣脱男人的怀抱，脸都扭曲得变了形，似乎悟到了什么，他冲过去，先低下头在男人的一只胳膊上狠狠咬了一口。男人一声怪叫，松开田荷，一只手一把揪住刘华的长胡子，另一只手一拳擂向刘华。刘华疼得嗷嗷直叫，他屈起十根手指，将所有力量积聚到又长又尖的指甲上。刘华逮哪抓哪，男人脸上被抓破好几处，红的红，肿的肿。与此同时，刘华的双脚也没闲着，对着男人一阵乱踢。刘华的烂鞋子一只飞到了田荷身后，还有一只不知去向。男人扔了刘华的胡子，拳脚并用，与刘华扭打在一起。

一小撮被揪落的胡子，飘啊飘的，呻吟着，落到了菜叶上。

田荷背过身子，眼泪水淌得像种豆子一样。

两个男人从田里打到了田垄上，又从田垄上打到了田里，一大片菜苗被踩得东倒西歪，田荷哭着喊：你们别打了！

终于，两人都累了，横在田垄上出粗气。男人挣扎着起来，摇摇晃晃往来的方向去。走了几米远，男人回头吐出一口浓痰，骂道：

狗男女！走着瞧！

刘华的五花长袍被撕破了好几条口子，一只眼眶肿得老高，额头上还有血珠子在一颗赶一颗往外冒。田荷蹲下去，抹了把泪，用自己的衣袖去擦刘华额头上的血。

疼吗？田荷问。

你看我勇不勇敢？刘华答非所问。

你很勇敢。田荷顿了顿，接着说：你走吧，以后不用来帮我挑水了。

你不喜欢勇敢的人吗？刘华眯缝着眼睛，捋了捋他的长胡子。

田荷并不回答，她直起身，走进菜地，打理东倒西歪的菜苗。刘华爬起来，像一个做错了事的孩子。刘华拢着双手，佝着背，怯怯地走到田荷身旁，小声说：那我走了。田荷一言不发，一只手扶着一株菜苗，一只手往菜苗四周培土。

那我走了啊。刘华声音大了些：我真的走了啊。刘华反复说着，见田荷始终没反应，便一步三回头，赤着双脚，走了。

4

一位村人将傻了眼的刘华推向一旁。

抬棺人气喘吁吁冲到了半山腰，棺材安静地躺在他们的肩膀上，又听任人们慢慢将它从肩上卸下，轻轻将它搁在墓穴旁。绕棺仪式过后，棺材徐徐落入墓穴。孝子们悲声四起。

"花无百日在高山，人无两世在阳间；不见雨来不见风，生死已隔几重天。"

刘华站在墓穴旁，两只眼铆着棺材。他的歌声时高时低，节奏时快时慢。没人理会他。当有人往棺材上培土时，刘华的歌声顿时激昂起来，他突然从别人手里抢过一把铲子，铲上一掊土，撒到棺材上，喊一句"花无百日在高山"；再铲一掊土，撒到棺材上，喊一句"人无两世在阳间啊"……

刘华好像听到了田荷在呼喊救命。他看到田荷在池塘里一沉一浮，两只手对着他一抓一抓的。刘华想看得再清楚些，一眨眼的工夫，田荷又被一团大火吞没了，红红的火焰里，传出她的呼喊声。刘华突然沉默下来，扔了铲子趴下去。刘华伏在墓穴旁，伸长脖子侧着耳朵仔细谛听墓穴里的动静。这时候，棺材已被黄土完全掩盖，墓穴离地面还有一米多深。谁知不过几十秒的功夫，刘华竟然一下子滑到墓穴里去了，他嘴里嚷嚷着"我救你来了""我救你来了""我救你来了"，两只手还疯狂地将棺材上方的黄土往两边扒拉。众人吓了一跳，有人大声斥责刘华：死癫子，还不快上来！刘华抬起头来，他满脸是泪，哭着叫道：里面起火了，里面起火了！快来救火啊！快点来救火！

起火啦！起火啦！快来救火啊！

刘华凄厉的叫声，在时空隧道里来回穿梭。棺材里躺着田荷，棺材上堆满黄土，黄土上跪着刘华，刘华在哭喊：里面起火了，里面起火了！快来救火啊！快点来救火！刘华声嘶力竭，田荷却无动于衷，静静躺在黄土之下，棺材之内。田荷沉默的姿势，犹如一枚紧贴树干的枯叶蝶。床上侧卧着田荷，田荷臂弯里蜷缩着小小的莲弟。刘华在屋外大喊：起火啦！起火啦！快来救火啊！火焰如群魔乱舞，不断发出一串串噼里啪啦的怪叫声。刘华的叫喊很快惊醒了田荷。

田荷被惊醒时，她闻到了呛鼻的烟味。她跳下床，循着烟味，打开通向杂屋的那扇门。一股浓烟扑进来。田荷顿时魂飞魄散，她砰地一下关紧门，跌跌撞撞冲到床边，连人带被一把抱起莲弟，尖声大叫道：幺妹！快起来，大莲！二莲！三莲！四莲！快起来！着火啦！

田荷紧紧搂着莲弟，瘫坐在屋外的土坪上。幺妹牵着大莲她们，围坐在田荷身旁，她们怕田荷听见，都不敢哭出声来，一个个憋红着脸，仍泪水哗啦啦地流啊流。田荷嗷嗷地哭喊着，那声音，已经很嘶哑了。

村人们挑的挑水桶，端的端脸盆，都在救着火。田荷看到那件长花袍将一桶一桶的水往杂屋上倾，杂屋不高，火光映红了他的脸，他的胡子好像也着火了，他将头往水桶里一伸，赶紧抬起头，将那桶水对着一条火舌奋力扬过去。

火终于灭了，杂屋，侧屋，连同紧挨着的半间堂屋，全垮了下来，变成堆堆黑色的瓦砾。

大伯大伯母都来救火了。婆婆在土坪里呼天抢地，就和当初姜竹出事时一样。大伯来劝田荷，要她带着孩子们去他家先住着。大伯母在一旁不作声。田荷摇头。

邻居来劝田荷，要田荷一家先到他们家住着。田荷还在摇头，任凭怀里的莲弟哭得满脸的汗。

去住祠堂吧！刘华的胡子被烧了一大截，剩下的只到下巴处，还散发着一股焦煳味。我到桥下面去睡。刘华扔下这句话，一瘸一拐地走了。

不管怎样，日子还得继续往下过。

刘华有床破被子留在祠堂里，加上莲弟身上裹着的那床，田荷一家勉强在祠堂里住了下来。天气渐渐冷了，祠堂里四处进风，田荷一家人紧挨着挤在一起睡，还是抵挡不了越来越重的寒意。田荷决定尽快修补房子。

修补房子的第一件事，得烧一窑砖。

田荷每天天不亮起床，摘菜，卖菜，浇菜，再回到破屋当头去挖土。田荷没钱去买红砖，只得自己做自己烧。土挖了好些日子，才拢成圆圆的一大堆。田荷在土堆中央刨出一个圆坑，提来几桶水，倒进去，又用锄头将水和土慢慢和成泥。这样的泥是生的，做不成砖，得踩熟才行。踩砖泥本得要用牛，牛的力气大。但田荷没钱雇牛。她几乎没有犹豫，飞快地脱掉脚下那双旧布鞋，将裤腿挽到膝盖上，试探着，把一只脚往泥里一伸。田荷一个激灵，太冰了，但她没有缩回那只脚，而是咬咬牙，将另一只脚狠狠往里一踩。她拼了命地踩啊踩，渐渐地，她的脚已感觉不到那种冰得蚀骨的寒意，她的额头上，她的眼睛里，还腾起了阵阵雾气……

让我来！田荷只顾低着头踩泥，冷不丁身边多了个人，吓了一跳。一看，是刘华。刘华将长袍撸在腰际，还扎了个结，长胡子也被塞进了领口。刘华的小腿不粗，后面却隆着两坨肉，黑黑的汗毛一直长到了脚踝处。田荷只看了一眼，脸便火烧火辣起来。刘华和她踩着同一坑泥，他踩得很卖力，呼吸便越发粗重起来。田荷甚至能听到他那扑通扑通的心跳声。自从姜竹去世，田荷还没有如此近距离地接触过男人，除了上次掉进池塘时被刘华救上岸。寡妇门前是非多，村里的男人有时想帮帮田荷，一想到女人们翻飞的嘴唇和鄙夷的眼神，又没那勇气了。村子属城郊，每家每户全靠侍弄那几亩菜地过日子。种菜卖菜都辛苦。日出而作日落而息的生活，容不下些许的偷懒或浪漫。姜竹刚死时，伍村长去田荷家多了些，有一天，他的脸上突然隆起了好几条抓痕。从此，他轻易不敢去田荷家。田荷虽然生了一堆孩子，也很憔悴了，可她那双大眼睛，哀哀的，好像比以前更会说话了。最重要的是，田荷没有男人了，村里哪个女人放心自己的男人去她家？

唯有刘华，从来不会顾忌村人的看法。姜竹死后，刘华和田荷接触的次数反而越来越多。刘华本就是个来历不明的流浪汉，不过是在村子那个破祠堂里住了好些年。刘华一直半疯半癫的，胡子蓄得比女人的头发还长，村人懒得和他计较。比如村人好心送他旧衣服，刘华却将衣服剪成四四方方的布块，又用讨来的针线，将那些布块缝到一起，日长月久的，布块拼成了长袍，他就不分昼夜穿着那件花花绿绿的长袍。大热天的，捂出了满头满脸的红痱子，他还不肯脱。

刘华喜欢唱山歌，白天唱，晚上也唱。夜深人静时，刘华幽灵般在路上晃荡，从他嘴里吼出来的山歌声，惊落了满天星星，激起了满村犬吠。刘华随身带着打狗棒，星星惊落时会变成露水，沾在他的头发上，萤火虫般闪闪发光。至于犬吠声，刘华当它们是伴奏。刘华兴致来时，可以脱得精光，在横穿村子的那条小河里独自戏水。水很浅，刚及刘华小腿肚子，刘华便弯下腰，将双手伸进水里面，就像周伯通，左右手相互搏斗着，一时水花四溅。村人们早已见怪不怪，男人们不屑一顾，女人们一笑而过。小孩子们则会站在岸上哦哦地喝起彩来，他便双手捧水，去浇他们。小孩子被刘华一撩拨，都纷纷下到河里，与刘华打起了水仗，弄得全身湿透，回得家来，屁股上少不了要挨几巴掌，孩子们哭爹喊娘地叫着，大人们便住了手，骂一句：刘华你个死癫子！村人不说疯子，他们习惯喊刘华癫子。

但田荷从未喊过刘华癫子。她很少遇到刘华赤身裸体戏水的情况，即使遇到，她也是将头扭向另一方匆匆而过。如果刘华正好看到她经过，就会愣在河里，呆呆地望着她远去的方向，任凭小屁孩们将他浇得全身水淋淋的。

刘华一下一下地踩着泥，刘华的呼吸越来越急促。田荷的心，也越来越慌。几只鸡优哉游哉踱过来，也不知是附近谁家的，它们好像看上了刘华那双鞋。鞋灰不溜秋，软不拉叽，上面还粘着草屑之类的脏东西。鸡伸出尖嘴，你一口，我一口，笃笃地啄着鞋。田荷冲着鸡一声哦呵，鸡咯咯叫着，扑扑地飞逃而去。田荷眼睛盯着脚下的泥巴说：我回家一趟，灶上正煮猪食，幺妹一个人提不动。田荷急急说完这句话，拔出腿来，两手拎着她的旧布鞋，赤着脚往家里去。

日子一天天过去。生泥在刘华脚下变成了熟泥，熟泥在刘华手中变成了砖坯，砖坯又被刘华和田荷一层层码进了砖窑。这天中午，田荷特意给刘华买了瓶二锅头，又剁了一斤精肉炒了。刘华吃完饭正捋胡子时，田荷从里屋拿出一双鞋垫，塞到刘华手里：实在抽不出空来，鞋子还没做好，先把鞋垫垫上，也暖和些。刘华看看鞋垫，密密麻麻的针脚，中间还绣了一朵红荷。刘华又看看脚上那双豁着两张大嘴的破胶鞋，脸上便傻满了笑。幺妹从堂屋进来，瞟了瞟刘华手中的鞋垫，说：我姐是为了感谢你，你可别想歪了。田荷脸一红，喝道：幺妹！幺妹吐吐舌头，辫子一甩，跑了。

砖窑开封那天，刘华又来帮忙。正在忙，土坪上传来莲弟的哭声。田荷一看，三莲四莲正和几个孩子扭打在一起。田荷跑过去，那几个小孩一溜烟地跑了。田荷说，好好的打什么架？妈妈教过你们多少次了，不许和别人打架！

妈！他们要抢莲弟手里的糖纸，我们不给，他们就骂我们！说我们都是刘癫子的女儿！还说莲弟是刘癫子的儿子！

别理他们！田荷背过身，走向砖窑，她的脚步有些迟钝。刘华忙得一身的汗，田荷趁着递水给他喝的工夫，轻声说：你以后别来了！我，我受得了别人的闲话，我的孩子们受不了！刘华递过杯子，没有作声。

临走时，刘华突然对田荷说：等你建好房子，我就再也不会来了。

田荷的房子要上梁了。

上梁，在当地，是需要好好庆祝的。这一天，田荷从邻居家借了些钱，换了一大把角票，又买来了一大袋糖粒子。

砌匠师傅们抬着一根粗大的木梁，喊着号子，安在了房顶。鞭炮声响了起来。鞭炮声里，一张张钱，一颗颗糖，从砌匠师傅手中撒落下来。屋下抬头仰望的大人小孩，欢叫着，跳起来，伸长双臂，去抢钱，抢糖粒子。小孩们早忘了捂耳朵，他们抢不到，就猫了腰，从人们脚旁，捡起一张张钱，一颗颗糖。大莲领着二莲三莲也加入了喜庆的行列。

田荷站在人群中，她一直在笑，一直笑着的她，眼里却闪着泪光。

自从田荷搬进新房，刘华真的再也没有来过她家，直到田荷为他做好了那双布鞋，刘华也没有出现。那鞋，便被田荷一直压在箱子最底下。

刘华好像失踪了。

一天在菜地里，田荷遇到一个路过的村人。那人刚走亲戚回来。那人堆起一脸神秘问田荷：你知道吗？

什么？田荷云里雾里，不知村人说的是什么事。

那个刘华，村人离田荷近些，继续说道：他杀人了！

5

四五个壮汉跳进墓穴，上面又有两三个男人接应，好容易才将刘华弄了上来。几个人监视着刘华，不许他再接近墓穴，刘华一屁股坐在地上，捶胸顿足地哭着：边哭边喊：救火啊我要去救火！

幺妹坐在墓穴旁，她的眼泪一直没干过，刘华的发疯让她的泪水越发汹涌。幺妹抽抽咽咽地说，我的亲姐啊，你吃过好多苦，只有我知道啊！

田荷的苦楚，的确只有幺妹最清楚。幺妹在田荷家，从十岁一直待到二十五岁那年出嫁。幺妹说：我的亲姐啊，为了几个孩子，你苦了你自己啊！

孩子们读书都争气。大莲二莲三莲四莲一个接一个考上了中专，毕业后都留在县城上班。莲弟考上大学又考了研究生，最后留在省城工作。田荷要拉扯大这五个孩子，又要供他们读完书，她吃的苦，哪用得着幺妹说。

幺妹说，每当孩子们放学回家吃饭时，田荷总说她已经吃完。幺妹不相信。有一次，孩子们吃完饭，都去学校了。幺妹对田荷说出去扯猪草，然后出了门。田荷等她一走，立即揭开饭锅，从缸里舀了半勺水，倒进去，她拿着饭勺，使着劲去刮锅底。然后拿出一瓶红辣椒粉，倒一点进去，再拿来油盐罐子。那是两个罐子连成一体的陶瓷鸳鸯罐。她先挑了一小勺盐，撒进去，接着拿起油罐里的小匙，小心翼翼，刮了薄薄一层油，还没拿出油罐，犹豫片刻，又将小匙放回油罐。田荷收好油盐罐子，拿起饭勺，在饭锅里搅拌了几下，再往菜碗里一倒，只见满满一大碗白里泛青的水里面，稀稀疏疏的几粒米饭或浮或沉着。田荷闭上眼，一口气喝完，慢慢睁开眼，还咂了咂嘴。

幺妹脸上早爬满了泪，她不忍再看，抬起手背揩了把脸，挎起大竹篮，三步并做两步，往田野中去。

后来，村子附近开了家煤矿，田荷又有了新的活干。她每天下午都去矸子山捡煤。当绞车拉着矸子轰隆隆爬上矸子山，田荷就一脸兴奋。绞车慢慢立起来，矸子哗啦啦往下滚。扬起的煤灰迷住了田荷的眼，田荷只将头甩了甩，捡煤的人很多，她舍不得腾出任何一只手。每当看到一块煤，她就迅速拾起来，迅速往箩筐里一扔。箩筐里渐渐满了，她吃力地拖到平地上，再去捡满另一只箩筐。天黑时，田荷挑起沉重的担子，将煤挑到煤坪里的收购站，接过一两张黑乎乎的钞票，小心翼翼塞进裤腰上的小钱袋里。小钱袋缝得很隐秘，大概一指深，两指来宽，钱被塞进去后，再将裤带一紧，绝无别处可逃。但田荷还是不放心，又用两只手在小钱袋子外头按了几按。

每当开学前几天，田荷去城里卖菜的时间就长了许多。每当田荷从城里回来得晚许多，幺妹就会发现她的脸色特别的枯黄，而且，下午也不去矸子山捡煤了。有一次，幺妹洗衣服时，翻出了一张医院里面的单据。她这才明白，她的姐姐之所以回来晚，之所以脸色特别难看，是去卖血去了。幺妹不敢当着孩子们的面劝田荷。等孩子们都去上学时，幺妹对田荷说：姐，哪天我陪你一起去医院。田荷说：你脑子坏了吧？你陪我去医院干什么？幺妹哭了起来：姐，再这样下去，你会没命的！我身体好，比你年轻，我去卖血好吗？田荷搂了搂幺妹，安慰道：别孩子气了，我一年只卖几回，没事的，我问过医生了。你不能和我比，你还得嫁人，还得生小孩，千万别说这样的傻话。

不知是谁说漏了嘴，大莲知道了田荷卖血的事。第二天，她磨磨蹭蹭的，不肯去学校。田荷回家吃中饭时，见大莲在做饭，幺妹却坐在一旁抹眼泪。田荷问你们怎么啦，大莲怎么没去读书？大莲的双眼红红的，显然刚哭过，她低着头，不作声。田荷问：你们俩到底怎么了？想急死我吗？田荷怎能不急，大莲正读初三，马上就要中考了。

妈，我不想读书了。大莲低着头，左手握着辫梢，右手有一下没一下地，将辫子往手指上缠。她有着一条和田荷当年一样又粗又黑的长辫子。

你说什么？你再说说看！

我不想读书了，妈。

你田荷眼前金星直冒，她随手操起灶膛里那根火钳，对着大莲的双腿挥过去。她是气急了，大莲长这么大，从来没有挨过田荷半根手指头。田荷从未打过任何一个孩子。

田荷边打边哭。大莲扑通一声，跪到了田荷脚下。她搂着田荷的腿大声哭了起来：妈！你别哭了！你要打就打吧！你尽管狠狠地打！我不怕疼！我只要你不哭！我只要你不去卖血！

田荷一下被定格了，啪的一声，火钳从她手中滑落。

许久。田荷跪下去，抱住大莲：崽啊，崽啊，妈打疼你了吧？对不起，是妈对不起你！

妈！大莲和田荷哭成一团，幺妹也不晓得劝，跟着伤起心来地哭……

幺妹说：她也像村里其他好心人一样，劝过田荷再找一个。田荷只是摇头。许多次，幺妹睡一觉醒来，看到田荷还坐在那里纳鞋底，缝鞋垫。长的，短的，厚的，薄的。幺妹发现田荷每年都要做一双男人穿的鞋，还要为那双鞋配上鞋垫。她问田荷是给谁做，田荷只是摇头。幺妹不敢多问，怕田荷想起姜竹伤心。

幺妹说：我的亲姐哪，你这一辈子活得太苦了啊！

刘华不知何时停止了哭喊，他大概听到了幺妹的哭诉。刘华从地上爬起来，一瘸一拐走向幺妹。刘华耷拉着头坐在幺妹身旁。半天，刘华冷不丁冒出一句：你看到火灭了吗？幺妹一惊，见刘华头发上脸上袍子上全是黄土和草屑，便叹口长气，点了点头。

刘华站起来，闷头从别人手里抢了把铲子，重新唱起了山歌。他铲上一掊土，扬到墓穴里，哼一句"花无百日在高山哪"；再铲一掊土，扬到墓穴里，又哼一句"人无两世在阳间啊"……

天快黑了，新坟已就。刘华抱着铲子坐在坟堆旁，目光呆滞。人们一批批离去。最后，幺妹将大莲几姐弟一一拉起，让他们回家，扭头看见刘华还泥在那里，便走过去，说：走吧，我姐留了东西给你，在她屋里。她交代过我的，等你回来，要我亲手交给你，我不能失信于她。

路上，幺妹问刘华：二十七年了，你怎么才回来？

刘华说：我杀人了。

你为什么要杀人？

他欺侮田荷，还放火烧她的房子，我找了好久才找到他，他冲我吐口水，说就是老子放的怎么样？我举起打狗棒，对着他一顿乱打，没几下他就躺在地上一动不动了，我吓得打起飞脚跑，再也不敢回来了。

你真是个蠢宝，他只断了两根肋骨，现在还活得好好的。

我对田荷说过，等她建好房子，就不再见她。

现在又回来干什么？你不知道我姐等得你多苦，这么多年她一直一个人守着那栋旧房子，病了也不肯上医院，就是怕你回来时找不到她。

我不敢回来，怕田荷生我的气。我还没死，她怎么就死了？我晓得我活不了几天了，想回来看她一眼，我晓得她不愿意见我，就躲到棺材里不肯出来了。

幺妹听刘华说着说着又有些疯意了，便抹了把泪，没再说话。

田荷屋里一片凌乱。被褥衣服堆在一起，晚上要和纸屋之类的东西一起烧掉。屋里最显眼的，是墙角的一只大木箱。箱子已经很陈旧，朱红色的漆差不多全剥落了，像残阳透过树叶落下的光斑，一点一点，涩得慌。幺妹走过去，打开箱子，然后，她用双手捂住了双眼。泪水一股股从她的手指缝里涌出来。

刘华拖着双腿，一步一步，挪过去。

箱子里，挤挤密密，塞满了黑色的新布鞋。刘华颤抖着双手，拿起一双，他看到鞋里面盛开着一朵红荷。那是一双鞋垫。刘华放下鞋子，想抽出鞋垫，手太抖，连抽了三次，才抽出来，鞋垫上的针脚密密麻麻，鞋垫中央，绣着一朵怒放的红荷。刘华腾出一只手，抖抖地，从袍子一侧伸进手去，从胸口处掏出一团皱巴巴的东西。也是一双鞋垫，虽然很皱，颜色也褪了，但那针脚依然匀称细密，看得出来，刘华从来没穿过它，他可能一直贴胸藏着，所以才会那么皱，还被汗水渍坏了颜色。刘华将两双鞋垫叠在一起，它们的长短大小，包括荷花的形状，都是一模一样。刘华一一抚摸着那些鞋，那些鞋垫。

二十七双一模一样的鞋，二十七双一模一样的鞋垫。

刘华的身体筛糠似的，肩在耸，胡子也在抖。

刘华放下最后一双鞋，直起腰来。他怀里的鞋和鞋垫散落一地。他瓷着眼，并不去捡。幺妹忍不住去扶抖个不停的刘华。刘华一把攥住幺妹的手，仿佛抓住一根救命稻草。刘华抖抖地说：我，我好，好……

刘华话未说完，只听哇的一声，一股血柱子从他嘴里喷射而出。那些血溅落在黑色的新布鞋上，犹如朵朵盛开的红荷。

念青唐古拉

1

在走出拉萨机场的那一瞬，我突然感觉天在旋，地在转。当我摇摇欲坠之际，一双大手从左侧扶住了我。我随手抓住其中一只胳膊，我的长指甲，深深勒进去，那只胳膊微微一颤，并不躲闪。

拉萨的天空，以从未有过的湛蓝与澄净，将我团团包围。我依然抓住那只胳膊。沿着那只胳膊一直往上，我看到了一张奇怪的脸。单眼皮，小眼睛，阔嘴唇，满脸红痘痘里，一只且高且长的大鼻子显得有些突兀，有些嚣张。短发金黄，牙齿闪闪发光。她的胸风平浪静，上面亦佩着一个与我一样的徽章。莫非她与我来自同一个城市？候机登机，我都是精神恍惚，并没有留意任何一个旁人。

我仰望着她。我身高近一米六四，头却刚好平着她的肩膀。

第一次来西藏？女声，温柔而甜美。我以为是后面的人在说话。直到她微笑着，问了第二遍，我才发觉自己的失态，连忙松开那只胳膊，说声对不起。她依然微微笑着：我也是第一次来，我们是同一个旅行社呢。刚才在飞机上，我就坐在你的后排。来，把包给我，我们的车停在前面，导游在等我们。

她的背上已经驮着一只硕大的旅行袋，我那鼓鼓囊囊的双肩包，被她拎在手上。看起来，她好像并不觉得不堪重负。一阵疾风吹来，我有点慌乱，一只手去扶阔边太阳帽，一只手去掩被风高高扬起的裙角。我的帽子是白的，我的裙子是白的，我脚上的皮靴，也是白的。她没有戴太阳帽，她的头发是黑的，她的长袖T恤是黑的，她的牛仔裤是黑的，她脚上的旅游鞋，亦是黑的。

我上得车来，她已放好行李，还为我占了座。你靠窗坐吧。她侧着身，将我让进了里面那个座位。我叫马丽，你呢？

彭夏。你也是一个人？

是的。我每次旅行都是一个人。

你好像没有半点高原反应。

这里的海拔还不算高，到了念青唐古拉山，你才会知道什么是真正的高原反应。

我只是头有点晕，还有点疼。

没关系，到了拉萨，休息一晚就没事了。

2

时间与空间的转换，真的能让我暂时失去记忆吗？

那么，在认识这个马丽之前，我还认识什么人呢？

好像是个男人吧。好像与我快要结婚了吧。可我脑海里的印象，为何总是云遮雾罩？

在那张宽大的席梦思床上，我与他嬉戏，与他追逐，与他玩着同一个游戏，乐此不疲。我是一朵百合花，曾为他无数次绽放，无怨无悔。

现在的我，却躺在一张单人床上。洗手间里，传出哗哗的水声。导游交代我们最好不要洗澡。马丽说她不怕缺氧，她只怕没有机会洗澡。她身上的皮肤，竟是雪白的、无瑕的，让我难以置信。马丽半截身子裹在白浴巾里，露出鹭鸶般的两条长腿。她的身上，还有未擦干的水珠。她就这样湿漉漉地，坐到了我身旁。她俯身问我：好舒服啊，你不洗一下？

我当然想洗一下，可我实在没有力气。

那两条鹭鸶腿便慢慢伸直，慢慢挪到了对面那张单人床上。

半夜，我被马丽推醒。胸口压着的千斤巨石，并没有因为我的醒来而自动撤离。你做噩梦了吗？马丽用一块雪白的小毛巾为我揩着泪。我说心里难受。马丽说，你躺着别动，我出去一下。

没多久，马丽提着一个小氧气包回来了，她将连着氧气包的小管子轻轻塞进我鼻孔。那堆巨石慢慢散去。我沉沉睡去。

第二天醒来，发现马丽躺在我身边，她的一只胳膊，枕在我的脖子下。我缓缓坐起来，马丽也醒了，她一坐而起，将眼睛凑到我脸上左瞧右瞧，兴奋地说：你的脸色好看多了，那袋氧还是蛮有作用哦。我昨晚上都不敢睡着，生怕你一口气接不上来了。你不知道，昨晚上你在梦里哭得好伤心，我从那边床上爬起来一看，天，你的脸白得发青，嘴唇却是乌紫色。我还担心后面这几天你出不了门呢，现在可好了，你的适应能力还是蛮强的。

马丽脸上的痘痘越发红了，看得出，她是真心为我高兴。我拍拍她的手，说：谢谢你。这时，电话响了起来。马丽跳下床，去接电话。是导游，要我们快点下去吃早餐，八点钟出发，去大昭寺。马丽说完，背对着我，三下两下就换好了衣服。我手忙脚乱套着裙子，马丽在洗手间里喊我：我给你挤好牙膏了，快一点。

太阳如此明亮。大昭寺的金顶得以名副其实。两只山羊跪在屋顶上，它们仰起头，凝视金顶，神色痴迷。导游说：一千三百多年以前，这里是一片湖。松赞干布曾在湖边向尺尊公主许下诺言，随戒指所落之处修建佛殿。戒指却落入这片湖内。刹那间，湖面金光四射，一座九级白塔隐现其中。于是，一场以千只白山羊驮土建寺的浩荡工程开始了……导游还在絮絮叨叨，马丽将我拉出人群，她举起数码相机，寻找角度为我留影。她说，那山羊，那金顶，好像是佛祖为你量身订造的，你站在它们脚下，根本就不像个游客。我双手合十，连喊罪过罪过。马丽说，只是你的神色过于落寞，佛祖会还你快乐的。马丽牵着我的手，紧跟着导游往大昭寺去。寺门口，许多虔诚的朝佛之人，正在五体投地。没有哪种匍匐姿势，会比他们更贴近大地。跪下去，双手贴地往前伸，额、鼻、唇、胸、腹、腿、脚，还有那颗心，无不紧贴大地。会有神灵，在天堂里普度众生吗？我问马丽。

天堂不在头顶，马丽说，天堂就在我们心中。

在一群佛像前，导游右手手指并拢，往前一指：这是过去佛，这是现在佛，这是未来佛。

谁是我的过去佛？谁是我的现在佛？谁又是我的未来佛？

佛们不发一语。佛们能够洞察一切，却不能告诉我何去何从。我双手合十，低眉敛首。我是他们的信徒。过去不是，现在是。马丽双手合十，低眉敛首。她的高大，并没有影响到她神色的庄严。马丽拉我出来，看着我的眼睛，问道：你刚才许的什么愿？我微笑不语。马丽说：你怎么不问我许的什么愿。我依然微笑不语。我真的不知该许什么愿，也许，要许无数个愿；也许，什么都不要。至于马丽许的什么愿，更不是我所能左右。马丽怎能明白这一切？

所以，我唯有沉默。

3

吃完晚饭，马丽拉我去街上转了一圈，回到宾馆，她神神秘秘往洗手间跑。不一会儿，她满脸喜色冲了出来。我问：什么事把你乐成这样？她嗷地欢叫一声，说：姨外婆终于走了！明天要去纳木错，路上很辛苦，上厕所不方便，我天天就担心这个。现在好喽，我可以轻轻松松坐车了！

我哦了一声，垂下头。马丽迈着猫步走到我身边，伸直左手食指，将我的下巴轻轻往上一钩，粗着嗓子说：抬起头来，让朕瞧瞧！

我努力堆出些笑意，看着马丽。马丽缩回手，不再模仿古时那个拥有三宫六院的人。她的声音有点潮润：你别这样笑好不好？你不想笑就别笑，这样的笑，我看着难受。

我的脸松弛些，鼻子却有点酸。马丽说：拜托！你怎么林妹妹似的，要不我喊你颦儿得了！

颦儿？颦儿有宝玉永远惦念着。我呢？只怕将来遮我的那抔黄土都不一定记得我。马丽紧挨着我坐下，搂住我的肩：老妹儿，你有什么不开心的，说出来，或许我可以帮你什么。出来玩为的什么？还不就是图开心！

马丽哪里知道，她一心盼着姨外婆走，而我，却永远与姨外婆无缘了。以前老嫌她麻烦，嫌她不干净，嫌她有股异味，现在，我再怎么样千呼万唤，她也不会再回来哪怕只是看我一眼了。我心里犹自翻江倒海，马丽一把拉我起来，笑着说：我有个好主意，我俩洗个鸳鸯浴如何？

我甩了她的手，忍不住笑了：搞没搞错！

没搞错没搞错！马丽眼睛里放出光来：我帮你搓背，你帮我搓背，互惠互利。我在家里每次都是求我老妈给我搓。

好吧，我就友情客串一回，帮你搓一次。不过，我不习惯让别人搓背。我起身往洗手间走：我好事做到底，先帮你放水。

马丽粘上来，搂着我的腰，声音有点发腻：唔，你对我太好了！比我老妈还要好！我老妈每次给我搓背，都要唠叨大半天！

谁让你打一开始就对我那么好！我对马丽说：我最怕欠别人的情，为了表示我的诚意，你今天的衣服，我也捎带着给你洗了！反正我的衣服也要洗。

马丽又是嗷的一声欢叫。她在我额头上啧地亲了一口。我便在她瘦臀上拧了一把，嗔道：正经点！

马丽见我脸上有了笑意，便放肆起来。她嚷嚷着要来脱我的衣服。我挣扎着，不准她脱。两人在床上扭成一团。没两下，我就喘不过气来，宣布投降。

雾气迅速迷蒙了镜中的两个人影。马丽的背光滑如丝绸。我说：你这背，只怕苍蝇都站不牢。马丽吓了我一句，说：恶不恶心，什么比喻不好用！你的手好像没有骨头似的，拜托你用点力！我用指甲轻轻一划，马丽一声尖叫，你想谋杀亲夫啊！她回过身来，想掐我的脸。她以为我会躲开，我却站在原地一动不动。莲蓬花洒兀自哗啦啦往我俩身上喷水。我和她就那样面对面站着，她举在半空的手没有来掐我的脸，也没有收回去，就那样僵着。她说：你好美！

你好美。这句话，听起来好生熟悉。

马丽的手活过来，拈起遮住我眼睛的一缕长发，轻轻别在我耳后。马丽的身体，似乎与她的年龄，与她的身高，都不相称。瘦瘦的乳，好像才刚刚发育。怪不得她穿着 T 恤时胸前没有丝毫起伏。而我，却是凹凸有致。马丽的手，顺着我的脸颊，慢慢往下，滑向我的脖颈，我的胳膊。

我心中一惊，拂开她的手，说：别闹了，你还要不要搓背？我快喘不过气来了。

4

你好美。

这句话，他究竟对我说过多少次，我已无法一一历数。即便是在最后一次缠绵过后，他流着泪说的唯一一句话，还是，你好美。

我还在住院时，他妈妈来看过我一次。当时，我只是闭着眼睛，并没有睡着。他对他妈小声说：她刚刚睡着。我本来就不想睁开眼睛，便一直装睡。我听到叮啷叮啷几声响，可能是他妈将什么东西放在那张木桌上。他妈问了句"还好吧"，他连忙回答：医生说情况还不错。他妈声音小了点：你姐他们昨天都回来了，小粒子嚷着要见舅舅舅妈，你姐说要来医院，我没让他们来。他嗯嗯地应着，好像有点心不在焉。他妈继续说：你知道小粒子怎么说你们吗？他说，舅舅舅妈是不是躲着生小弟弟去了！

　　妈！他压着嗓子喊了声，口气明显不耐烦。他妈音调高了些：你自己要想清楚！然后，咚咚的脚步声由近至远，由远至无。我偷偷睁开眼，他坐在那里，深垂着头，双手埋在发中，手指却在一下一下揪着头发。

　　此时此刻，按照剧情需要，应该会有两行泪从我眼里徐徐滑落。可我，只是重新闭上了眼睛。

　　在这个偌大的城市里，除了他，我没有其他人可以依靠。我原本没什么朋友，而同事，也只能同事而已。父母远在千里之外，他们可能正在划算何时启程前往参加女儿的婚礼，他们并不知道女儿的病。

　　我出院时，他背着我上下电梯，尽管我完全可以自己走路。他背着我回到我的蜗居。我们的新房，还没来得及装修。他在厨房里忙了好半天，端了一碗热腾腾的汤出来。一股墨鱼的香味扑鼻而来。是墨鱼炖猪肚，我最喜欢吃的菜。俗话说，吃啥补啥。可我再吃这个有什么用？我半靠在床上，拗着头，他握着汤勺，低声下气地求我，我始终不肯吃。他终于失去耐性，将那碗汤顿在床头柜上，又连忙双手扶住，生怕汤水溅出来。

他叹口气，说：你还要我怎样！

我能要他怎样？我还能要他怎样？他坐在床前，低头不语。他的双鬓，有几缕银白在探头探脑。不过是一两个月的时间，我掉了许多肉，他却多了许多东西，皱纹，还有白发。我的一只手，忍不住去抚摸他的发。他捉住那只手，又将那只手的主人搂在怀里。他说：你一定要好好活下去！我不能没有你！我蜷缩在他怀中，如一片瑟瑟的秋叶。他吻着我的额头。我仰起头，我们的唇如两块磁铁，紧紧吸在一起。

当去往拉萨的一切手续办好，我打电话给他，说很想见他，现在，马上，立刻。他以为出了什么事，班也没上了，急急忙忙赶回来。他问我是不是哪里不舒服，我说没有。他问我这么急到底为什么。我说没什么，只是突然非常想见他一面。他说：我总不能二十四小时都陪着你，我得工作，不然我们俩怎么生活？我说，你妈没打你电话了吗？他摇头。他妈不知打了他多少电话，有许多次，她明明知道我就睡在她儿子身旁，我能清清楚楚听到她在说什么。是的，她只有他一个儿子，她不能失去做奶奶的机会。她明明知道，我也只有他那么一个爱人，我也不能失去他。渐渐地，他开始失眠。在许多凌晨，他以为我已经熟睡，经常悄悄爬起来，去客厅里抽烟，一支接一支。

瞧，你都长白头发了。我帮你拔掉吧。我将他的头揽在胸前，为他拔着白发，一根，又一根。我的胸，起伏如海浪。他感觉到了我的异样，蓦然抬头时，两颗泪珠刚好砸在他的脸上。他摇晃着我的肩，满脸紧张：你怎么了？哪里不舒服？我说：

我要你！我现在就要你！

　　他怕我伤口疼，一直不敢和我太亲热。而现在，我的主动激发了他的狂热。他不知道，有一种痛，早就盖过了我伤口的疼。我们在那张大床上，海豚般来回翻滚。他没有压抑他的呼喊，我也没有压抑我的呻吟。他不停地叫着宝贝。当他的声音越来越大，一声宝贝定格在潮水高涨之际。我好累，虚脱般瘫在床上。我已燃尽我所有的激情，他或许不知。他眼里闪着泪光，他将我搂在怀里，像从前那样，轻轻说道：宝贝，你好美！

5

　　汽车在山间蜿蜒穿行。我依然和马丽并排坐着，依然是我靠着窗。马丽紧挨着我，不时大呼小叫，指点着窗外的瑰景丽色。褐色的草原上，牛羊们悠闲自在，它们时而埋头吃几口草，时而抬头望望瓦蓝的天。不知名的野花，或红或黄或紫，如散落一地的七彩珍珠。最美的是天空。极其干净的蔚蓝之下，飘忽着层次丰富的灰与白。马丽哇哇地尖叫。她甚至攥疼了我的手臂。我说：如果能变成一缕白云，那多好！马丽立刻回道：那我就变成一阵风，跟着你满世界去旅游。我哼了一声：想得美哦你！啊！雪山！我也忍不住惊叫一声。

　　前面就是念青唐古拉山了，导游说，念青唐古拉山终年积雪，是西藏四大神山之一，它与我们今天要去的纳木错遥相呼应，传说中，念青唐古拉与纳木错是一对生死不渝的情人。

念青唐古拉，多么好听的名字，抑扬顿挫，神韵斐然。远远望去，他真的就像一位身披白色铠甲的骑士，时刻准备着，要为他的爱，要为他的爱人，去做一场生死决斗。马丽说：好浪漫哦！神山圣湖，生死不渝的情人，都是胡编乱造出来骗小孩的吧？我笑她太煞风景。马丽说：这世上哪有什么忠贞不渝的男人？也许念青唐古拉山神原本是一个女人。这个马丽，也太女权了。神话不过是神话而已，她偏要去较什么真。导游急着解释：在民间传说里，念青唐古拉的确是一名年轻英俊的男子。他皮肤很白，还长着三只眼睛。他的顶髻上，缠着雪白的长绸，他骑着一尊天鹅般的神马，马鞍上边镶嵌着各种华贵的宝石，他的右手高举着金刚杵藤鞭，左手拿着水晶念珠，他的身上还披着白、红、蓝三色缎面披风……

马丽捂着嘴吃吃地笑。她不敢太放肆。导游见马丽不可教化，便截住话头，说：大家休息一下，越往上氧气越稀薄。

车子吭哧吭哧往上爬。我觉得有点头晕。马丽让我靠在她肩上。我正想闭目养神一会儿，耳边又传来马丽一声尖叫：天哪！下雪啦！我立刻清醒过来，往窗外一望，真的下雪了！虽然没有"燕山雪花大如席"那般夸张，却也飘飘洒洒，说它是"撒盐空中差可拟"也好，说它是"未若柳絮因风起"也行，仿佛有阵阵仙乐传来，那雪花，就是跌宕至极的美妙音符了。马丽揽住我的腰，问：冷不冷？我穿着黑衣黑裙黑靴，她穿着深蓝色的牛仔衣裤。我说不冷。马丽又说：你若冷，我脱件外衣你穿，我里面还穿着一件羊绒内衣。

我开始头疼。马丽摸摸我的额头，说：还算好，体温还正常。要吸点氧吧？你嘴唇有点发紫。导游拎着一袋氧走过来，马丽接过，为我插好氧气管。车上要求吸氧的人不多。马丽笑我：犟儿！犟儿！我闭上眼装睡。马丽真的像一头小牛犊，身体健康，容易快乐。以前的我，何尝不像她一样？

经历一段漫长的迂回曲折之后，车子停在了一个山口。这里海拔更高，竟然没有下雪。导游说：这是念青唐古拉山山口，大家下车拍个照做纪念。满车人鱼贯而出。我拔掉管子，拉拉马丽的手。马丽问我：吃得消吗？我点头。马丽便扶我下车。还在车门口，我就一个趔趄，差点摔倒。马丽一把搂住我，说：咱俩还是别下车了，你这样不行啊。我说：没关系，来一趟不容易，走吧。

狂风呼啸着，张扬着满身锯齿。我一个激灵，牙齿咯咯地响了起来。我的风衣，我的裙摆，在风中摇曳成黑色的蝶。马丽的嘴对着我一张一张，我却一句都没听清。在低温和冷风里，马丽有点瑟缩。她高大的身子微微曲着，如一张绷紧的弦。她想为我挡一点风，风却从四面八方无孔不入。第一次看到马丽如此无助而无奈。我与马丽紧紧依偎着，一步一步艰难行走。山口两旁，到处挂着五彩经幡。猎猎作响的经幡，是神的脚步声吗？马丽说：你站着别动，我去去就来。她朝着经幡走去。我蹲下，等她。

世上只有妈妈好，有妈的孩子像块宝……稚气的歌声传来。

我循声望去，一个扎着一头小辫的藏族小女孩，脸庞红红的，略带羞涩，正唱着歌，几名游客围在她身旁，为她叫着好。我缓缓起身，向路旁那片悬崖走去。风好大，我脚底一滑，摔倒在地。有人跑来扶我，是一个二十来岁的男孩。眉眼竟然有点像他。我道声谢，挣脱男孩的手，继续往前走。

悬崖的对面，所有的山都白了头。它们，又是在一场什么样的变故里，一夜之间白了它们的头呢？我对着山谷啊的一声，却听到嗓音四分五裂。我双腿一软，跪下去。所有的白头，刹那间变得模糊。他的白发，他的皱纹，他母亲的电话，满缸的烟头，他的声声宝贝，他用双手揪着头发的模样，月夜的缠绵，海豚的翻滚，还有，你好美……

我剧烈抖动着我的双肩。一双大手握住了它们。你跪在这里干什么？这么冷，感冒了可不得了！马丽捧住我的脸，逼视着我的眼：告诉我，你到底有多少苦楚？

我扑进她怀里。她的怀，与他的怀，一样的宽厚，甚至，更加温暖。我呜咽着，我泣不成声：我要死了！我什么都没有了！

你有父母吗？马丽搂着我，抚着我的发，她的声音如此温柔。

有。我抽了抽鼻子。

我连父母都没有，在我十二岁那年，父亲为了一个比母亲更加年轻的女人，抛弃了我们。当时，我跪在他面前，死死抱住他的双腿，我就那样哭着求他。他还是走了，头也不回。母亲身体本就不好，一年之后，我捧回了母亲的骨灰盒。我长这么大了，从来没交过男朋友。就这样一个人，就这样一无所有，可是你看看我，你能从我脸上看到忧伤吗？有自己就够了，无牵无挂多省心！

我要死了！

别说傻话了！你年纪轻轻的，有什么大不了的病！快起来，着了凉不得了！

马丽几乎是半搂半抱着我了。马丽说：我刚才去那些经幡前为你许了愿，我还在佛前为你许了愿，你会好起来的。一切都会好起来的。

6

一切，原本都好好的。如果没有那次例行体检。

我的身体里，何时潜入了一颗定时炸弹，我毫不知情。为了不被玉石俱焚，我唯有割舍对于女人最最重要的那个部件。在此之前，我并不觉得子宫对于我来说会有多么重要。别的女人都有的东西，我当然也会有。医生说：你这么年轻，就得这样的癌。医生接着叹口气：癌症患者越来越低龄化了。

我与他的婚期早已定下。他说我会成为世上最最美丽的新娘。可是，当我不再完整，我还会是世上最最美丽的新娘吗？

还记得那个情人节。莲蓬花洒下，我长发如瀑。他的双手在我身上游移。绿色的沐浴露来不及产生更多泡沫，便被水流冲到了白色的地板上。你好美，他说：我们要生个女儿，和你一样美的女儿。我说：你妈一心盼着抱孙子……他便搂紧我，用唇来堵我的话。然后，一把抱起湿漉漉的我，往双人床走去……

第一次去他家，他妈拉着我左看右看，可着劲夸我。她满脸的笑，不是装出来的。我的长相的确无可挑剔，这一点我从未怀疑过。他妈夸过我，转身进了卧室。她出来时，手上拿着一个四四方方的红缎盒子。当着我的面，她打开那只盒子，里面卧着一只波光滢滢的翡翠手镯。我的手小巧玲珑，她拿出那只镯子，又牵过我的左手。我的手伸进去，只轻轻一滑，玉镯便到了手腕上。她将我左手抬高些，脸上那两条鱼尾游得更加欢畅，她说：这是我家祖传的宝贝，也只配你戴。他从背后环抱住我，替我向他母亲道谢，我醒悟过来，赶紧连说了两声谢谢。

那只波光滢滢的手镯，在我去机场前，已经放在了梳妆台上，连同他送我的那枚钻戒。

7

山，没有尽头；路，亦没有尽头。念青唐古拉山成了一位变脸大师，窗外的世界，时而葱葱郁郁，云淡风轻；时而怪石嶙峋，寸草不生。只有那天空，无一例外地一碧千里。云卷云舒，云舒云卷。我靠在马丽肩头，半仰着头看窗外的白云。

云在动。我对马丽说。云没动，是你的心在动。马丽替我扶了扶氧气管，顺口答道。我们虽不是参禅之人，偶尔也喜欢钻钻牛角尖。

云先动。我又说了一句。

不，是心先动。马丽毫不妥协。

如果云没有动，心又怎么会动？

如果心没有动，又如何感觉到云在动？

一花一世界，一叶一如来。我似乎在自言自语。

青青翠竹，郁郁黄花，无非般若。马丽说。

我有点困惑：马丽与我，在前生，在今世，究竟有着什么样的缘分？我不想再纠缠下去，便闭了目养神。

喂，美女，吃点姜糖吧！前排回过一张年轻的男脸，好像就是在念青唐古拉山口扶我的那个。他递过一包姜糖，马丽将他的手挡回去，说：谢谢，我们从来不吃姜糖。

这个马丽，竟然说我们从来不吃姜糖，昨天在拉萨还买了一包，两人你一块我一块在回宾馆的路上就吃得一干二净。男孩对我笑笑。没过多久，他又回头，递过两盒口香糖，马丽不好意思再挡回他的手，便伸手接了。男孩又对我一笑。

不怀好意！马丽指着男孩的后脑勺，贴着我的耳朵细声说：你不要上他的当。我咬牙一笑，说：他不要上我的当就已万幸。

山路实在太颠簸，再昏昏欲睡的人，想必都无法睡着。重重山峦里，峰回路转之际，眼前突然宽阔起来。

前面就是纳木错湖，导游带着职业笑容，开始解说：纳木错是西藏三大神湖之一，也是藏传佛教的著名圣地。纳木错在藏语里是天湖的意思。我已经向大家介绍过，纳木错与念青唐古拉山是圣湖与神山，还是一对生死不渝的情人。相传这里还是密宗本尊胜乐金刚的道场，信徒们将纳木错尊称为四大威猛湖之一。纳木错的纯净、安详是高原的象征，她的美丽是每一个旅行者都不应该错过的。

因为美丽，就不应该被错过吗？当一望无际的水天一色向我扑来，我几乎不敢相信自己的眼睛。

这里流传着许多关于纳木错的传说，导游还在滔滔不绝：有人说，纳木错的水源就是天宫御厨里的琼浆玉液，有人说纳木错是一位女神的化身，有人说纳木错是天宫神女的一面宝镜。还有一则传说，说的是有一位勤劳美丽的牧女，有一夜在梦里得到了神的旨意，便按照旨意来到纳木错。她看见从湖里面缓缓升起一名漂亮女子，那女子对她说：四月十五日到普苏隆来领孩子。后来，果然灵验了……

请问导游，马丽打断导游的解说，举手问道：为什么神不直接告诉牧女何时何地领孩子？

满车的人都笑了起来。除了我和马丽。我拉拉马丽的衣袖，她对着我吐吐舌头，一脸无辜的样子。前排的男孩又回过头来，对着我扬起一张灿烂的笑脸。马丽恶狠狠地对他说：看什么看，有什么好笑的！

男孩做了个鬼脸。马丽嘟着嘴对我说：本来嘛，我最不喜欢听这些骗人的话了！

你搞没搞错！我在马丽腿上拧了一把：一点浪漫都不懂！马丽闻言，扑过来搔我的胳肢窝。我边笑边挣扎，氧气管从我鼻孔里掉下来。马丽放了我，去捡氧气管，想重新帮我插好。这时，导游大声说：到了，到了，大家下车吧。在自由参观时，大家一定要注意安全，还有，请大家千万不要忘了车牌号和集合时间。

我扔了氧气包，马丽拉着我下车。

8

依然是那个情人节。他将湿漉漉的我轻放在雪白的被子上，然后要我闭上眼睛。我娇笑着说：不嘛，你又要玩什么花样。说归说，我还是乖乖地闭上了眼睛。他好像在枕头下摸索了一阵，对我说：可以了。我睁开眼，见他单膝跪在床前，右手举着一枚小小的戒指。他热切地望着我，郑重地说：彭夏小姐，你愿意嫁给你身边的这位先生为妻吗？

我笑着摇头。他接着说：彭夏小姐，你要考虑清楚，如果你不答应这位先生，他就会在这里长跪不起，一直到你答应为止！彭夏小姐，我再问你一次，你愿意嫁给你身边的这位先生为妻吗？

我抿着嘴笑了好一会儿，才缓缓点了点头。他立刻起身，扑到我身上，又捉了我左手，为我戴上那枚白金钻戒。我说：这样就算求婚了吗？好像还少了点什么？

他猛地一拍脑袋：我差点忘了！他爬起来，打开衣柜，抱出一大束火红的玫瑰。九十九朵，天长地久，你喜欢吗？他抱着玫瑰，站在床前，问我。

我接过玫瑰，放在枕畔，对他说：亲爱的，你如此情深意重，我无以回报，只能以身相许了！他嗷的一声欢叫，重新扑将过来。我气喘吁吁地说：危险期啊，你别忘了咱们的约定！他说：反正要生一个的嘛，不怕！我在他胸脯上咬了一口：你敢害我！说好等我拿到学位再生的嘛！可是，他只管一个劲地在我身上扑腾，我也只好暂时物我两忘了。

最后一次缠绵时，他刚对我说完你好美，手机便响了起来。是公司电话，要他马上赶回办公室。他匆匆穿好衣，甚至忘了再吻我一下，就要往门外走。我跳下床，冲过去，从后面抱住他。他回过身，搂了我一下，说：你今天怎么啦？乖，好好休息一下，我下班后马上回来，中午要记得吃药。我想再多抱他一会儿，可他急着要走。防盗门沉闷的响声。我的泪珠，一串接一串，砸在橘黄色的木地板上。

我穿好衣服，弯腰从床底下拖出早已准备好的旅行袋，又打开钱包检查，银行卡，身份证，飞机票，都在里面。我坐在梳妆台前。镜子里，是一张苍白的脸，一张爬满了泪痕的脸。我低头，抬手，亲了亲那枚小巧的戒指，亲了亲那只波光滢滢的翡翠手镯。缓缓地，我褪下那枚钻戒；缓缓地，我褪下那只手镯。梳妆台上，钻戒卧在手镯的左侧，手镯卧在钻戒的右侧。我傻傻地凝视着它们。之前，我总是睡在他的左侧，他总是睡在我的右侧。我轻轻拿起戒指，重新戴上，好一会儿，又轻轻褪下，将它放在手镯的正中央。

将门关上的那一刻，我最后望了一眼梳妆台。我的影子，从此不会在那里出现了。梳妆台会有新的主人，钻戒，手镯，一切的一切，都会有新的主人。

过了安检，进了候机室，我拿起手机，给他发了条信息：如果有来生，我一定会嫁你为妻。我走了，去很远的地方。不要找我。我会好好活下去的。你也要好好活下去，为你，也为每一个爱你的人。

我关了手机，用另一张新卡，换了里面的手机卡，起身，将旧卡扔进果皮箱。

9

美丽的纳木错。伟岸的唐古拉山倒映其中。蔚蓝的天空倒映其中。洁白的云朵倒映其中。还有马丽，还有我，也在临水照影。一道白光眼前一闪。又是那个男孩，举着相机在为我们拍照。他咧开一口比云还白的牙齿，大声说：喂，美女，笑一笑！马丽横了他一眼，拉着我转过身去，留两张背影给那男孩。一阵冷风吹来，我双手抱胸，打了个寒战。"哧"的一声，马丽拉开了她的牛仔衣拉链。我赶紧为她重新拉上。她的外衣里面也就那么一件羊绒衣，而我，比她多穿了一件外套和一件保暖内衣。马丽说：我身体好，撑得住。我捉住她的手，不许她再去往下拉拉链。如果将她冻出病来，我又如何心安？马丽环住我的腰，她的怀抱温暖极了。我环住她的脖子，我们就这样相拥而立，默默无言。

你从事什么工作？

公司文员。你呢？

一样。

那不是误人子弟？

不会的啦，我们都是堂堂的大学生，怎么会教不好小孩子？

你看，那些人在干什么？

马丽随着我的手指往前看。一群风尘仆仆的人，手里举着转经筒，沿着湖畔一直走。哦，是转湖的人，马丽说：今年是羊年，在藏族风俗里，马年转山，羊年转湖。

你知道的还真多。我真心夸马丽。马丽喊的一声，说：来西藏前，我上网查了好多资料，我可是有备而来。

那你还会问那么幼稚的问题！

你是指那些传说？我就不信，为什么念青唐古拉非得是男人不可！还有，牧女领孩子的事，既然神是万知万能的，为什么不明明白白说出来，非得委托另一个漂亮女人来传话！若真有孩子捡，我还想捡一个呢。

我也想捡一个。不过，我不明白，你完全可以自己生一个，干嘛要等着去捡？

你也完全可以自己生一个，干嘛不自个儿生去！

我，我已经没有机会了！

说什么傻话呢你！我是独身主义者，一个人是生不出小孩来的。你长得这么漂亮，怎么会没有机会？

我，我得了癌症，那个，那个已经切掉了！

对，对不起！你完全康复了吧？

也许吧。

你就为这个离家出走？

你怎么知道我是离家出走？

我这么聪明的人，当然早猜出来了。你千万不要胡思乱想，先把身体养好再说。以后咱俩一起生一个孩子。

是一起捡一个孩子吧？

不，一起生一个。

你生给我看看。

你听说过扁形虫吗？

扁形虫？

是的，扁形虫。你知道它们是如何繁殖的吗？

不知道。

它们是雌雄同体，每只扁形虫身上都长着双头鱼叉一样的生殖器，做爱时，它们都企图将自己的鱼叉刺进对方的身体，同时又要避免自己被对方刺到。

为什么？

大概这就是一种征服欲吧。胜利者将鱼叉刺进对方身体，失败者就会得到不计其数的精子。

有意思。为什么我们人类不能像扁形虫那样雌雄同体呢？如果没有男女之分，如果爱都是平等的，人之为人也许就没那么多痛苦了。

爱本来就是不平等的，所有的动物都这样。

说说看。

大多数雄性动物都花心，绝少有一妻多夫的，但一夫多妻的却比比皆是，一只公海象就拥有一大群母海象。你听说过动物也有贞节带吗？比如说蝴蝶，雄蝴蝶与雌蝴蝶交配后，雌蝴蝶的生殖口就会被一种锥状物所封闭，就像系上了贞节带，以后再也不能有性爱之事。而雄蝴蝶呢，拍拍翅膀飞走了，去寻找新的目标去了。

雄蝴蝶好可恶！

呵呵，也不是所有的雄性动物都这么嚣张，也有很威风的雌性动物呢。有一种红背蜘蛛，雄的就比较窝囊。它的做爱是自杀性的。

自杀性？

雌蜘蛛结一张大网，守株待兔。雄蜘蛛战战兢兢，在那张网上爬啊爬，它怕自己出师未捷身先死呢。等它终于爬到雌蜘蛛身边，几经试探，终于博得雌蜘蛛欢心后，它就将自己的触角刺进雌蜘蛛身体内，准备输送精液。在高潮来临之际，雄蜘蛛一边通过触角将无数精子输进雌蜘蛛体内，一边又将自己的身体送到了雌蜘蛛嘴边。雌蜘蛛一点都不含糊，送到嘴边来的美味绝不会放过。它们可不讲什么一日夫妻百日恩。可怜的雄蜘蛛生平只做了一回爱，就被性伴侣当成了美餐。当然，它的生命还是通过雌蜘蛛得以延续。

这也未免太耸人听闻。

你不信？

不是不信，只是觉得残酷了点。

世界本来就很残酷。

还是克隆好，不会被人伤害，也不会伤害别人。

说起克隆，没有什么动物比海葵聪明。它们像跳舞一样，就能把自己弄成两截，还生得一模一样。

要是我们能够克隆自己就好了。

是啊，不过那样的话，一切都会乱了套。

你好奇怪。

什么地方奇怪？

你怎么什么都懂？

因为我总是看不透别人，看不透自己，所以想通过了解动物来了解人类。

这和我们俩一起生个孩子有关系？

是啊。复制一个你，或者复制一个我。

你以为我们是文档？

差不多啦，等科技再发达些，女人想生孩子就不必怀胎十月了。

真的要克隆我们？

为什么不行？将自己养大成人，那种感觉肯定美妙极了。

不说这个行不？我们和他们一起转湖吧。

你以为转一遍湖这么容易？最少也得十天半月。

能转多久算多久啊，要不我们沿着湖畔再走走？

等会要集合了，不能走太远。我们去照相吧，照完相就回车上，别冻着你。对了，你骑过牦牛吗？

没有，太恐怖了吧！

有我在，放心，我陪你一起照，走吧。

湖畔，一名藏族汉子牵着一头白色的牦牛，牦牛的两条后腿踏在湖水里。它的背上压了一块红褐色毛毯，毛毯上驮着的那名眼镜客，正竖起两根手指，对着镜头龇起他那满嘴黄牙。牦牛的两只大眼睛毛茸茸的，眼神散漫，一副很认命的样子。它那雪白的长毛垂下来，看起来不怎么顺溜。眼镜客拍完照，跳下来。藏族汉子热情地招呼我和马丽。马丽拉着我走过去，她把数码相机交给那名眼镜客。马丽要我先上去，藏族汉子想扶我一把，马丽用手一挡，说：我扶她上去，你牵好牦牛就行。马丽双手握住我的瘦腰，只一举，我腿一跨，便坐到了毛毯上，马丽跟上来，从背后紧紧搂住我。眼镜客连着按了好几次快门。马丽呵出的热气在我耳畔游离。她的呼吸，和他的一样粗重。有那么一瞬，我觉得坐在我身后的不是相识不久的马丽，而是那个曾与我朝夕相处耳鬓厮磨的他。

我鼻子一痒，忍不住打了一个喷嚏。马丽要藏族汉子赶紧将牦牛从湖水里牵出来，她跳下去，又来扶我。她说：快点回车上去，千万别感冒了！

到了车上，马丽不顾我的反对，硬是脱下了她的牛仔外套。她为我穿上牛仔外套。我将头扭向一侧，手一遮，接连打了好几个喷嚏。马丽从包里拿出一包纸巾，抽出一张，递给我，又为我将衣服拉链一直拉到了脖子下。

10

车子重新爬上了弯弯山道。我晕晕乎乎的，任由马丽替我插了氧气管，我听到马丽在大声喊：师傅，麻烦将暖气开大些！我的身体在微微发抖。马丽紧紧搂住我，问：还冷吗？是不是还冷？我不想她为我担心，便摇了摇头。马丽摸了摸我的额，又摸了摸她自己的，紧张地说：天哪，你好像有点发烧！马丽又大声喊道：师傅，能不能再开快点，我妹妹在发烧，她必须马上送去医院。

车子依然不急不忙地爬着。马丽将音量提高些：师傅，麻烦你开快点！导游走过来，对马丽说：这样的路，不能再开快了，她没事吧？导游伸手在我额头上探了探，说：应该没什么大事。

什么才叫大事！出了事你负得起责吗？马丽发起了脾气：什么破车！比蜗牛还慢！

你先别急，急也没用。导游赔着笑脸说：能快的我们一定会快！

我拉了拉马丽的衣襟。她明白我的意思，没再搭理导游。

她不时用手去探我的额头。她一直将我搂在怀里，即便是在和导游争论的时候，她也没有松开她的手。

仿佛有一只尖尖的细细的锤，不停敲击着我的头，又不停敲击着我全身的骨。实在太难受，我压抑着自己的呻吟，泪水却不争气，偷偷从我眼角溢了出来。马丽抚着我的额，不停安慰我：就快到拉萨了！你要是觉得难受，就哭出来，哭出来或许就没那么难受了！

再后来，马丽陪着我一起流泪。她说：你一定要挺住啊！你千万不能死啊！我昏昏沉沉的，听到四周响起许多人的声音。他们有的在争论我是否发烧，会不会有事；有的在议论马丽和我的关系，说看起来根本不像亲姐妹。我还听到导游在安慰马丽：你先别哭，她没事的，相信我，我经常带团出来。像她这么年轻，体质应该不错，真的会没事，你就别哭了！

时间从未如此漫长。我想睁开双眼，告诉马丽我真的没事。我还想睁开双眼，再好好看看念青唐古拉山。我知道，我们都在他的俯瞰之下迂回穿行。可我实在没有一点力气，连睁开眼，说句话的力气都没有。

可能是在一万年之后吧，我感觉真的像经历了一万年。车子应该到了拉萨某家医院的门前。马丽抱着我，下了车，然后小跑起来。

那一刻，我好像睁开了眼。念青唐古拉就站在我的面前，雪白的皮肤，三只眼睛炯炯有神。他的顶髻上，缠着雪白的长绸。他骑着一尊天鹅般的神马，马鞍上边镶嵌着各种华贵的宝石。他的右手高举着金刚杵藤鞭，左手拿着水晶念珠，他的身上还披着白、红、蓝三色缎面披风……

我好像还看到，念青唐古拉的脸上长着许多红痘痘，最大最亮的那颗，就长在他的额头上。

长在额头上的那颗痘，我看得非常清楚，那是一枚红月亮。有个人坐在月亮里对着我笑。

那个人，好像是他，又好像是马丽。

灰指甲

1

苏蝶直着眼，死死盯住那条线。那条线从无到有，从淡淡的水渍化出隐隐的一丝粉红，又从粉红渐渐抹成艳红。那抹红每深一点，她的心，便往下狠狠一沉。最后，她瘫软在了马桶旁。

不知是第几十次测试纸了。半个月来，苏蝶找了一家又一家药店，将所有能测早孕的试纸每样买了一盒。开始是早一次，晚一次。后来是早一次，中午一次，晚上一次。再后来是早一次，中午一次，傍晚一次，临睡前一次。这一切，苏蝶都瞒着权勇。

苏蝶的大背包里总藏着几只一次性纸杯，一叠试纸。

苏蝶不是不相信试纸的准确性。她只是不死心。

苏蝶不相信自己怀孕了。

苏蝶没有老公。她只有权勇。她偶尔会跟他出去吃吃饭，喝喝咖啡，看看电影，散散步。偶尔，权勇会来苏蝶家里过夜。偶尔，权勇也会载着苏蝶去宾馆开房。

苏蝶很少打权勇手机。不管有没有应酬，权勇每晚都会打苏蝶电话。此时此刻，苏蝶握着手机，翻来覆去，想着要不要告诉他，想着怎么样委婉才不至于吓到他，是因为苏蝶一向很准的例假突然没有了。除了权勇，苏蝶实在再没有别的男人。可苏蝶一直犹豫，犹豫着该不该告诉权勇。苏蝶不想给权勇压力。她怕他不会相信。

因为，权勇每次都用了安全套。

2

浏阳河，弯过了几道弯？几十里水路到湘江……

苏蝶喜欢这首歌，她就住在浏阳河畔。每每站在窗前，看见浏阳河犹如一条黛色的长蛇，悄无声息，潜伏在钢筋水泥的丛林中，苏蝶就会睁大眼睛，再睁大眼睛。刹那间，那条长蛇又仿佛定格成天堂的门楣。苏蝶没去过天堂。听说天堂很美，美得没有任何忧伤。长着白色翅膀的天使，喜欢在天堂里飞来飞去。苏蝶知道，魔鬼其实也是天使。因为堕落，魔鬼才去了地狱，才从天使变成了魔鬼。魔鬼喜欢拘走别人的灵魂。苏蝶曾无数次在梦里与魔鬼交锋。魔鬼拽着一条长长的铁链，想要拘走她的灵魂。她拼命挣扎，苦苦哀求。每一次，苏蝶总在灵魂即将出窍的那一刹，尖叫着，从床上一坐而起。

被噩梦惊醒的苏蝶，再望浏阳河时，觉得那不过是地狱的门槛罢了。

苏蝶住在三十五楼。手可摘星，雨落无声。远离尘世的喧嚣，有时未必就觉得满足。整个世界都那么静，静得只剩下自己的呼吸和心跳时，静得连镜子里的自己都有点失真时，苏蝶就会站在窗前眺望浏阳河。苏蝶将自己的呼吸，当成浏阳河细微的浪花；苏蝶将自己的心跳，当成浏阳河暗沉的涛声。那时的苏蝶，就不觉孤单了。想想看，那么一条长长的河，那么一条镇定自若的河，一直追随你的脉搏而奔流不息，苏蝶啊苏蝶，你还有什么好自怜自艾的？

三年前，苏蝶买了这套房子。七十平方米，两室一厅。苏蝶有时埋怨房子太窄了。但更多的时候，苏蝶觉得当初应该买更小一点的，那样就不会显得如此空旷了。其实也不是真的空旷。客厅一张餐桌，一组布艺沙发，一只小茶几，一个电视柜；卧室一张双人床，一只梳妆台，一个大衣柜；书房一张电脑桌，一排书架。即便如此简单，那三间房还是被摆放得满满当当。这套房子的首付，大部分来自苏蝶父母的积蓄。苏蝶工作单位不错，收入不低，只因喜欢乱花钱，基本属于月光一族。苏蝶办了十年按揭，月供将近两千元。从当时的行情来看，这种价位，明显偏高。就是因为地处浏阳河畔，苏蝶才没有丝毫犹豫。售楼小姐可能没见过如此干脆的买主，她欢天喜地地帮苏蝶填着各种表格。末了，小心翼翼扶着苏蝶的胳膊，一直将苏蝶送到售楼部门口。

那双温软的手，还有残留的体温，一直烙在苏蝶的胳膊上。很少有人如此殷勤。苏蝶长相平平。当她走在人群中时，就像一粒小小的浪花，很容易就被淹没在波涛汹涌的大海。偏偏她一直眼高于顶。挑来挑去的，她渐渐连门都懒得出了。她让自己死了心。让全世界的男人都结婚去吧，让全世界的女人都幸福去吧。现在的苏蝶，偶尔怀疑自己是不是出现了记忆障碍。苏蝶从钱夹中翻出自己的身份证，一遍遍核对着出生年月。不可能，苏蝶喃喃自语道：我怎么就三十岁了？

是的，不够年轻，不够漂亮，不喜交际，这样的苏蝶，除了售楼小姐，还会有多少人，能对她如此殷勤？

一年前，当权勇喝得半醉，一个人开车去了浏阳河畔，躺在草地上，一遍又一遍拨打苏蝶电话时，她终于无法自控。从见到他的第一眼起，她就莫名心慌。她盼着他主动和自己联系。当他真的打她电话时，她却冷冰冰地拒他于千里之外。他或许就是她一直苦苦寻觅的那个人。她却不敢奢望。她害怕魂不守舍的感觉，就像害怕梦中那只拘她灵魂的魔鬼。可现在，他醉了，他究竟醉成什么样子了，到底要不要紧？他最后在电话里说：如果你真的不想来见我，你就关了手机，不然，你挂几次，我就重拨几次。

苏蝶怎么舍得关掉手机啊。

苏蝶到了。权勇站起来迎接她，他一句话不说，走到苏蝶身边，一把搂住了她。苏蝶想要推开权勇。权勇说：求你，让我抱一下，只一下，我好难受，我快要死了。

权勇说了，只抱一下。抱住苏蝶后，权勇又说：只亲一下额头。当权勇顺势而下，死死吻住苏蝶的唇时，苏蝶明白自己已全线溃退。

面对权勇的步步紧逼，苏蝶最终选择了缴械投降。

有一次，鱼水之欢后，苏蝶依偎在权勇的胸口，微闭双眼，自言自语地说：真不知你为什么喜欢我。

因为你和我一样孤独。权勇不假思索。

你怎么知道我孤独？

第一次见到你时，你的眼睛告诉我的。

你就这么自信？

你知不知道你很美？

我相信。

你的美，不在外表，那种骨子里头的美，凡夫俗子哪里能懂，所以你才一直孤独，直到遇见我……

没容权勇说完，苏蝶用一只手堵住了他的唇。她的孤独，他真的懂？苏蝶有些迷惘。苏蝶本来没有资格参加那次会议的，因为领导出差，临时交代她顶替一下。会后聚餐时，那么多人，那么多桌子，权勇偏偏就坐在了苏蝶的身旁。权勇没有和苏蝶说一句话，她却闻到了从他身上传来的淡淡味道。有点像烟草味，又不大像烟草味。苏蝶平时最闻不得烟味。可这一次，她忍不住暗暗打量了他几眼，又偷偷吸了几口长气。苏蝶的心怦怦直跳。她觉得权勇坐得太笔直太端正了些，至于五官到底长什么样，她根本没来得及看清楚。那次聚餐，从始至终，苏蝶没和权勇说一句话，但每次苏蝶夹菜的时候，权勇都会伸出手来扶住转盘，等苏蝶夹完了，他才松开。不知为何，平时常常脱口而出的谢谢，那一天，苏蝶却怎么也说不出来。坐在苏蝶对面的那个男人，问了苏蝶单位和姓名，又问她要手机号。以苏蝶的性格，手机号决不会轻易告诉陌生人。这一次，她却没有犹豫。她希望另一个人能够记住。没想到她真的如愿以偿了。

他身上的气味为什么这么好闻？有点烟味，有点汗味，还带点水果的芬芳。苏蝶想，自己对他的爱，难道就源于这种类似迷魂香的气味？

苏蝶坐起来，探身拿过床头柜上的背包。权勇问：怎么啦？

剪指甲。你先睡吧。苏蝶说。

哦。权勇还嘟囔了一句什么，苏蝶没听清。紧接着，一片呼噜声从米黄色的灯光中轻轻浮现出来。那声音犹如一张底片，从显影液里渐渐清晰，渐渐明了。然后，又如天际越来越近的闷雷，在苏蝶身旁不绝于耳。苏蝶不明白权勇是什么材料做的。刚刚还在做爱，还在嬉戏，还在说话，不过两三秒钟的工夫，他就能沉沉睡去，就能鼾声一阵响过一阵。可他还要对她抱怨，他在家里是如何辗转反侧夜不能寐。他说他好不容易睡着了，还常常被噩梦惊醒。

也许是他太累了，苏蝶安慰自己。刚才都投入得接近虚脱。如果不是太累，他肯定还要和苏蝶没完没了地说话。

在权勇的鼾声伴奏下，苏蝶慢慢修理着左手大拇指甲。苏蝶有一把薄薄的锋利的小剪刀，苏蝶将它叉开，右手握住两刃相交之处，用其中一面刀刃，由外到里，轻轻刮着指甲。这片指甲中了邪。月牙形的灰白之上，原本红润的甲片不知何时也变得灰白起来，里面仿佛絮满了破旧的棉屑，挤得指甲盖坑坑洼洼的，看着令人恶心。当苏蝶明白那就是传说中的灰指甲时，她就更加厌恶那只指甲了。一有时间，苏蝶就忍不住用剪刀去刮，一遍，又一遍。那只病甲极其顽固，刮掉一层，还有一层。再刮掉一层，依然还有一层。除了每每扬起微微一片细尘，苏蝶的灭甲行动并无任何实质性的成效。苏蝶并不死心，她不相信，这么大一个活人，会对付不了小小一片灰指甲。权勇给苏蝶买来治灰指甲的药，苏蝶嫌麻烦，嫌碍眼，放着没用。权勇拗不过苏蝶，有时会帮她刮刮指甲。她一般不要他刮。他太小心了，生怕弄疼了她。她说他不是在刮，是在为灰指甲做按摩。

在灰指甲面前屡战屡败，苏蝶从未绝望过。那一抹细得不能再细的小红线，却让她几近崩溃。

名称：娇娇HCG胶体金早早孕检测试纸（人绒毛膜促性腺激素论断纸盒）

操作步骤：将试纸条标 MAX 一端浸入尿液中，约三秒钟取出试纸条平放；三至五分钟内观察结果，五分钟后读取的结果无效。

结果判断：

阳性（怀孕）：二条红色反应线：检测区及对照区各出现一条红色反应线；检测区颜色浅于对照区颜色时，表示可能刚怀孕，请隔天用晨尿重测确认。

阴性（未怀孕）：一条红色反应线：仅在对照区出现一条红色反应线。

无效：对照区无红色反应线出现，表示测试错误或无效。

用途：适应于早期妊娠的辅助诊断（仅供体外诊断一次性使用）

……　……

苏蝶已经能将这些一字不漏地背下来了。但每一次检测，她依然要一个字一个字读一遍，生怕因为自己看错了，误解了，而导致对结果做出不够准确的判断。她多么希望那些试纸是假冒伪劣啊，她宁肯自己买回来的试纸全部都是假冒伪劣。她甚至故意去那种计生药品专卖店，她以为在他们那里应该更容易买到货假价真的东西。没想到那店主挺热心，她说：妹子（她这种称谓，对于苏蝶来说，未尝不是一种安慰。一想到自己原来还不算太老，一听到还有人会叫自己妹子，苏蝶就有些眼窝发热。妹子这个词，听上去多么富有朝气和生机啊），你最好用晨尿来验，并且要放置一两分钟，等温度稍微低一点再用试纸去测，这样准一些。

然而，那些不同品牌的试纸条，从纸杯里拿出后，无一例外地红着两条线。

不管是夜尿还是晨尿，不管是热的还是凉的，不管放进去几秒拿出来几分钟摆到那里几小时，不管方法对不对结果准不准，那条检测线一次次明确无误地告诉苏蝶，要不是弱阳性，要不是强阳性，反正，苏蝶肯定是怀孕了。

连苏蝶自己都不知道那孕究竟从何而怀。每次都用了安全套。不安全怎么还叫安全套？就像没有夫妻生活的人为何还要叫夫妻？

权勇和苏蝶曾经讨论过夫妻与性的问题。那天，权勇接了苏蝶，两人一起吃完晚饭，在去苏蝶家的路上，不知怎么竟讨论起什么样的性才是道德的。权勇说，有爱的性就是道德的。苏蝶反问他：请问你和你老婆之间的性道不道德？这个问题难住了权勇。一直口若悬河的他沉默了好一会儿。

以前道德，遇见你之后，就变成不道德了。权勇斟词酌句。

苏蝶轻笑一声：看来用不了多久，你和我在一起也不会道德了。

权勇赶紧解释：你想到哪去了。我和她早就分居了。为什么你总是不相信我呢？你是我除她之外的第一个女人，我是真心真意地爱你，请你相信，我绝不是那种朝三暮四之人。只要你不变心，我一定会好好爱你一辈子。

在苏蝶面前，每当不得已要提到老婆时，权勇就用"她"来代替。

苏蝶笑得更厉害：若干年前，你一定也对她说过要好好爱她一辈子吧？我从不指望你爱我一辈子，我宁愿成全你所有的与"道德"有关的所作所为。

那你认为什么样的性才是道德的呢？权勇反守为攻。

除了要有爱，还要在社会规则之内，我是说社会规则，而不是所谓的游戏规则。苏蝶说话的样子，并不像调侃。

权勇一时无话。

苏蝶微仰起下巴。苏蝶半开玩笑半认真时，喜欢将下巴微微仰起。她说：在实行一夫一妻制的社会，我俩之间的性是不道德的。当然，如果一夫一妻可以理解为一位夫人和一位妻子的话，我俩就是道德的……

权勇很不留情地打断了苏蝶的话：我持保留意见，我认为我俩之间的性，绝对是合乎道德的。

好好开车吧。苏蝶说完这句，便扭头望向右侧窗外。

现在，她和他的合乎"道德"的行为，却产生了并不道德的后果。苏蝶心里一紧。扼杀一个无辜的小生命，那是多么不道德的行为啊。

3

又一次测完了所有的试纸，苏蝶依然不肯绝望。她终于下定决心，在某个清晨，早早去医院排队挂号。

这是一所很了不起的医院。它的了不起，从医生护士很不耐烦的态度上略见一斑。挂了号，苏蝶坐在妇产科候诊大厅苦苦地等。

一群穿着白大褂的女孩子从外面走进来了。一位老一点的女医生从手术室里走出来，招手说道：快点进来，马上有个流产手术。女孩们低声欢呼着相拥而去，她们的笑容如此灿烂。在她们的笑语声里，苏蝶隐约听到了从手术室里传出的唉哟声。唉哟声几乎被笑语声完全稀释。苏蝶突然觉得疼，很疼很疼。那种疼来自左肋。苏蝶想象手术室里的那个人，或许就是另一个苏蝶。苏蝶应该不止一个。在某个时候，一个苏蝶或许能幻化出无数个苏蝶。

苏蝶没想到是个男医生为她看病，男医生的胸牌上有着"教授"两字。苏蝶的羞涩因此被替换成希望。男医生问了问情况，扔下苏蝶，去为一个已经躺在床上的女人做检查。另一个实习生模样的男孩子接着问苏蝶，边问边在病历本上慢慢吞吞地写着：苏蝶，三十岁，已婚……实习生问完了，走过来一个女医生，板着脸，要苏蝶躺到最里面的那张检查床上。

脱下一边裤子，女医生说。

苏蝶磨磨蹭蹭地，这屋里男女老少都有。能进出这屋的男人，不是教授，就是实习生。可苏蝶还是迟迟不敢褪下牛仔裤。

快一点！女医生很不耐烦，她带着橡胶手套，在那里叮叮当当摆弄着不锈钢器械。

双腿屈起来，打开一点！女医生大声说。

苏蝶含着泪，按照女医生的要求，静静地躺在床上。好一会儿，不见女医生过来检查。苏蝶却不敢吭声，老老实实躺在那里等。

都到这边来。男教授走到苏蝶身边来了，他身后跟着一群男孩女孩。

双腿打开一点。男教授的声音很温柔。可苏蝶依然觉得委屈。她稍稍动了动。男教授说：再打开一点。

然后，一只冰冷的器械侵入了苏蝶的身体。苏蝶不由一阵痉挛。别紧张，放松点。男教授软语安慰苏蝶。然后，男教授又扭头对学生们说：你们仔细看一下，这就是子宫前位。当她躺下去的时候，子宫几乎是立着的。你们再看，她的宫颈很光滑。有位女学生低呼了一声"哦"。那声"哦"，让苏蝶的双腿不由自主想要夹紧一些。男教授便说：腿打开一点，再打开一点。

苏蝶几乎将自己的嘴唇咬出了血。

当时，权勇正在主持会议，一个很重要的会议，就算到了下班时间，如果会议没结束，他也不能离开。苏蝶理解这一点，她没打他电话，只给他发了条短信：勇哥哥，为你的道德喝彩吧。然后，苏蝶关掉了手机。

做完检查，苏蝶恍恍惚惚走出门诊大楼，刚下台阶，便有一辆的士停在她面前。苏蝶没想到这个时候她还会有这种好运气。这个城市的出租车很多。有时能见到一辆接一辆空的士，如一串又一串臭豆腐干，游移在城市的每一条干道。但一到上下班时段，就很难拦到一辆的士。他们忙着交接班，宁肯空车也不载客。

苏蝶下了车，进了楼，上了电梯，出了电梯，却发现权勇站在电梯的对面。他正将手机举在耳畔，一脸心急如焚的样子。见了苏蝶，权勇将手机往口袋里一塞，绽出一缕勉强的笑：你怎么一直关机，我找你都快找疯了。我想你没有别的去处，最后只好站在这里守株待兔。

苏蝶没理权勇，自顾自掏出钥匙开门。权勇跟进来，随手关了门。然后，从背后一把抱住苏蝶：蝶儿，我保证，无论发生什么事情，我都会守在你身旁。也不许你丢下我不管。

苏蝶冷冷一笑：什么守啊丢啊的，拜托，不要在我面前玩煽情。

权勇扳过苏蝶的身子，狠狠地吻住了她。苏蝶没有反抗。权勇竟然没刮胡子。胡子扎疼了苏蝶，她却忍住了呻吟。权勇一向很注重自己的形象。他这胡子拉碴的模样，在此之前，苏蝶只看到过一次。

那是半夜，苏蝶突然胃疼，她不想一个人下楼去买药。她拿起手机略微犹豫了一下，便熟练地拨出了权勇的号码。苏蝶从未在夜深时打过他电话。通了，苏蝶的心跳突然加速，那一刹，她甚至忘记了胃疼。无人接听。苏蝶不死心，又打了一次，通了，却依然无人接听。也许，他怀里正抱着他的妻子，两人都打着幸福的鼾，一起一落，一唱一和。想到这一点，苏蝶的胃疼得更厉害了。她无法控制自己的胡思乱想。他不敢接电话？他担心妻子发现？他为什么不接电话？他的家庭像一颗珍珠般圆润。苏蝶却从未打算要将那种圆润掠为己有，她甚至都不曾奢望过。她愿意成全他的"两情若是长久时，又岂在朝朝暮暮"。可他为什么连电话都不接一下呢？苏蝶的泪，找到了决堤的理由。她一遍一遍地重拨，直到手机因为没电自动关机。

苏蝶没有换电板，没有重新开机，没有再打他的电话。她靠在床前，拿起那把无比锋利的小剪刀，一下一下地刮着那只灰指甲。她用力地刮啊刮。她就不信自己除不掉这只灰指甲。她凭着感觉不停地刮。她的眼睛不知盯着哪里。她的眼神是飘忽的，游移的。苏蝶刮啊刮，越来越用力。突然，她感觉到了一种钻心的疼痛。她倒吸一口冷气。那只灰指甲连甲带肉差不多全被她削掉了。血珠子一朵接一朵盛开，汇合在一起，缓缓落在她那洁白的睡裙上。苏蝶看着血珠子不断往外冒。她想看看它究竟能流多久。那些血，那种痛，仿佛完全与苏蝶无关。

那是苏蝶的血，却终究拗不过她。血，自己止住了，变成褐色的痂。苏蝶甚至都没有换件睡衣，任由血渍晕染开来，又慢慢被体温烘干。

第二天起床时，苏蝶才为受伤的指甲包了一枚创可贴。去上班时，她的眼是肿的，胃却不疼了。苏蝶不敢在上班时间关机，她把手机设置成振动状态。她想，只要是他的号码，她决不会接听。但手机每一次嗡嗡作响，她的太阳穴都会突突地跳。她迫不及待地盯着来电显示。不是他。还不是他。依然不是他。她在心头暗暗发誓，如果今天上午他还不打电话过来，她就真的坚决不原谅他了。

一上午都没有权勇的电话。中午也没有。下午四点五十一分，权勇终于打电话来了。苏蝶飞快地挂断了，她丝毫没有犹豫。他再打，她再挂。也不知权勇打了多少次。直到下班，直到苏蝶关掉手机。

苏蝶回到家里，躺在床上，灯也没开。她知道权勇会来按她的门铃。在她的床上两情相悦时，他曾向她讨过钥匙。她没给。钥匙是她最后的盔甲。她不能连独自疗伤的机会都放弃。事实证明，她当初的狠心无比英明。现在，苏蝶可以任凭黑暗在她眼前一点一点攻城略地，最后，连她也完全吞没。苏蝶感觉自己进入了黑暗的肠胃，与许多不明物体紧紧缠绕在一起，苏蝶分不清哪一部分属于她的身体。只有耳朵还是她的。因为她听到门铃在响，固执地响了很久。她一动不动。黑暗的肠胃，分泌出一种液体，一种可以将她彻底化为虚无的液体。苏蝶感觉那种液体在慢慢侵蚀着她的身体。她愿意这样。让门铃去响吧，让他回家吧，让他搂着他想搂的人打着幸福的鼾吧。这一切，已经与苏蝶毫无关系。

苏蝶奇怪自己那一晚竟然没有失眠。黑夜的肠胃没有将她消化掉，手机闹钟又将她拽回了现实。这是崭新的一天，苏蝶刷完牙盯住镜中那个黑着眼眶的女人说：怎样庆祝才对得起你呢？你想穿新衣服？好啊，咱下了班就去买，咱想买什么品牌就买什么品牌，咱不能自己委屈了自己。瞧瞧你，即便是长了黑眼圈，你的皮肤甚至你的呼吸还是那么年轻。可你怎么就有三十岁了呢。有花堪折直须折，如果再碰上还过得去的，比如像阿泉那样的，可以考虑来个一夜情或者多夜情，不然，白白埋没了这样的好身子。

苏蝶描了眉，刷了睫毛膏，涂了口红，还抹了点香奈儿。她确定自己脸上找不到曾被黑暗吞噬的痕迹了，这才对着镜子努力笑了笑，又将受伤的指甲换了一片创可贴，拎起背包准备出门。

苏蝶根本没想到门口会坐着权勇。权勇站起来，望着一地的烟头说：对不起，实在太困，抽了点烟。苏蝶没有看那堆烟头，苏蝶看着权勇那张脸。她第一次发现他不再年轻。他蓬着头发，里面有星星点点的灰与白在探头探脑。他的胡子又粗又黑又密。他的眼袋非常明显。他沙哑着嗓子说：对不起，前天晚上招待北京来的领导，醉得一塌糊涂，在宾馆一觉睡到昨天下午四点多。傍晚在来你家的路上，车子追了尾，你别急，只是撞坏了保险杠……

权勇的眼里闪烁着泪光。那一刹，苏蝶完全忘了自己所立的誓言。苏蝶扑进权勇怀里，呜呜地哭了。他将她抱进房里。他抱着她往沙发上坐时，不小心碰到了她的伤。苏蝶哎哟一声。权勇才发现她的左手大拇指贴着创可贴。他问怎么啦。她说前晚削掉了大半片指甲。他呀了一声。接近嘶哑的声音。然后，他轻轻地，在她额头吻了一下。然后，他说：对不起，蝶儿，对不起。

可这一次，已经不是谁原谅谁的问题了。

苏蝶三十岁了，试纸告诉她，她有了身孕。她想结婚。权勇四十岁了，已经有个女儿，他从未对苏蝶说过要和妻子离婚。苏蝶怎么办？苏蝶能要权勇怎么办？她想一个人扛，这些年来，她远离父母，孤身在外打拼，早已习惯了什么事都是一个人扛。可现在，她一个人扛不动了。他却没有明明白白地告诉她：没关系，我和你一起扛。他只是说：别着急，会有办法的，一切都会有办法的。

权勇没有主动说出那种最残酷的办法。苏蝶想到了。但她没说。她瞒着他去了医院。尿检结果是强阳性，血检表明怀孕已有一段时间，但指标低于正常怀孕水平。B超检查什么都没有。孕囊，孕囊究竟躲到哪去了呢？医生说：从检查结果来看，极有可能是宫外孕，你最好马上住院观察。苏蝶问：可不可以不住院？医生没好气：不住院也行，出了事你自己负责。宫外孕可开不得玩笑，大出血会有生命危险你懂不懂？

苏蝶就算懂，也只能装作不懂。

蝶儿，你没事就好，我担心死了。权勇终于吻够了，松开苏蝶，双手扶住她的肩，微笑着说。

你怎么知道我没事？苏蝶淡淡地说：我才从医院回来。

你去检查了？真的有了吗？权勇还是不肯相信。

千真万确。我准备将他生下来，然后做个亲子鉴定，看看究竟是谁播的种。苏蝶咬着牙说。

对不起，不是我不相信你，可我们每次都用了套啊，我觉得是不是检查结果有误？

我说了，有可能是别人走了火，不关你权勇的事，你走吧。苏蝶的身子往下一缩，往后一退。权勇的手便僵在了半空。

4

棒子棒子虎，棒子棒子鸡，棒子棒子虫，棒子棒子棒。

棒打老虎，老虎吃鸡，鸡吃虫子，虫子吃棒子。

这世上的东西，原来都是一物降一物。

苏蝶和阿泉在酒吧里划拳，喝酒，大声地叫，大声地笑。阿泉反应特快，苏蝶总是输。苏蝶喊棒子棒子鸡，阿泉同时喊出的，绝对是棒子棒子虎。苏蝶喊棒子棒子虎，阿泉同时喊出的，却是棒子棒子棒。

苏蝶有了醉意。

不过是杰丹尼加可乐，阿泉说：你放心喝，喝醉了我负责。这么好喝的酒，多少人想喝都没机会。

阿泉成心要将苏蝶灌醉，苏蝶心知肚明，她愿意满足他这个要求。苏蝶也很想将自己灌醉。阿泉追苏蝶已久。苏蝶赶走权勇后，就打了阿泉的电话，苏蝶说她想喝酒。阿泉在电话里兴奋地说：好，我马上来接你。难得阿泉有如此持久的热情。

男人总是很现实，他们哪肯费时费力陪苏蝶玩柏拉图。阿泉却总是不死心。曾经有一次，他极其严肃地对苏蝶说：做我女朋友好不，求你！苏蝶戳着他的额头，吃吃地笑：拜托，别那么老土行不？你不会真的爱上我了吧，没出息。阿泉做痛心疾首状：我那几十个女朋友，没一个像你这般顽固不化。男人真是贱啊，越是得不到的越是上心。

苏蝶不得不承认，和阿泉在一起，她真的很放松。明知他有几十个女朋友，她却没有半点醋意。不像和权勇在一起，苏蝶总是患得患失神经兮兮，一会儿飘在快乐的巅峰，一会儿又坠入了痛苦的深渊。尤其是和权勇怄气的时候，苏蝶像是得了疟疾，忽冷忽热的，不可控制地浑身颤抖。

现在，阿泉终于如愿以偿，半搂半抱，将半推半就的苏蝶带到了某家宾馆。

阿泉先将自己脱光了，又来脱苏蝶的衣服。苏蝶任由他脱。

阿泉很有耐心，他抚摸着苏蝶，慢慢地，轻轻地，从上到下，从下到上。他的手法格外细腻。苏蝶没有呻吟。阿泉亲着苏蝶的耳垂说：就算你是一块铁，今晚我也要将你彻底熔掉。苏蝶闭着眼笑：霸王硬上弓吗？阿泉在手上加了力度。显然，他有些气愤：太小瞧人了吧你！就凭我的实力，还用得着霸王硬上弓？放心，我绝不会勉强你。有一点我可能忘了告诉你，在床上，我从来都是攻无不克战无不胜的。

白白折腾了一两个小时，阿泉忍无可忍了。他将苏蝶压在身子底下，准备发起强攻。苏蝶却再三挣扎。阿泉吼道：都已经这样了，你又何苦？

是的，都已经这样了，还有什么好挣扎的呢？苏蝶在心里劝着自己。可就在阿泉即将进入的一刹那，苏蝶张开嘴，在他肩头狠狠一咬。阿泉一声惨叫，从苏蝶身上滚落下来。他一坐而起，顺手在苏蝶脸上抽了一下，不轻，也不重。苏蝶没有感觉到疼痛。她只闻到了血的腥味。

阿泉说：变态！

阿泉摔门而去。

苏蝶摇摇晃晃，走进浴室。她站在莲蓬花洒下，将水流调到最大，一直洗到天亮。苏蝶觉得自己的确变态，变态极了。阿泉比权勇年轻，比权勇帅，比权勇有钱，最重要的，阿泉还是钻石王老五。阿泉身边的女孩子，一个比一个年轻，一个比一个漂亮。大家使尽浑身解数，都想要套牢阿泉，都想要修成正果，所以她们在阿泉面前无不风情万种，或做小鸟依人状，或做娇俏可人状。只有苏蝶例外。苏蝶对阿泉的优点视而不见，对他的殷勤不屑一顾。或许正因如此，阿泉才对苏蝶如此上心。现在好了，苏蝶自言自语地说：你将唯一的退路也断了。你死定了。这个世上再没有哪个男人会爱你了。

苏蝶裹着浴巾，靠在床头，开了手机。果然，几十条短信蜂拥而入。而权勇的电话，就在一声接一声的短信提示音中撞进来了。

苏蝶接了。

权勇在电话的那头气急败坏：求你不要玩失踪好不？

苏蝶穿好衣服，下楼，将房卡交给总台。然后，坐在大厅等权勇。没多久，权勇梗着脖子冲了进来，他的眼睛，红得能滴出血。权勇抓住苏蝶的一只胳膊，一声不吭，拉了她就往外走。他攥疼了她的胳膊。在苏蝶面前，权勇从未如此粗鲁过，更未如此大胆过。和苏蝶出去散步，权勇只敢将车开到最偏僻的地段，还要拉着苏蝶的手往最暗处去。他们极少同时出现在公共场所，即使一起出现，也是一个在前，一个在后，中间隔着几个人的距离。他们外出吃饭时只坐包厢。他总将他的现代停进地下车库。她理解他的谨慎。可现在，在宾馆这种瓜田李下之地，他竟然敢冲进大厅拉着她一起走。看来他已失去理智。为此，苏蝶颇觉欣慰，将权勇气成这样，她觉得还不够解恨。

浏阳河畔，权勇将车开得飞快。他眼望前方，终于开口说了与苏蝶见面以来的第一句话：昨晚和谁过夜？

你管得着吗？苏蝶轻蔑地说：你能有老婆，我就不能有男朋友？

那好。权勇说：我们一起去死。死了才干净。他边说边将油门一踩到底，紧接着，又将方向盘往右猛地一打。右边就是浏阳河。车子马上就要冲出沿江路了。苏蝶慌了，她尖叫一声：勇哥哥！他似乎被她的凄厉吓清醒了，车子几乎同时发出和她一样的尖叫，她的身体往前面猛地一扑。她不由自主用双手死死撑住仪表台。权勇踩刹车的同时，将方向盘往左一打。车子停下来。苏蝶去开车门，他一把抓住了她的左手。苏蝶奋力挣脱，权勇却抓得更紧了。他伸出另一只手，将苏蝶的头扳过来，让她的脸正对着他的脸。苏蝶不再挣扎。她微微仰起头，轻轻闭上眼。他吻她。他吻她的时候，有冰凉的液体滴落在她的脸上。那种冰凉唤醒了她的热烈。她伸出双手，搂住他的脖子。手刹硌疼了她的身体，她依然搂着他，回应着他。

不许离开我。权勇说：不许喜欢别的男人。顿了顿，他又说：再给我点时间，你想要的，我都会给你。

时间？苏蝶顺了顺乱了的长发：一年？还是一辈子？

对不起，权勇说：省委组织部刚刚考察过我，我不会让你等太久。这段时间，你要好好爱惜自己。不要再让我担心，好不好？

苏蝶问：以前没考察过？

权勇叹气：那还是十年前的事了。蝶儿，你知道吗？我从那个鸟不拉屎的小山沟考上重点大学时，我就在心里发誓，一定要混出个人样来，一定要成就一番事业。这么多年，我吃过多少苦，受过多少委屈，没有任何人知道。因为工作太拼命，我曾经好几次住院。在遇到你之前，我的绝大多数时间，除了工作，还是工作。现在，眼看就要熬出头了，我终于可以甩掉粘在我身上十来年的那个副字了……

苏蝶忍不住插话：第一次考察之前，你身上应该没有副字吧？

权勇怔了怔，不由自主地点了点头。

苏蝶又说：从正到副，又从副到正，难道你就满足了？你觉得你要走到哪一步才算成就一番事业？勇哥哥，正副本是相对而言，你的权力欲，其实与它们毫无关系。你的追求和我的等待一样，漫无止境。

权勇低下头，喃喃道：蝶儿，你也许不能理解一个男人对于功名的向往。我是一个俗人，请原谅，我是一个俗得不能再俗的男人。这些话，我从不敢对任何人讲。只有在你面前，我才是真实的，毫无掩饰。你知道吗蝶儿，我的父母都是农民。我没有任何背景。蝶儿你知不知道我一步一步爬得有多辛苦。白天小心翼翼看人脸色，到了晚上，还总被噩梦惊醒。在梦里，我经常被吃人的怪兽追赶，我没命地逃啊逃，逃到最后，我发现自己跑到了悬崖的尽头，而怪兽，已经朝我扑了过来……

一行泪，从权勇右侧脸庞，徐徐滑落。

别说了！苏蝶伸出手，捂住了权勇的嘴。她不想再听这些，她不忍再听这些。他从不带她见任何人。他总在应酬过后，带着满身酒气来见她。在她面前，他从不主动提及他的家庭，除非她再三追问。她当然不会打破砂锅问到底。他曾说：女人还是糊涂点好。聪明的女人，大多过得不快乐。

或许，他的妻子就是糊涂的女人。苏蝶也想做一个糊涂的女人。表面上，她做到了，可在心里头，她像牛一样，总是独自反刍着那些嫉妒与愁苦。她恨死了所有的节日。在那些他必须回家的节日里，她只能对镜成双顾影自怜。她何曾没有噩梦呢？在梦里，她总是孤孤单单一个人站在荒野上，包围她的，是一望无际的寂寞与苍凉。天是那么低，云是那么黑，地上全是黄沙。满地奔跑的，唯有刺骨寒风。除了一只手机，她一无所有。可仅有的那只手机，她却总是拨不对他的号码。她恨死了自己。她怎么会忘了他的号码？为什么，她总是在摁到某个数字键时就卡了壳？她的双手颤抖着，无论如何也拨不完那个原本刻骨铭心的手机号。最后，她总是在绝望中哭醒。

苏蝶从未对权勇提过她的噩梦。她不想在他的愁苦之上，再添愁苦。她怜悯他的艰辛与不易。人前风光无限的他，其实是多么脆弱。他奋斗了这么多年，他还想继续奋斗。苏蝶理解权勇。他最想要的，她无法给。她最想要的，他一直犹豫。苏蝶知道，他不会怀疑她或她怀的那个孩子，他只是不想陷自己于两难境地。

权勇握住放在他唇上的那只手，亲了亲手心，亲了亲手背。然后，轻轻握住那枚拇指，问：还疼吗？

早就不疼了。苏蝶抽回那只手。她那没了指甲的地方长了一层薄薄的硬硬的膜，比皮肤硬，比指甲软。刚够抵挡可能发生的碰撞与疼痛。苏蝶想，如果她的心也能长出这种薄薄的膜，既能感知冷暖，又能抵挡疼痛；如果那粒神秘莫测的孕囊能够告诉她它究竟躲在哪里；如果有一个孩子叫她妈妈要她疼要她哄要她累要她苦；如果每天每晚这个温暖的怀抱都能完完全全属于她，该有多好。

不管发生什么事，权勇抚摸着苏蝶的头发说：你都要好好爱惜自己，没有解决不了的问题，一切有我。

这就算表白了吗？苏蝶不会逼权勇承诺什么，可他所有的话，都是含糊的，模棱两可的。也罢，苏蝶反正一个人扛惯了。

就算是宫外孕，就算是大出血，大不了也就一个死字。如果死能删除所有的欲望与苦痛，又何尝不是一种解脱。想到这点，苏蝶有种豁然开朗的感觉。她要他别再提那些不开心的事，她说她从未真正醉过，她想试试自己的酒量到底有多大。他不同意。她吊着他的脖子撒娇：求你嘛，就一次，不会伤到身体的，医生说了，我可能是内分泌失调，不是怀孕。

真的？权勇果然相信了。他那副如释重负的狂喜表情并没刺伤苏蝶，她有一种恶作剧般的快感。

是的，咱们喝点酒，庆祝一下。好不好勇哥哥？好不好嘛！

好，权勇痛快地说：我早说过你不可能有事，说说看，你想怎么庆祝？

买四瓶干红，再买些水果和零食，去老地方。

好，听你的。

每逢情人节、生日之类的重要节日，权勇都会带苏蝶去那个离市区最远的五星级宾馆。是的，与苏蝶出门，权勇很谨慎，但他并不是一个完全不懂浪漫的人。

5

勇哥哥，如果有只蚊子咬了你，偏偏你还活捉了它，你会将它怎么办？

宾馆。大大的双人床。苏蝶和权勇相拥着，半躺在床上，一边说那些早已说了几百遍的废话，一边喝着红酒。权勇一颗接一颗剥着开心果，一颗接一颗喂到苏蝶嘴里。苏蝶见不得权勇那副没心没肺乐得莫名其妙的样子，便想逗他玩玩。

是脑筋急转弯吗？权勇上这种当上怕了，担心苏蝶又带他笼子。

不是。

我会一巴掌拍死它。

不对，要处死它就不会活捉了。没一点幽默感。

那……干脆将它放生？

也不对，这是不负责任的做法。

算了算了，我玩不过你，你早点告诉我标准答案吧。

你应该将它好好养大，送它读书，给它找工作，替它买房，为它找对象，帮它带小孩……

为什么啊？权勇做白痴状。

因为，它的身上，毕竟流着你的血啊！苏蝶一口喝光杯里的酒，咯嘣咯嘣嚼着开心果，一脸不屑。

权勇扔掉开心果，扑上来挠苏蝶的胳肢窝。他是心甘情愿上这种当。

苏蝶咯咯笑着左躲右闪。此时的他们，是多么快乐啊。他们在一起，许多时候只是彼此依偎着，漫无边际地说一些莫名其妙的话，他们却觉得很开心。天知道他们怎么会有那么多话要对彼此讲。有时明知苏蝶正处红灯期，权勇还要带她去郊外开房。他们都不觉得那是浪费。他们的交往，仿佛只是为了彼此依偎着，说那些百听不厌的废话。当然，他们也会做爱，可那只是喋喋倾诉中的一段小小的插曲。她常常蜷缩在他的怀里，闻着他特有的体香，觉得爱情太不可思议。她和他的相识相爱，难道真是因为他们有着相同的孤独？而那些难得的快乐，是不是因为他们的孤独彼此消融了呢？

权勇不知道，苏蝶刚才的玩笑话，其实是另有其意。他不知道，她此刻的快乐，其实是饮鸩止渴。

你答错了，罚你跪着给我倒酒。苏蝶好容易将气喘顺了，抚着胸口说。

好，好，只要你高兴，要我干什么都行。权勇微笑着，开了第二瓶干红。他跪在床上，先为苏蝶倒了满满一杯，又为自己续满。他知道她能喝，他也能喝，难得两人都有如此雅兴。

喝到第三瓶时，苏蝶已明显有了醉意，变得更加喋喋不休了。权勇没喝多少酒，因为苏蝶总是抢他的酒喝。苏蝶让自己一刻不停地吃东西，喝酒，说话。他不时问她没事吧还能喝吗，她乱着发斜着眼满嘴豪言壮语：切，再来十瓶都没关系。他拗不过她，只得一杯接一杯为她续酒。她喝酒从来都不脸红。他找不到任何证据可以说明她喝醉了。

勇哥哥，如果夫妻之间完全无话可说，甚至连正常的性生活都没有了，这样的婚姻会不会幸福？

当然不会幸福。

这样的婚姻，离与不离，哪种选择更道德？

身不由己。

我们都有追求幸福的权力。

许多时候，责任要大过权力。

难道你只想着要对她负责，对你女儿负责，却没想过要对你自己负责，对我负责？

我说过，我会一直对你负责。

如果要你和另外某个男人分享我的爱情，你会不会同意？

绝不。

对别人要求严格，对自己放任自流，就是说的你这种人吧。

蝶儿，我的爱情只属于你一个。我决不会辜负你，你放心。

勇哥哥，如果要你在我和你老婆之间选择一个，只能选择一个，你会选谁？

权勇没说话，头一低，随手拈起一只果冻，哧地一撕，递给苏蝶。苏蝶摇头，权勇便将那只果冻放在自己唇边，吸溜一下，一口吞了。

你不要以为，在这个世界上，除了你，再没有别的男人喜欢我。苏蝶听到权勇吸果冻的声音，突然生了气。她硬邦邦地说完这句，又将空酒杯顿在床头柜上：倒酒啊勇哥哥。

权勇没动，盯着苏蝶的脸：你到底想说什么？

我是说，我可能等不了你一辈子，我可能要嫁给别的男人了！苏蝶大声说道，并顺手为自己倒了杯酒。

算了吧，权勇说：除了我，还有谁能受得了你这臭脾气。

你不信？好，你把我的手机拿过来，我这就打电话，你在一旁听着，别说话啊，别搅了我的好事啊。苏蝶挑着下巴说。

权勇果真生了气，跳下床，从苏蝶背包里翻出她的手机：给，你打，我听着。

苏蝶没想到权勇真的拿来了手机，这激起了她的犟劲。她很粗鲁地抢过手机，嘟着嘴，飞快地按了串数字。对不起，你拨的电话正在通话中。苏蝶再拨，还是这句。苏蝶便一直重拨，边重拨边对权勇说：你等着，我非打通不可。

终于通了。

阿泉，你是真的喜欢我吗？苏蝶故意嗲着声音。

你没发烧吧？电话那头的阿泉不敢相信。

我好着呢，再问你一句，如果你是真的喜欢我，你会娶我吗？

当然，我不缺女朋友，只缺老婆。阿泉在那头嘎嘎地笑。

那好，我……

苏蝶话未说完，手机已被权勇一把抢去。告诉我，阿泉是谁？他关了她的手机，气急败坏地说。

苏蝶没理权勇，咕咚咕咚，一口干了刚倒的那杯干红。苏蝶觉得渴，而干红的冷冽恰到好处。权勇问了好几遍，见苏蝶没理他，便两手抓了她的双肩，使着劲摇：告诉我，阿泉是谁？

苏蝶没来得及说半句话，她只觉胃里一阵翻江倒海。她想推开他，推不开。她没能忍住，哇哇地，吐了他一身。他停止了对她的摇晃，扶着她的肩，像个铁皮垃圾箱，僵在那里，任凭她吐得一阵接一阵。该吐的全吐了。她的身体里似乎再没了多余的负担。她闭着眼躺在床上，他拧来毛巾为她擦脸，擦手，擦身。他将她移到床的另一侧。她听得到他压抑不住的叹气声，可她竟然很快就睡着了。这是个奇迹。平时她总是辗转反侧难以入眠。

苏蝶醒来时，床上只有她一个人。她打开床头灯，发现床头柜上用烟灰缸压着一张纸。

"蝶儿，刚接到领导电话，单位有急事，要临时出趟差，短则三四天，长则七八天。可能不方便给你打电话。你自己多保重，有什么事情，等我回来再说。你退一下房，房卡和押金条在电视机旁边。"

苏蝶佩服权勇的干脆利落。她掀开被子，准备起床，却闻到一股绝味鸭脖的呛味儿。她发现，大半张床单上，印满了或红或黄的污渍，被套上也是。苏蝶想象着昨夜的一幕一幕：他为她擦洗干净，又将她挪到稍微干净点的另一侧。他用湿毛巾用力去擦床单上的污渍。他用湿毛巾用力去擦被套上的污渍。他一边擦，一边深深地叹气。后来，他又站在莲蓬花洒下，冲洗她吐在他身上的脏东西。他可能一边冲，一边想象着阿泉的模样。他可能一夜未睡，却一大早接到上司电话，要他立刻出差。他可能未来得及回家换件干净的衣服。他可能临走前在她额头轻轻吻了一下而她毫不知情。他可能以出差为由故意晾一晾她谁让她故意要用阿泉去刺激他呢？也有可能他极不情愿却不得不出去一趟……苏蝶的心一抽一抽地疼。她不知该心疼他，还是该心疼自己。正如许多时候，她弄不懂自己应该要选择什么样的生活。正如她弄不懂左手那只灰指甲：她不知它何时侵入，更不知它何时结束。她仅仅知道患上灰指甲是因为感染了真菌。这种真菌太顽固了，顽固得就像她和他之间的感情，反反复复，不肯死心。

苏蝶觉得浑身乏力，便想喝点咖啡。她一直将咖啡当爱人，不离不弃的爱人。在她最无助的时候，只有它们招之即来，给她力量，给她温暖。苏蝶用一只手按压太阳穴，一只手拿着电热水壶去卫生间接水。没承想脚底一滑，噗的一声，她一屁股坐在了又冷又硬的瓷砖地板上。

苏蝶扶着马桶边沿，挣扎着爬起来。她感觉下腹有点坠胀。她发现了几滴血。几滴来自她体内的血，已在洁白的护垫上晕染开来，殷红得缺乏真实感。她打了个寒战。她想大出血会不会死得很难看，她是一个有洁癖的人，就算离去，也要干干净净清清爽爽。她想远在千里之外的父母，因为她的倔强，他们只能远远地思念唯一的女儿。她想此刻的他是在飞机上还是在火车上。她想自己若是死了，会不会还有人和她的父母一样伤心。她想她是不是真的舍得让那些爱她的人为她而悲痛欲绝。她想如果她真的死了一切都灰飞烟灭了是不是比活着更有意义……

苏蝶犹豫着，打开了手机。如果真的心有灵犀，权勇应当会有所感应。她也应当再给自己一次机会。果然，刚开机，手机就响了。苏蝶没来得及看来电显示，就迫不及待接了电话。她的心，忽地一下回了暖。

你到底搞什么名堂嘛！又说要嫁给我，又要玩失踪，你到底在哪里嘛！我一大清早精挑细选的九十九朵红玫瑰都快要凋谢了！你怎么不说话啊？考验人也不是这么个考验法嘛！你明明知道我耐心不够好，德性！

对不起，我——我出差了，紧急公务，可能要一两周才能回，等我回来再说好不？苏蝶没想到会是阿泉，她掩饰着自己的惊讶与失望，咳了咳，清了清嗓子，换了轻松的语气：到时你再用九千九百九十九朵玫瑰迎娶老婆大人吧。

算你狠，全世界的女人，我只怕你一个。你在哪里出差？要我来陪你不？

谢谢，不要。信号不好，我要挂电话了。

6

是要保胎的吧？护士问苏蝶。

不是。苏蝶半躺着，说得有点艰难。

那怎么不住到妇科呢？护士提着注射器说：打哪只手？

苏蝶伸出右手，一时无言。的确，同病房还住着两个二十几岁的女孩子，都是保胎的。一个长发女人曾经几次习惯性流产，这次刚怀孕便住进了医院。另一个短头发的是先兆流产，小俩口都紧张得不行。

只有苏蝶，除了医生护士，无人问津。苏蝶将手机关了，在关机之前，她打电话向单位请了几天假。

苏蝶躺在床上，看着药液一点一点滴下来。它们全都流进了她的身体，她却毫无感觉。苏蝶无意中看到那个长发女孩正偎依在老公的臂弯里撒娇。长发女人嫌老公讲的那个故事不够动听。苏蝶还看到那个短发女孩正惬意地横躺在床上。短发女孩的母亲，站在床畔。短发女孩的头，被她母亲捧在双手掌心。她的老公打来了一盆热水，开始为她洗头。短发女孩，短发女孩的母亲，短发女孩的老公，在整个洗头的过程中，都不曾说一句话。

苏蝶从进病房起，就没和病房里的人说过一句话。她本来就不认识他们，也不打算认识他们。但短发女孩的母亲，主动走过来与苏蝶搭讪：妹子，你老公呢？

出差了。谎言脱口而出，苏蝶心里有点发虚。可是不撒谎的话，苏蝶又怎么打发她或她们的好奇心呢？苏蝶总不能说自己是雌雄同株吧？

那你父母呢？

我没告诉他们，他们住在另一个城市。苏蝶淡淡说完这些，闭上了双眼。老太太却不知趣：妹子，没一个人来照顾你，那怎么行呢？要你老公赶紧回来啊，要不，要你父母赶过来，万一不行，你叫个朋友来照顾你几天也可以啊！

苏蝶眼睛盯着药瓶，装作看得很认真的样子。老太太见苏蝶半天没作声，摇了摇白花花的头，回自己女儿床前去了。

抽了一管子血，做了各种化验，又在B超室折腾了半天，医生才告诉晕晕乎乎的苏蝶：孕囊找到了，在左侧输卵管里。

明天下午做腹腔镜手术，你要你家属再去补交点钱，等会护士会告诉你术前准备和注意事项。

钱，苏蝶可以自己去交。但家属签字怎么办？承认自己是一个没有家属的宫外孕患者？苏蝶不想让别人同情，更不想让别人笑话。她辗转反侧了一夜，早晨护士测完体温走时，她把心一横，开了手机，一拨，铃音快响完了，阿泉才接。他的声音黏糊糊的，一听就知刚从睡梦中被吵醒。

苏蝶你不是又搞突然袭击吧？你出差就回了？阿泉在那头打了个呵欠。

我住院了，今天下午要做手术，一时找不到家属签字，你可不可以临时客串一下帮我签个字？

阿泉被苏蝶的话吓了一跳，苏蝶又被阿泉的那句突然加大音量的"什么"吓了一跳。阿泉说他马上就过来，又问苏蝶做什么手术，钱够不够。苏蝶说只要他来医院签个字就行，其他都不用管。挂了阿泉的电话，苏蝶立刻关掉了手机。

八点整，苏蝶正担心阿泉是不是半路脱逃了，阿泉探头探脑出现在门口，手里还抱着一大捧香水百合。苏蝶一眼看到了阿泉，阿泉貌似心急如焚，他匆匆穿过一床二床，快步走向苏蝶，大声说道：老婆，对不起，飞机晚点，路上又堵车，急死我了！

阿泉演得有点过，苏蝶的眼泪却很不争气，咕噜噜地，直往下滚。

伢子，你总算赶来了！老太太笑着对阿泉说：你老婆一个人多可怜！

苏蝶想笑，泪却更汹涌了。阿泉顺着竿儿往上爬，竟然坐在床前，一把将苏蝶搂到了怀里：乖，别哭了，你老公不是来了嘛！

苏蝶借着阿泉的肩膀哭了个够。

苏蝶进手术室前，阿泉亲了亲她的额头，低声说：乖，坚强点，我就在门口等你出来。

苏蝶想对阿泉说声谢谢，嗓子却哽住了。

手术很顺利，苏蝶却没有如释重负的感觉。或许，冥冥之中有谁在相助权勇。那个调皮的孩子，为了不让他为难，竟然剑走偏锋，让苏蝶没了犹豫或选择的余地。也好，一了百了。苏蝶很清楚，她的爱，原本死无葬身之地。至于阿泉，如果他还愿意娶她的话，她也许会真的嫁给他。不错，阿泉的女朋友是多，但她的心，也已经不可能完完全全属于他了。不管爱在何处，日子还得继续往下过。

手术后的第一晚，阿泉没睡陪床，他在苏蝶床前坐了一夜。第二晚，苏蝶硬要赶阿泉回去。他苦着脸说：老婆，你不要我陪要谁陪？苏蝶说：我一个人睡舒服些，你早点回家休息吧，明天你不用过来了，公司里事多。

阿泉走了，苏蝶的心忽的一下全空了。她后悔没让他留下。有个人在身边嘘寒问暖，时间就不会慢得令人心慌了。苏蝶下意识地，从背包里翻出小剪刀。她叉开剪刀，伸出左手大拇指。她的剪刀迷失了方向，因为，她找不到灰指甲了。新长出来的指甲，竟然完全正常了。苏蝶一遍又一遍地仔细端详着它，它还只长了一半。苏蝶有点怀疑，在接下来的成长中，它会不会发生变异？

因为半枚新甲，苏蝶不知不觉度过了上半夜。下半夜的长度，她却失去了度量衡。她想回忆一下，那个孩子是怎么被人从她体内取出来的。她却什么也想不起来。她只记得在等待术前麻醉的时候，亲眼看到有个刚下手术台的病人从头到脚被蒙上了白床单。那个人就这么死了。生命多么短暂，多么脆弱啊。那一刻，苏蝶觉得活着是一件多么幸福的事。她早就应该好好珍惜属于她的每分每秒。

大清早，苏蝶被短发女孩压抑不住的哭声吵醒。有护士走进来。短发女孩又有了流产症状。护士安慰她：出一点点血没关系，先别急，医生等会儿就来。短发女孩的老公默默地为她擦着眼泪。苏蝶觉得短发女孩很可怜，比自己还可怜。苏蝶听说短发女孩在医院里已住了两三个月了，从确定怀孕的那天起，她就整天整天躺在那张病床上。而苏蝶，用不了几天就可以出院了。出了院，苏蝶就可以重新调整日子的走向，让时间的每一条纹理都变得真实可触。

老婆，昨晚睡得好不？阿泉来了，捧着一束粉玫瑰。他几乎将老婆叫成了顺口溜，苏蝶却从未叫过他老公，她一直叫他阿泉。阿泉的戏演得有点过，苏蝶压根就演不了。苏蝶只能被动地接受这一切。戏既然开了场，就得让它好好地走向结局。

出院那天，阿泉跑上跑下为苏蝶办着各种手续。苏蝶坐在电梯口旁边的过道长椅上等他。椅子斜对着新生儿游泳室门口。一位白白胖胖的婴儿，身上套着绿色的小救生圈，泡在蓝色的大浴盆里。他的小手小脚在水里很笨拙地划动着。护士站在一旁，不时弯了腰去扶他的救生圈。那对年轻的父母，一脸不可抑止的笑，蹲在那里，摸摸孩子的小手，又摸摸孩子的小脚。他们不停赞美着孩子的聪明和灵巧：老婆你看，宝宝的手脚好协调的！老公你看，我们的宝宝在笑耶！天哪，他就会笑了耶！

有那么一瞬间，苏蝶觉得自己就是那位又惊又喜的母亲，而那个笑得合不拢嘴的父亲，就是权勇。苏蝶的一只手，甚至已经感觉到来自孩子身上的温软了。

怎么看傻了？

原来是阿泉，他握住了苏蝶的那只手。苏蝶有些恍惚。阿泉的手，怎么会像孩子般温软呢？

别羡慕了，老婆，只要你愿意，明年的这个时候，保证你也能站在那里面，和我一起，看着我们的孩子学游泳。走吧，走吧。

苏蝶没有理会阿泉的贫嘴。阿泉一手提着苏蝶的零碎物品，一手扶着她上下电梯。苏蝶不想让阿泉扶。他坚持要扶，她就随他扶，直到上了他的车。

阿泉慢慢开着车，两人一路无话。快到苏蝶家时，苏蝶说：谢谢你为我所做的一切，祝你早日找到你的真爱。阿泉依然看着前方，不屑地说：怎么，过河拆桥？苏蝶说：难道还假戏真做？你现在后悔还来得及，你不必可怜我，你也没有非得娶我不可的义务。

切，就你这德性，我才懒得可怜你。想起那一晚，我就心如刀割。那是我生平遇到的最大的伤害。阿泉说到这里，哈哈笑了几声，接着说：看在你让我出演第一男主角的份上，原谅你算了。说实话，当你趴在我肩上哭得稀里哗啦的时候，我就觉得自己有责任演好这场戏，并且有股强烈的要从戏里演到戏外的冲动。不过，当着那些陌生人的面叫你老婆，刚开始还真有点别扭。还好我的演技不错，相信他们没有怀疑我的身份。而且我现在已经叫顺口了，想改也改不了啦。没办法，只能假戏真做了。

你还没玩够？

谁和你玩啊！阿泉坏坏地笑：你很聪明，也很有个性，你这种性格，挺适合做我的老婆。我不喜欢那些曲意奉迎像藤一样的女人。难道你不觉得，咱俩挺登对的？

苏蝶沉默。

阿泉正色道：第一，我俩都到了应该结婚的年龄；第二，就目前来说，我俩都是对方最适合的结婚人选。第三，我们虽不是爱得惊天动地刻骨铭心，但也算得上相互喜欢吧，比起那些爱得要死要活的，我们的结合更理智更清醒，这样的婚姻，往往最能经得起时间的考验。综上所述，我俩若是不结婚，就太糟蹋老天爷的一番美意了。

苏蝶微微一笑：怎么听起来像求婚！

阿泉大笑：这次算热身，正式的求婚仪式，得先挑个黄道吉日。

苏蝶说：关于这次住院，你不想听我解释一下？

阿泉说：彻底了断就行。每个人都有自己的隐私，你有权保持沉默。

苏蝶说：他还有些衣服和书放在我家里，我要他过来拿走好不？

阿泉说：只要你愿意。

苏蝶说：借你的手机用一下，我的坏了。

7

下车后，阿泉去尾箱里拎出一个纸箱子，他将纸箱子里的一些杂物取出来，重新放回汽车尾箱。又将苏蝶的零碎物品放进纸箱里。阿泉一手拎着纸箱，一手扶着苏蝶。他笑着问苏蝶：我这样子，很具模范丈夫的潜质吧？

苏蝶微笑不语。

这是阿泉第一次来苏蝶家里。他刚进客厅就说：好雅致，果然是苏蝶的风格。苏蝶正准备给阿泉倒杯水，却听见他在阳台上大呼小叫：快来看，好美啊！

苏蝶装着没听见，阿泉却一晃到了她身边。他非得拉着她去阳台。有什么好看的，苏蝶嘟囔着说。阿泉说：美不美，重在发现呢，你看！

阿泉指着的地方，正是浏阳河。苏蝶一脸漠然：有什么好看的。

那些灯光，都映照在水里了！你看沿江路的车，究竟是在路上开着呢，还是在水里游着？阿泉正说着，一朵焰火突然绽放在浏阳河上空，紧接着，又是一朵。然后是接二连三的，姹紫嫣红的，此起彼伏的……阿泉忘了发出惊喜的赞叹声，就连苏蝶，也看痴了。两人看了一会儿，阿泉搂了搂苏蝶的肩：他的东西在哪里？我去整理。

阿泉将纸箱拖进书房。苏蝶指着书架，说着书名，阿泉将那些书一一取下来，一一码进纸箱。然后，苏蝶走进卧室，阿泉拖着纸箱跟在后面。苏蝶打开衣柜。权勇的衣服不多，苏蝶将它们摸在手里时，似乎感觉到了微微的脉动。苏蝶似乎闻到了那股熟悉的像烟草又不像烟草的味儿。看着阿泉将它们平铺在那些书上，苏蝶有些不舍。

门铃响了，阿泉脸色一变，霍地站起来，想去客厅开门，苏蝶拉住了他：你别动，我的事情，请让我自己处理。

门一开，权勇顾不得换鞋，急急扶住苏蝶的肩，急急问道：这些天你去哪里了，怎么一直关机？我只差没去公安局登寻人启事了。

我也临时出差，手机坏了，没来得及换。

我打电话到你单位，他们说你请假，不知去了哪里。你去哪出差了，你同事怎么不知道？无论怎样，你得打个电话报个平安，你不知道我有多担心！

演得好！阿泉不知何时从卧室里走了出来。他站在权勇身后，略歪着头，冷笑着鼓掌。

他是谁？权勇一惊，回头看了一眼阿泉。

我是谁？我就是苏蝶的未婚夫。我还想问问你是谁呢，竟敢当着我的面放肆。阿泉高耸双眉，下巴一抬，气势咄咄逼人。

我——权勇一时语结，憋了半天，才从裤袋里掏出一页皱皱巴巴的打印纸，塞到苏蝶手里：蝶儿，离婚协议，你看。

苏蝶一眼就看到签名那一栏，那里只有权勇的名字。苏蝶的泪珠砸在他的签名上：勇哥哥，没必要了！真的没必要了！

阿泉见苏蝶哭了，冲上来，一把推开权勇：滚！苏蝶住院的时候，你在哪里？老子最见不得你这种不负责任的人渣，再不滚，别怪老子对你不客气！

蝶儿，你为什么要住院？你怎么不告诉我？权勇声音都哑了。

没什么，你的任命书已经下来了吧？

我问你为什么要住院？

与你无关，勇哥哥，你走吧，你的衣服和书都放在那个纸箱里了。

宫外孕你听说过吧，你这个人渣，你差点将苏蝶害死！阿泉一边骂一边抱起那个纸箱，砰的一声，纸箱被阿泉扔在了门外，阿泉指着权勇，恶狠狠地说：赶紧滚，滚得越远越好！

对不起，蝶儿！权勇的眼泪夺眶而出：都是我的错！我并没出差，任命书已经下了，是因为离婚的事，费了许多周折。

我们分居了好几年……她不肯离婚，提着各种苛刻的条件，故意刁难我，她还威胁我要去单位闹。不管付出什么代价，这婚，我离定了，随她闹不闹，我豁出去了！我每天打你无数次电话，你总是关机，关机。蝶儿，我快疯了，我真的不能没有你……

权勇摇晃着苏蝶的双肩，直摇得她泪眼婆娑。权勇还想说什么，阿泉冲过来，一只手拎开权勇，另一只拳头，同时狠狠擂在了权勇的胸口，权勇哎哟一声，也握起拳头，欲挥向阿泉。苏蝶喊了声权勇，又喊了声阿泉。她横在他俩中间。

苏蝶先质问阿泉：干嘛打他？

然后，苏蝶回头，对着权勇伸出她的左手。她微微屈起其他四只手指，而让大拇指直着。她让那枚新生的指甲完完全全呈现在权勇面前。指甲未来得及遮住指尖，却红润而平滑，闪烁着浅浅的光芒。苏蝶对权勇说：你看，灰指甲没了。以前因为怕疼，每次都刮得不够彻底，所以总是好不了。而那次，你知道的，我自己不小心，一下子削进了肉里，几乎削掉了整片病甲，当时差点疼死我。却没想到，再长出来的，竟然不是灰指甲了……

苏蝶不想让权勇看到她那决了堤的泪水。她扭过身子，回头却见窗外迷蒙一片，迷蒙得让她怀疑，刚才那些光彩夺目的烟花，是不是根本不曾怒放过。